简·萨默斯日记2：
岁月无情

[英国] 多丽丝·莱辛 著 | 赖小婵 译

译林出版社

图书在版编目（CIP）数据

简·萨默斯日记. 2，岁月无情 /（英）多丽丝·莱辛（Doris Lessing）著；赖小婵译. — 南京：译林出版社，2023.5
（莱辛作品）
书名原文：If the Old Could…
ISBN 978-7-5447-9510-4

Ⅰ.①简… Ⅱ.①多… ②赖… Ⅲ.①长篇小说－英国－现代 Ⅳ.①I561.45

中国版本图书馆 CIP 数据核字（2022）第 222769 号

著作权合同登记号 图字：10-2021-121 号

简·萨默斯日记2：岁月无情 ［英国］多丽丝·莱辛 / 著 赖小婵 / 译

责任编辑 张 萍
装帧设计 金 泉
校 对 戴小娥
责任印制 颜 亮

原文出版 Flamingo, 2002
出版发行 译林出版社
地 址 南京市湖南路 1 号 A 楼
邮 箱 yilin@yilin.com
网 址 www.yilin.com
市场热线 025-86633278
排 版 南京展望文化发展有限公司
印 刷 苏州市越洋印刷有限公司
开 本 850 毫米 ×1168 毫米 1/32
印 张 9.125
插 页 4
版 次 2023 年 5 月第 1 版
印 次 2023 年 5 月第 1 次印刷
书 号 ISBN 978-7-5447-9510-4
定 价 65.00 元

可惜年少无知，可叹年老无力。[1]

1 法国谚语“Si jeunesse savait，si vieillesse pouvait.”，意思是如果年轻人就能拥有经验，老年人还能身体力行，那该多好啊。题记原为英译，本书的标题即意译自该法谚英译的后半句，直译为“如果老年人能够……”。

走下列车时，我的鞋跟一绊，右脚卡在列车和站台间的缝隙里，人就跌倒了。在站台等着挤上车的人群里，我摔了个马趴。爬起来的这会儿工夫，他们都在周围推推搡搡争抢着上车。我还没站稳，只见有个人快步朝我走来，虽然那时我还茫然不知所措，可也马上注意到他善于运筹帷幄，能力出众而且反应迅速。我又差点摔倒了，此时他一把抓住我，这样一合力，我倒进他怀里，始终抓牢手提包的那只手钩在了他脖子上。我笑出声来——明明应是一声惨叫，却还能笑得出来。他的脸和我靠得很近，看上去颇有魅力，又不乏睿智。身手那么矫健有力，想必人会粗犷些，可看他的面容，却远比我预想的要秀气——恐怕也只能用“秀气”这个词来形容。他面露微笑，一副好奇不解的神色。我解释道：“我是写言情小说的。”他稍稍一愣，旋即会意地大笑。随后我起身站到他身边，抚平衣服，恢复了常态。

我们相互打量，对眼前所见之人甚是欢喜，也不加掩饰，但接着我就发现在他身后站了一个女孩，正注视着我们，距离近得让人不快，这个美妙时刻顿时烟消云散。见我脸色一变，他立刻回过身去看，对我说了声“你没事吧”就向她走去，拉住她的胳膊，把她领走了。我又一次注意到——这次是不无痛苦地注意到，尽管我得想明白，要细究这痛苦从何而来——他一照管起那女孩，就充满了责任感，他那称得上温文有礼的举手投足和无忧无虑充满活力的潇洒做派一下子消失殆尽，甚至连肩头的姿势都不一样了。

我站着目送他们远去。他会回头吗？没有。但那个女孩回头了，一脸狐疑，而且充满了敌意。他的情人？

年轻女孩往往恋上帅大叔。照我估摸，他五十几岁了。同龄人啊……我慢慢踏上台阶走出站去，内心的震撼出乎意料，可不仅仅是摔这一跤闹的。我想，那个人真是非比寻常，不管身处何方、置于何等人当中都会出类拔萃。当你忘了多数人是多么平庸无奇时，然后眼前就突然一亮。他又是怎么看待我的呢？好吧，我心里明白，那可不会有错。

到了街上，只见白云肆意掠过湛蓝的天空，阳光时隐时现，4月就这样昭显春光。4月一到，欧洲北方随便哪里都是好去处——短短两天前，我在马德里的时候便是这么想的。我同意为杂志社越发频繁地出差。他们说，女人上了年纪往往闲不住，爱四处走，总是逮着机会就出去玩。不过我坚称自己只不过人到中年，才不是上了年纪。唉，情绪着实低落。所幸我没有若无其事地去上班，而是回到家，打电话跟他们说今天不去了，明天吧。

要不是昨天外甥女吉尔那一通宣告，压根就不会出这一系列状况。我在图腾汉厅路站下过几千次车了？不数了，没什么好数的。我可曾在那里或者别的什么地方摔倒过？

昨天我从马德里回来，发现公寓不比往常那样如文件柜般井井有条，反而四处都是衣服。吉尔焦躁不安，苦着脸唉声叹气。我一下子全明白了，都快要号啕大哭起来了。就是这么伤心欲绝，因为直到吉尔真要走了的关头，我才知道她的离开会让我如此心痛。

“什么时候走？上哪儿去呢？”我问道。

"哦，简，我早该知道，你马上就能看出是怎么回事。"

"我还没问为什么呢。"

她说:"我要搬去和别人住了。"

"男的还是女的？"

"你认识的，马克。那个摄影师。"

"原来是马克！"

她马上紧张起来:"你不喜欢他吗？"

"吉尔，我只管要不要选用他拍的照片，其他都不管。从没想过他可能成为外甥女婿。"

"我可没说要嫁给他。"

"你妈妈会怎么说？"

"我在意的是你怎么说。"吉尔轻声道。我跌坐下来，竭力保持常态。她伫立在窗边，目不转睛地注视着我。窗帘没拉上，她身后的天空瞬息万变，漫天的白云，想必是给月光点亮了。马德里可是一轮圆月当空，这里怎么会不一样呢？我又想着如今自己有多么喜欢她。她站在那里，亭亭玉立，身段苗条，因为这些日子保养得当，显得非常漂亮。她这么朝气蓬勃充满活力，我早该想到她在谈恋爱。让周围每个人都脸上有光，吉尔就是有这等本事。

我的脑子在飞速运转。既没有任何外来干扰，也没有任何不祥征兆，我为什么心烦呢？哪里出问题了？一切都各得其所啊。三年多前，吉尔到伦敦城里来找出路，她老于世故的坏姨妈公然不避讳裙带关系，帮她在《莉莉丝》杂志社谋到一份工作。吉尔在《莉莉丝》茁壮成长，承担所有事务，而且样样都拿手。她性格随和又体贴入微，作为一个好寓友，应付她难以捉摸的姨妈很有一套。她结交朋友，打了革命社会主义思想的预防针，不过那都已经过去了。现在她给自己找了个年轻男友，想要和他共同生活。还能有什么故事比吉尔的经历更励志呢？

“吉尔，”我说，“我会万分想念你的。”

说完我哭了起来，吉尔也是。起先是一边哧哧地擤鼻子，一边不好意思地哂笑，接着缓缓淌下痛苦的泪水，最后抽抽噎噎啜泣不已，我们相拥抱头痛哭。

“啊，简姨妈！”吉尔哭喊着。

“啊，吉尔！”

“你还不愿我住这儿呢，一开始的时候。”她嗔责道。

“我真够傻的。”

我们分开，轻拍慢打了好一会儿，总算不哭了。她煮好茶，我们俩喝了起来。

看得出事情还没完。

“怎么了？”

“简，你想到没有？我一搬出去，凯特就会找上门。”

她那双大眼睛在浅灰蓝色的眼影衬托下呈现出偏灰的色调，目光炯炯，越过茶杯边缘紧盯着我。我思索起这个问题来。凯特近三年来的境况是越发糟糕了。高级考试[1]考砸了，又不肯顺从父母的心意再考一次。她请求我在《莉莉丝》杂志社给她寻个差事，我说她得体谅我，在介绍年轻女眷进杂志社这件事上怎么着也得有个限度吧。不出所料，乔姬姐姐随即就给我打电话，说我肯定能有办法做点什么，我回答说：“你也知道，我让你女儿吉尔住在我这儿，照这样说来我做的可算不少了。”她说：“凯特觉得这很不公平，我得说，我们也都这么觉得。”

都是去年的事了。自打那时起，凯特就在家懒散混日子，考

---

1 英国高中课程（General Certificate of Education Advanced Level）是英国的全民课程体系，也是英国学生的大学入学考试课程。学生年满十六岁时先参加普通考试，合格后再学习三门或四门主科课程，十八岁时参加高级考试，考试合格即可进入大学就读。

虑到底要不要学西班牙语。

想到最后，我对吉尔说:“我很清楚，一开始我并不愿意你来这儿住，结果我分分钟都过得很开心。不过凯特是不是真的和你大不相同呢？”

吉尔这人绝不敷衍了事，也不曲意逢迎。她没说“哦，一切都会好的”或者“她也不至于那么糟”之类的场面话，而是直接一语道破:“对，她很不一样，完全不同。你是不是真不了解我们俩之间的巨大差异？”

“大概是真不了解，虽说也见过好些给宠坏的孩子，把我们这辈人整得很惨。亲爱的吉尔，跟我真正一起生活过的年轻人，只有你了。”

“那好，我这么说吧，凯特的状态有点乱七八糟的。”

“你知道是什么原因吗？我想问的是，究竟是怎么回事呢？”

她坐在一把宽大的红色亚麻椅子的扶手上，握着杯子陷入了沉思。她一身白色便服，满头乌发此时已经披散开来，因为回想着往事而眼神木然。她在回顾过去家庭生活中的场景。

“嗯，我不知道。你会不会觉得，有些人生来就是如此？”

“对，有这样的。”

“要我说，恐怕我们家兄弟姐妹四个人就凯特会过得一团糟。”

“一辈子都挣脱不了？”

“即使真是这样我也不会觉得意外。”

“这话说得很重啊。”

“嗯，你在想，亲姊妹呢！她们从来合不来……没错，我们一向合不来。我能想到的糟糕光景就是和凯特一起度过的。一直都是那样。不过，我要说的是……”

“好了，我明白了。”

“你真明白了就行。我不知道你是不是察觉到……人得有多坚强，才能受得了你！”

我因为一时过于伤感，叹息得有几分夸张，于是吉尔和我又开始了我们俩习以为常的笑闹，她说我多么容忍不了软弱，个性出奇坚强，我说其实是因为我不得不忍受她。“不，不，你听我说，”她接着说，“相信我，我心里很感激——不单是因为你让我住在这里，尽管这确实是我迄今为止最美好的经历；也不仅仅是因为能进《莉莉丝》——如果我说现在我知道了自己在哪儿都能干得很好，希望你不会觉得我忘恩负义。我可是在《莉莉丝》才明白了这一点的，但我要感激的人是你，因为你从不让任何人得手，不曾让我……嗯，不是每个人都能承受得了。”她顽皮地浅浅一笑，不外乎是情境使然，海水般湛蓝的大眼睛急切地盯着我。

“很好。”我说。

“好。”

她随即拥抱了我，就上床睡觉去了。

我独自又坐了一会儿，心想不久以后我又是孤家寡人了。哦，我在意的并不是一个人。独处从未吓倒我，恰恰相反，我喜欢独处。尽管我不太愿意承认，但我还是会想念吉尔的蓬勃朝气，还有她的青春活力。

她真是年轻时的我。

在办公室里，我听他们叫她“契波芙”。我当时就纳闷，为什么给她起了个俄国绰号，这个活力十足的英国姑娘哪里像俄国人了？结果发现我弄错了，他们是叫她“其婆附”：有其姨妈必有其外甥女[1]。吉尔刚到这儿的时候，还小心翼翼的样子，但她时刻警醒，悟性又高，打定主意要住下来跟着简姨妈学本领。她有

1 此处用了英语习语“a chip off the old block”，意思是如一个模子刻出来般相像，近似“有其父必有其子”。

时也会一时消沉，产生倦怠感。

那时候她终究还是她自己，还是吉尔……不过很快她就变成了我，带有我的个性、我的仪态、我的举手投足，发出的是我的声音。

不，其实一开始我并没有看出来，听了绰号后才恍然大悟。然后我想，理所当然的事嘛！我以她为镜，在她身上观察自省起来，总体感觉有点受宠若惊，自忖道：嗯，我这人——准确点说是我当年，还算差强人意嘛！但再看看其他方面，思绪又开始起伏转变……这孩子相当能干，一举一动都那么准确无误，经过了精心揣摩，不过是不是拿捏得稍许过火？其机智与优雅，天资之聪颖——我从来不曾拥有，或者说不觉得自己拥有，恐怕现在依然欠缺。她似乎一走进某个场合，就能够，或者说想要掌控局面。简而言之，就是好管事儿。她开口很有分寸，语调轻松诙谐，有时候语带机锋，暗讽情况荒谬或者处理不当。她说话给人的印象是，在她看来，人世是一出喜剧，总体令人快活。但是她这副姿态是经过一番修炼形成的习性，她自己对这一出喜剧并没有那么确信。她声音中的每一音符，每一音高，每一抑扬，每一顿挫，无一不是我。

此外，吉尔生性略为固执，甚至是故意显得钝讷，让人产生一种自满的印象。可事实果真如此吗？难道这不是她努力要证明自己实力的结果？难道不是她面对重重困难，勇敢无畏地迎头而上、全然忘我的结果？她是不会承认的，哪怕是对她自己。

由此引发了一些很有趣的问题。第一个问题，也是我百思不得其解的问题：吉尔为什么不选择诸如她父母亲那一类颇受尊重的人来作为榜样？假如真存在那么一些个得到一切权威认可的楷模，那我所能想到的最合乎标准的人选就是乔姬姐姐和她的丈夫汤姆了。假如课本所言无误，那吉尔是不是在投奔我之前，应该早就已经“内化”了其一其二或者已将二者兼收并蓄？可实际上并没有，她引以为榜样的，竟然是她整个童年都听闻其自私和浅薄的简姨妈。

第二个问题，我也思考已久了：过去的吉尔是那样的怯生生、迟疑不决，如今人们看到的吉尔游刃有余，那么和男朋友马克坠入爱河的吉尔又是什么样的呢？今后的吉尔将会是简姨妈的翻版，将来大家想到的、谈及的，也都是那样的她。

第三个问题，我效仿的又是谁呢？我全然不像自己的父母，尽管我尊重他们，但不得不说，他们不成风格，缺乏让人注目的力量，一般都是埋没在人群之中。不，可能我在吉尔这个年龄，在进《莉莉丝》工作之前，我也崇拜原来部门的某个人，后来才成为别人崇拜的对象。正如人们所见所知，三十多年来，从婚前的简娜·詹姆斯到婚后的简·萨默斯，都是以其精心打扮、光彩照人、优雅自信的面貌展现于世人面前的。这可是门艺术！我甚至自问，当乔姬姐姐数落我的肤浅以及种种不是的时候，说不定她是指我青春期到后来随性发展所形成的、在她看来不切实际的个性。有必要向她问个清楚吗？至于她，则早就从动作到语调再到习惯各个方面都“内化”了我们的母亲。

现在吉尔要走了，她每一步都走得很对。我坚信她以后也不会走错，不会缔结不幸的婚姻后经历崩溃，到中年变成怨妇。我对她很有信心。

没错，她肯定也会来探望我，我在办公室也能见着她，我们会是朋友。但毕竟和现在不一样了。

好了，趁早放手，简娜。趁早放手，简。

过去就到此为止。

在马德里的布尔乔亚纵情享乐中想象此处4月的好风光，等到真回来了却又对此视而不见，何必要这样呢？这天一早，我七点就起床出门，到小工匠咖啡馆吃早餐，如今我已经会在咖啡馆同他们你来我往地相互打趣了。汉普斯特德地区的小巷两旁树木嫩芽萌发，我信步穿行在小巷中往南走，经过瑞士小屋到了公园[1]，细细品味一路美景。在公园漫步游荡之际，倾听鸟鸣婉转，多希望能分辨得出孰是樱花孰是苹果花。有那么半个小时，周遭的早春氛围给一阵暑夏气息冲散了，一大朵夏日乌云飘来，闷雷轰隆一声，暖暖的雨就噼里啪啦下了起来；不过很快早春又回来了，像孩子的脸说变就变，蓝天白云瞬间被清一色的灰霾吞噬，湿答答的大片雪花零星飘下，落到异常翠绿的草地上便消失不见了。秋天倒还没来凑热闹。我走出公园，到了马里波恩路，对莫妮卡时装店橱窗里几件很不错的服装深感赞赏，去年夏天我就是在这家店买的白色亚麻套装。不买东西，只是看看橱窗，何况还不是为了自己，都是替吉尔留意。我告诉自己打住打住。九点了，我不想迟到，就向前走到贝克大街站上地铁，和往常一样在图腾汉厅路站下车，这回鞋跟没被绊，但是内心一阵刺痛，为了那个不会再见到的男人。我慢慢朝南走到苏荷广场，打算逗留片刻，因为舍不得早上这般春光美景——又是春回大地，街角花团锦簇，花儿竞相绽放。我看到了前面这个男人的背影，而他也似乎同时感受到了我的眼神，以他特有的敏捷回过头，见着我就笑了，仿佛这一切不出他所料。他说："啊！原来你在这里！我期盼你碰巧就在这附近。有空喝杯咖啡吗？"我们在街边一张桌子旁边面对面坐下，而周围的人都匆匆赶着去上班。

1 此处指摄政公园，同前文提到的汉普斯特德（Hampstead）和瑞士小屋（Swiss Cottage）都位于伦敦西北二区。

他才吃早饭，而我已经是第二顿了，点了果仁蛋糕和上好的咖啡。

我们俩都满心欢喜得难以自持，脸上笑容荡漾，大胆地直视对方，一切都那么自然而然，也因此最为妙不可言。他气朗神俊中带有几分沧桑，棕褐色的皮肤，眼睛是蓝色的，有别于吉尔的那种湛蓝，目光坦荡又炯炯有神。他一头金黄的头发，和我的银发形成对比，我可是打定主意要保留头发本来的颜色，不管是金色还是银色。他个子不算高，但是比我要高一些。非常轩昂英挺的男人——他年轻的时候得有多帅啊！我思忖着，我们的外表看起来多么般配，要是再年轻点，那该有多好。他知道我在想什么，和他所想的不谋而合。我们随便谈到的一个话题，句句都关乎我们自己，还有我们这不可思议的相遇。尽管谈天的内容似乎绕不开我们自身，但是分别的时候，我依然对他一无所知，除了他名叫理查德，还有他刚从国外回来。

“回来得真是好时候！”他说，“这可不是巧合。我告诉自己，不行，我再也不要错过任何一次春天。看看我多英明！”

“你之前在哪里呢？”

“美国。”

“我最近也在纽约待过，还是想回到这儿来。”

“嗯，要是我在纽约——也不会改变主意。全世界就一个国家可以居住，就一个城市，就是我现在待的地方。”

天空飘下毛毛细雨，还夹杂着一点冰碴儿，纷纷落在我们身上；接着太阳又露了脸，照得人暖洋洋的，我们手牵手走向苏荷广场。我心里清楚，我们俨然一对璧人——至少我是这么认为的。我已经练出本领，能超乎自身，用客观的眼光审视自己。而他呢，他不可能察觉不到，纵使枝头春意闹，白云天上飘，我们在广场中央站一起的时候，其他人都看着我们。

我们站着两两相望，情意绵绵。

他有点磕磕巴巴地问:“你还会和我一块儿吃早餐吗？明天不成——周五可以吗？”我微笑着答道:“我在冒很大的险哟，连你的全名叫什么、住在哪里都不知道……不，用不着告诉我，就在这个老地方，但是提早一个小时好吗？”

我们就这样告别了。

到了杂志社，我感到全身都在分泌魔力因子，整个人飘飘然的，仿佛通体奔腾的不是血液，而是神仙身上的灵液。我只得走进自己的办公室，关上门开始埋头做事，好让自己冷静下来。

我现在依然和过去一样辛勤工作。之前还谈起了打算退休、靠书的版税过日子，我确实可以这么做，也会过得很好，然而当我真的只是作为兼职上上班，想逐步淡出杂志社事务的时候，却又回来了——是应董事会的请求复出的。他们做得对，因为对杂志社来说，在几乎同一时间失去乔伊丝和我两位主编，损失未免太大了。

但是一旦认真思考起这个问题，我又不免有点忧心忡忡。如果说少了我，《莉莉丝》会举步维艰，那也情有可原。想想我受雇于《莉莉丝》，同它并肩奋斗，为它奉献，在《莉莉丝》都待了有多少年了——写出来以后我自己都吓了一跳：从战后一直到现在。几十年了。但设想一下，莫非我也离不开《莉莉丝》？那可不怎么好笑。吉尔为了不刺激到我，曾经看似随意地说:“你嫁给了《莉莉丝》。”我不喜欢这种说法。真正掌舵《莉莉丝》的是谁呢？是菲丽丝，她协同吉尔一起形成双驾马车。这两位聪慧的年轻女子就是《莉莉丝》的主心骨，各个部门任何一点风吹草动都逃脱不了她们的法眼。她们会向我征询意见，不过已经没有过去那么频繁了。我跑遍欧洲观看时装秀，参加各类商务午宴，我是《莉莉丝》的公共形象。两位姑娘都跟我学到了怎么穿着打扮，到现在还会看着我如何梳妆以赴萨沃伊酒店[1]的午宴，或是在我要去慕尼黑出差的时候说："简娜，我喜欢你上周穿的那条裙子！"或者问："简，你觉得那套衣服配米色衬衫是不是更好看呢？"我投入到装扮上的精力，终究难免不及过去——我感到保持衣着光鲜、打扮入时兹事体大，宛如一场持久战，尽管敌人看不见摸不着，却似乎日趋强劲。

从杂志社的表面架构看，三脚猫查理是主编，由菲丽丝当副手，我作为顾问，吉尔则担任我的助手。哦，和蔼可亲又长袖善舞的查理，我们都那么喜欢他！看来菲丽丝是真心爱他，最后嫁给了他，不管在家还是在杂志社，都对他驾驭有术。反正就像吉尔评价的："既然她都有七个月身孕了，这样做最好。"

不过，因为菲丽丝要确保查理做这做那，查理要向菲丽丝或者吉尔征求意见，诸如此类的这么一来二去浪费了不少时间。人家找主编是要得到快速拍板的结果，但如果事事都要先同吉尔或者菲丽丝商量，就没法速战速决了。在《莉莉丝》响指一打，灵光闪现的日子是一去不复返了。没关系，现在这样也还不错，利润虽然减少了点，但是如今哪一行不是呢？《莉莉丝》依旧家喻户晓，购买人群是"高收入"女性，多数是职业妇女。不过我们也猜测，或许购买人群中，那些想出去工作的家庭主妇也占了半壁江山。因为，毕竟烹饪书和时尚杂志都不是买来过日子，而是读着当作享受的，借此开启幻想世界的一扇扇大门……

《莉莉丝》的配方一如既往——四分之三是实打实的常识见解、信息资讯、养生建议，以及作为消费者身处消费社会面临的种种问题；四分之一是服饰和美食，现实生活中没人会去穿也没

---

1 位于泰晤士河畔，是伦敦最负盛名的豪华酒店，历史悠久，其出色的餐饮和娱乐服务常年吸引众多社会名流。

人吃得到。

我喜欢在办公室里工作，乐于出差，享受商务午餐，但问题是，这一切颇费功夫，来之不易。总是要刻意表现，要展示给人看。在家我也一直小心翼翼，力求达标，因为有吉尔在；要有责任心，不管是行为举止还是其他方面，都不得马虎邋遢，免得惹人生厌又带坏别人（那种马虎邋遢的作风我可瞧不上，当然，值得尊重的乔姬姐姐更是毕生都在与之战斗）。称得上我的地盘、我的避风港，在这广阔地球上能做真实的自己、感受不到任何一丁点批判眼光的地方，唯有我的床了。我的房间还不行，因为吉尔也要能够进进出出，免得她觉得在我家里活动范围受到限制。哦，虽说时不时会念想，也算不上太让人烦恼，但事实就是，并不是关起卧室门来就能如释重负，非得关掉灯才行。我躺在黑暗中，观察屋顶和树梢之上那变幻无穷的夜空。

今天吉尔搬出去了。她站在起居室中央，旁边放着几只箱子和包裹，等待出租车到来的时分。她一脸苍白，定定地看着我，难以相信这是生活加诸我们身上的残酷选择。她的年轻男友人不错，我对他表示认可。

我在约定的时间到了小咖啡馆，分秒不差。他不在。我坐到角落的桌子旁，做出自得其乐的样子，但是心里明白了几分，一阵绞痛。一个人都没有，除了季诺，这个意式浓咖啡机后面帅气的意大利侍应生，他穿着质地精良的黑白套衫，配上那头油光可鉴的黑发，活像滑稽哑剧里的丑角。咖啡馆方方正正，温暖舒适，一溜儿排列着木刻饰品和蔓生的植物，只有我们两个人。我不愿朝门口张望，却还是忍不住去看。我感到很惊讶，这辈子有什么时候为谁变成这样过？从来没有。为我可怜的弗雷迪？当然没有，这可是原则问题！想到弗雷迪，虽说我给自己定下规矩尽量不去想他，却意识到自己前天晚上一整夜都梦见他，仿佛我爱上的是弗雷迪，而不是理查德。

因此我试图把他逐出脑海。总是梦见已故的丈夫，嫁给他以后我待他很不好，直到他得癌症吃尽苦头过世了，我才幡然悔悟。当初根本不爱他，现在梦见爱上他，又有什么意义？真是感情用事的废话！

然后我意识到我用了理查德说的词，“爱上”，由此引发了迥然对立的情绪，如同暴风骤雨一般。要我说，首当其冲的，恐怕是自尊心：我，简娜·萨默斯，以一见钟情这样突如其来又不得体的方式，爱着一个连名字都还不知道的人。我，简娜，总是牢牢掌控自己的决定……不过，比起莫大的喜悦之情，这一切根本算不了什么，这狂喜的能量之巨，甚至让我坐不住，也让年轻的意大利人不禁朝我看过来，尽管他也觉得莫名其妙。他所看到的，是个时髦的老太太，还是该算作中年妇女？穿戴得如此精心，令他相当赞赏——像他那身装束的人，应该会给我的着装打满分。理查德走了进来，确切地说，是惊慌而踉跄地走了进来，因为他原本以为我会坐外面的桌位。看到我以后，他随即面露喜色，笑得很灿烂，快步走到我所在的角落坐下，对自己的一举一动浑然不觉，我也一样，只是看着他，心想：可能吗？真的存在这样一个不同寻常的人，而我却根本没有预料到这一切？

“在下雨呢。”我说。

“是吗？”

我们开怀大笑，笑声阵阵，紧张过后总算放松了。

“季诺，”这个名叫理查德的男人说，“上咖啡，蛋糕，奶油——统统都上！”说完又笑了。

“没问题。”季诺说，笑容可掬又腔调十足，配合我们的节庆情绪，一副纵容的样子。没一会儿工夫，我们小小的桌子就摆好了，准备迎接盛宴，不过，（美食在前）我们却都不碰。

不管他是什么身份，理查德这个男人，像只盛年已过的狮子，在这室内环境中，似乎显得格格不入，有些太大了，我感觉他过分庞大，甚至有点危险。但是我却不愿动弹，也不打算有任何动作，只想永远坐在这儿看着他。不只是因为他长得英挺或者有什么别的优点，不，是因为他看起来很熟悉，这个陌生人，却亲如——我的血肉？不不不，这想法太危险了，危险得很！坐在我这三年来头一次空无他人的公寓里，我边写日记边想，我想要和他上床吗？然后感到惊诧莫名。这都哪儿跟哪儿啊，怎么回事？我搁下笔，伸出手仔细观察。这双手保养有方，指甲呈粉红色，戴着几枚戒指，看起来很漂亮。话说回来，这可是女主管的手。

当时我们没有多聊，各坐在桌子一端，上身前倾靠近对方。我们一直保持着微笑，彼此都心潮起伏，两人之间暗潮涌动。

他随后开了口："你看，我们干吗不索性出去好好散个步？到雨中走走吧？"

"我最爱在雨中漫步了。"我说。他接过话："你肯定喜欢！我们走吧！"

他扭头示意季诺买单，这家伙两眼一秒钟也没离开过我们。就在这时，我看到在他后方，门外的人行道上，站着个女孩，她显然是迷路了，犹豫不决的样子——是我们初次见面时，和他在一起的那个愁容满面、皮肤黝黑的女孩。他出于某种本能也回过头去，一看到她，便惊叫一声，立刻起身出了咖啡馆。我看见他搂着她的双臂，朝她微微俯下身，忍住怒气对她温柔地劝说，随后把她带到我的视野之外去了。我感觉仿佛是给拔掉了插头似的，现在整个咖啡馆一派消沉沮丧的氛围。季诺没有看我，而是在仔细地擦拭玻璃杯，将杯子逐一朝光亮处举起来，眯起眼睛，好像在看万花筒。

我独自一人在那儿待了大约十五分钟。我知道，他肯定是陪她走到离我远远的地方。我脑海里详加审视的是他的样子：从一见到她开始，他整个人就变得压抑，双肩的姿态那么充满责任感，不敢有半点马虎。

等他再回来的时候，在我看来像是换了一个人。眼前这人严肃持重、负责可靠，坐在我对面凝视着我，在字斟句酌。

我说："那是你女儿，对吧？"

"对，那是凯瑟琳。"他握住我的双手，俯过身子端详着我。"我们为什么不讲好绝口不谈这事呢？"他说道。现在他整个人看起来耐心又谨慎，带着一点讽刺的口吻，却没有批判的意味。我心知肚明，眼前所看到的，是日常生活之中的他。不知道一旦权责明确、界限清楚的话，我自己是不是也会整个人黯淡下去，光彩不复？

"就是在这个阶段，"他面带微笑，语气却很坚定，"往往是我跟你说起来，然后你接着也告诉我，我们互相坦陈各自的一切。但是我们为什么不讲好不要这么做呢？"

我答道："好吧，我已经知道你很重要的一件事了。"

"对，我知道，我知道。但我们还是尽量试一试吧。"

"很好。"

我们走了出去，我见他迅速朝北看看马路，然后往南看看苏荷广场。纷飞的细雨泛着光，天空一片雾蒙蒙。

"不管怎么说，我该上班了。"我说。

"明天见？"他说，"不管晴天还是下雨？"

一下班我就马上回家上床睡觉。梦见弗雷迪的时候，我醒了过来。为什么？梦见的是失去，是虚空。弗雷迪在一条深深的河流的彼岸，黑色的河水水流湍急，十分危险，他站在那边远远地望着我。我搞不明白梦中他那副神情有什么寓意。我要是一不小心，就会哭出来——而一旦开了闸哭，又将泪流成河成什么样？我敢接着睡吗？好在我没有接着睡。我坐在窗前仰望天空，只见一片漆黑之中，飘浮着星星点点的白色“小屿”。我盼着天快快亮起来。黎明总算到来了。

又到了夜里——这一天都是怎么过的啊。

今天早上我正要出门去咖啡馆，这时候门铃响了。应答门铃前，我站在起居室中央——现在这里又是我一个人的了，整洁得好像吉尔不曾在这里待过。我要寻找点属于她的随便什么东西——哪怕是一本书、一条围巾——都找不到。我接起门铃电话时，泪水还在眼眶里打转，却听到了凯特的声音。火气噌的上来了！我说：“凯特，现在是早上八点，我根本不晓得你要来。”她吸了吸气，擤擤鼻子，又哽住了。“哦，简姨妈，我已经在路边的长椅上坐了一整夜了，好冷啊。”

我揿下按钮等着，一阵心慌，甚至被自己惊到了。一肚子火，又绝不能发到凯特身上。我开了门放进来的，是个抽着鼻子的流浪儿，是个幼稚的小丑。她的朋克发型没有好好打理，穿着宽松的粉红色粗布裤子，自然是污迹斑斑，上身一件橙色的T恤。她颤抖得厉害，浅蓝色的双眼无助地呆望着我，肮脏的手指头拨弄着嘴唇。

“我知道问了也是白搭，不过你为什么不先打个电话？”

“哦，简，可我担心你会说不行嘛。”她冻得说话也哆哆嗦嗦的。

她在门边上放下一个脏兮兮的小包裹。

“现在你这招得逞了，你能穿件毛衣吗？”

她摇摇头，非常无助。

“你没毛衣？你什么都没带，因为你打算让我给你买套新衣服？”

她点点头，咬着指甲，脸上湿漉漉的。

我给她拿了件我的毛衣，她一扫倦意，急忙胡乱穿上——看得出她是多么渴望穿得暖和点。

“你什么时候到帕丁顿[1]的？”

“昨晚十一点。”

“你大概在忙刺激好玩的都市大探险咯？”

“我就坐在那边的长椅上，直到警察来赶我走。他们可凶了。然后我走啊走，总算走到这儿了……”

“我姐姐乔姬不知道你在这里啊？她没给你出门用的钱？”

“我的钱都被偷走了。被打劫了。”

“你得先给你妈妈打个电话，说你在这里。”

她垂头丧气地坐到一把扶手椅上。看到她坐在吉尔过去常坐的地方，一比较起她们俩，我的气就消了。另外，我逐渐看清了我不得不应对的局面：吉尔做什么事都游刃有余，而凯特连搁个咖啡杯都笨手笨脚。

我说：“我只有十五分钟了，一分钟也不多。”我打电话给乔姬姐姐，听到她一成不变的伦敦环外[2]口音。

“想必你是知道的，”我说，“你女儿凯特在这儿。她半夜到

---

1 帕丁顿（Paddington），伦敦威斯敏斯特市的一个地区，此处指的是位于帕丁顿地区的帕丁顿车站，英国国家铁路局与伦敦地铁的铁路车站。

2 也译作“住家诸郡”（Home Counties），指伦敦外围包括赫特福德郡（Hertfordshire）和肯特郡（Kentshire）在内的地区，因距离伦敦大约一小时车程，许多在伦敦工作的人都在此安家。

的伦敦，已经给抢劫了，一个人四处晃荡，连件羊毛衫都没有。她就这样到了我家门口。”

“我想她没敢给你打电话，”乔姬说，“她怕你。”

“那她干吗还来？”说完我就挂掉了电话。

我发现自己多么想——一点都不假——痛殴这个女孩，这回不是出于气恼，而是纯粹的愤怒。我缓缓回过头来面对她。她没看我，而是悲伤地望着窗外。

她咬着脏兮兮的手指头，头发一簇黄，一簇粉，一簇绿，全都朝天冲着。

“我姐姐乔姬怎么看待你的朋克打扮？”我想打听，但她没回答，也没回头。

“你自个儿煮杯茶暖暖身子，吃点早饭，怎么样？”

她洋娃娃般的蓝色大眼睛马上一亮，充满了希望。

“告诉我，你给自己弄点茶喝，总不至于连这都不会吧？”

“我……我……我……不敢提议。”

“好吧，我提议的。”

她没挪动。我看她整个身子都收紧了，不停地发抖。

我进厨房打开水壶烧水，切了些黄油面包，搁在碟子里连同茶一起端给她。

我差点脱口而出：“你姐姐吉尔在这儿的时候，从来用不着我伺候，一次也没有。”但某种东西制止了我。究竟是什么让我忍住了呢？恐怕是怜悯。我可没打算同情她！我不相信同情对人有什么好处！你能为别人做的，就是帮他们学会独立生存。但是凯特——只见这可怜的小家伙，狼吞虎咽地吃掉黄油面包，喝茶的时候茶水泼了出来……还瑟瑟发抖……

她怎么能把自己搞成这副德行？——无所谓吗？朋克是种格调，我欣赏朋克，拾掇捯饬得当的那种。街角有个女孩子就让人看着很舒服，我们相互微笑致意的时候，她甚至还为我显摆演示一番，模仿时装模特走在人行道上，往往不单是给我看，也给那些不及她这般优雅的朋克伙伴看。她可以扮得像只猫，金发两边兀然突出小小的黑耳朵，黑色的双臂（地摊上买来的手套？），双肩周围隐约显出一只猛虎的图案；或者是一身劫匪造型，黑风衣飘摆，以黑色油彩妆容蒙面，浓墨重彩的眼睛闪烁其后，真是赏心悦目。那装扮必然要费上她几个钟头功夫——在我还很把梳妆打扮当回事的时候，打扮就得花费那么长时间。她的风格绝不偷工减料，既有所克制，又自成一派；而可怜的凯特呢，是拿着几瓶染发剂进浴室，在镜子前踮起脚，可能还一边呼哧呼哧，一边上上下下涂抹一簇簇头发，弄完了以后杵在门道上，等着父母说："凯特，你都对自己干了什么？"

"我得走了。"我说。

"你什么时候回家？"

"我不知道。"

听到这回答，她看我的眼神就变了。我倒不是说，此前发生的一切都是她故意装模作样的：她着了凉，又受了罪，肯定无暇做戏，但她要发表的宣言和合理诉求已经排练了几个星期乃至几个月，她早就知道要对我说什么话，并且铁了心要说出来。

她看起来根本不是那种得知该自谋出路因而大惊失色的样子，而是审时度势，经过了缜密思考。

我起了兴致，乐得看到她能够理性思考，随便哪一种理性思考都行，但是与此同时，我也在自己身上察觉到惊恐之情。我可不想让我和理查德的关系（不管是什么样的关系）给这小姑娘毁了。

"凯特，你几岁了？"

"你竟然不知道！"她倒吸了一口气。

“不知道。十八岁？”

“十九岁了。”

“我可不拿你当小孩来照顾，凯特！我现在要走了。等我有空的时候我们谈谈吧。这里有一点钱。我们得买面包。我可不念想什么健康全麦面包，你妈无疑只买那一种，你可以买点像样的法国面包。黄油嘛，我喜欢‘诺曼底’这个牌子。你最好再买点肉酱，还有鸡蛋。如果还有什么你自己想买的……”我硬逼着自己加上最后这句话。

离开家之前，我在门口站定，再度仔细打量她，意识到自己所有的事情都做得太仓促了。

我看她两手环握着茶杯，哆哆嗦嗦的。

“凯特，”我说，“我不会跟在你背后打扫、收拾，给你做老妈子。”

她点点头，垂下眼帘。

一离开公寓楼，我就把凯特忘了。

万事万物都在行进之中。头顶上，胖嘟嘟的白云背衬着和凯特的眼睛一样浅蓝的天空，自西向东飞驰而过。经过街角的樱树时，春风拂起纷繁满溢的粉色花瓣，恣意飘洒到人行道上。我的头发在脸上四散飘舞。

我迟到了，晚了一会儿。跑进那条小巷，看见苏荷广场春意盎然，满目苍翠。这时理查德快步向我走来，挽起我的手臂说：“我们走。”我下意识地扫视了一下周围有没有他女儿凯瑟琳的身影，但他说：“别这样，一切都好。”但我们上出租车的时候，他也环顾了一下四周。他拉起我的双手，贴在他脸上，我们微笑着坐在一起。

“照理说，一般人到这个份儿上，既然都坠入了爱河，”他说，“就要讲述各自生活的种种经历。但我们还是不要说起彼此的过往吧。”

“你之前已经提过了哟。”我说，又像是在发问。

他答道，也算是阐明观点：“那样做往往意味着开始有了责任。”

“我已经见识了，你的责任够重的了。”

“这么一来，就已经超出了我希望你了解的范围。”

我们去圣詹姆斯公园[1]，那里正合乎我们的心情。我们浮光掠影地随意观览，只见灰色的湖水映着春天飘忽不定的蓝天，湖面上挤满了看起来花里胡哨的鸭子，定睛细究的话，你会发现那些鸭子的风格和朋克颇为相似（可得是到位的朋克！）。满园春色在我们周围尽情迸发，我们俩携手站在藏红花和水仙花丛中，为世间如此鲜活多彩的造化而赞叹不已。

一切都那么清新，那么灿烂；每一朵鲜花，每一只飞鸟，无不令人啧啧称奇，无不是爱的馈赠。我们体会到我们的感官知觉都发挥到了极致，像这样的好日子可能不复再来，万事万物是多么难能可贵啊；我们得以相遇又是何其稀奇，何其不易呢。我们四下漫步了几个小时，感觉生命的活力在彼此手中震颤，只要看看对方，就不由得微笑不已。

但是我体内不知何处有个想法不断跳出，需要我去压制：这样的事从没在我身上发生过，从来没有！

我们到一个地方分头走，他沿着湖的外缘一侧，我则取道另一边，这样分开走很有范儿，有如某种象征，又像是某种预兆，但也因为这样的走法，我不由得心头一跳，怕是情愿停留在几步之遥却又一水相隔的地方，远远地看着他就好。这就是我做的梦，弗雷迪站在难以逾越的河流彼岸，表情始终十分凝重。醉人

---

1 圣詹姆斯公园（St. James’s Park）位于伦敦威斯敏斯特市圣詹姆斯区的南端，毗邻白金汉宫，是伦敦最古老的皇家园林之一，园中有圣詹姆斯公园湖和鸭岛、西岛两座小岛。

的春光一时消散，我眼前这人英姿不复，只是人到中年，因为背负着一些无形的重担而略微驼了背，失去光泽的头发凌乱不堪，表情在忍耐中又带着嘲弄。生活是如何拖垮身体，如何拖曳人走下坡路，如何沉甸甸地压迫人，如何拉扯着人蹒跚前行，如何消磨损耗了心神，如此种种全都能在他脸上看到。我极力在他身处的位置去搜寻他年轻时的模样，因为有时候我吃不准自己所看到的究竟是这个从天而降、和我一样经受生活磨砺和锤炼的伙伴，还是那个在我心里逐渐清晰明朗起来的年轻人：步伐轻快的万人迷，微笑起来显得沉稳庄重，浅棕色的睫毛簇拥着一双蓝眼睛。

他也目不转睛地看着我。

我想大叫，说："不，不——别这样。"因为如果他看到了过去的我，那就更糟了，因为如果弗雷迪还能重返人间，回忆起我来——那个冷若冰霜的女孩，为了能支配几分情感和几分性（我可曾用过"爱"这个字？）而讨价还价，并且对他熟视无睹，从未期待在他的引领下去探寻奇趣，这一切就已经够糟了。

那个时刻叫人心情阴郁，我们各站在一边，隔着浑浊的湖水，湖面上花彩斑斓的鸭子摇摇扭扭潜入水中，橙色的脚蹼在空中胡乱扑腾着拼命往下潜，好去搅和觅食湖底的水草。

我感到非常空虚，仿佛一无所有，他也一样。我们努力从这种愁绪中抽离出来，转身继续往前走，重逢于湖畔的一隅后，迟疑不决地牵起手来，似乎冥冥之中最初将我们连到一起的那股力量，也有可能就此消失。

"你看，"他说，"你看，如果我们不小心的话，等待在前方的会是什么。"

那时，即便在我自己听来，我的嗓音也是顽固而又愁苦的，我挑明了现实说："不过或许我们没法完全避免。"

"啊，我不想听到这话从你口中说出来。我是说，所谓的判断力。”

我不动声色地说：“我的判断力可是出了名的。”

他说：“是，我猜也是，但那并非……”

他敏捷地把我拉到他的身边，我们站在一起，身体略微交错。想来真是奇怪，都一把年纪了，还情真意切地紧贴着站一起。身上的衣服把我们隔开，像是在指明，抑或是在提醒我们真实生活的状况——不同于过去，难以和火热的躯体区分开来。我站在理查德身边的时候，脑海里刹那间闪现出的回忆，是我和弗雷迪一起在国外某个地方，可能是西班牙，我们某一次度假，记得我褪去裙子和内裤，赤身裸体站在一边，而他正在床的另一侧脱衣服。回想起来，我感到纳闷，怎么不是我们相互脱去衣裳？——我记起当时整个行动多么迅速。

如果我当时是和理查德在一起，又还年轻——我会等他来替我宽衣解带，由着舒适的衣物从身上滑落，让他来征服、占有。而弗雷迪从来没能获得我的允许占有我，想都别想。

我感觉到理查德粗糙的脸颊蹭着我的脸庞，他说：“你有年少时的照片吗？好吧，我知道那听起来太蠢了，我应该可以自己想象。你结婚前的样子，呃，*说真的*。你结过婚吗？哦，算了，我不想知道。”

“我结过。我独居已经有——让我想一想，对，肯定有五年多六年了。差不多——真的。”我有点气馁，后退一步挣脱了他的怀抱。

“我们去吃个早饭午饭什么的，去喝一杯，我们得喝一杯。”

我们走出公园，在圣詹姆斯街岔口找到一家小餐馆。我们敏锐的感官知觉又恢复了，每一口食物品尝起来都美味得不可思议，至于我们究竟吃了什么，其实无关紧要。就着一点黄油撕一角面包吃，也会感觉像是大餐。话说回来，我们也喝了不少葡萄酒，双手围握住酒杯，仿佛它们温暖了我们目光所至之处。我们总是看着对方，难以挪开视线。

我们度过了烟雨蒙蒙的一整个下午，我们走啊走，丝毫没有停下脚步的打算，直到我看到面前有一对情侣，年轻的一男一女。男孩背靠着树干，将姑娘揽在怀中；姑娘那富于地中海风情的黑发凌乱地披在后背，遮住了他的双臂。他们正在拥吻。

突然间，我泪流满面。我这人一年到头也就只会因为惊喜或者不快哭一下，但是算算近来这些日子，我都哭过多少回了？

“上帝啊，乖乖。”我情不自禁地发出了感慨，只顾呆呆地看着这对年轻人，全然忘记了周围的一切。“这些年来我有多傻啊，我真是个傻瓜。”回过神来的时候，我感到他当下就理解了我，但对于他的表情却无法予以回应，因为我当时想着的是弗雷迪。弗雷迪，理查德，要是我现在能把他们彻底区分开就好了。理查德搂住我的肩膀，我们和那对情侣擦身而过，朝一家商店的橱窗走去，能看得到橱窗上映出了我们自己的影子。橱窗玻璃上的光线昏暗又富于变幻，使我轻而易举就看到了自己，是个娇美的女人，一头拳曲的银发，两眼笑意盈盈；还看见我身边的他，是那年轻人的模样。

我不知道他看到了什么，也不知道他想看到什么。

我们整个下午都在晃悠，停下两次喝了咖啡，就已过了黄昏时分。

他打起了退堂鼓，说：“六点钟，我得离开你了。”那时候我并不感到意外。

他又说：“告诉我——下次有合适的机会的话，我能上你那儿去吗？你不能到我那里。”

我答道：“今天早上，我外甥女凯特，也就是我姐姐乔姬的二女儿——她还有一个女儿和两个儿子——上我家了。打算和我一块儿住。”

“你没有孩子。”他指出来了。

“没有。”然后我硬着头皮说，“倒不是因为我——我们决定不要，而是……”

“我不想知道……”他很快又补充说，“我想，我们终究免不了要像一头扎进脏游泳池似的，进入彼此的生活，但是让我们尽量把这样的状况往后拖拖吧。”

“我的生活，”我说道，“这个泳池总体说来一向井井有条，定期加氯气，也经常换水。”

“那正是我所害怕的。”他说，干哑的声音透着痛苦，结果轮到我百般不想知道内情了。

分别之前，我们沿着贝斯沃特路行走，一幢修葺中的大楼跃入眼帘，边上的脚手架有四层楼高，在最上面那层脚手架的平台上，搭了一间猩红色的小屋，供工人们喝茶或者休息之用，小屋门口坐着一个工人，面前搁了一只桶，里头肯定是一把火，因为他叉了根香肠凑在上面，两腿叉开坐着，等着属于他的美味慢慢烤好。这一情形有种既古怪又让人发笑的成分，我们相互搀扶着笑个不停，因为小红屋高悬在那儿，香肠插在叉子上，全都显得那么荒诞不经。

浓烈的欢乐之情又回到我们身上，他卸掉肩上的负担，和我一样无忧无虑地站在那儿只管开怀大笑。随后我们道别，约好再见面，但不是明天就见。毕竟，我终究得上上班，虽说作为资深的女领导，我已经受到了特别的优待。

总之，我去了杂志社，去看看是不是有我的信件。菲丽丝已经走了，但吉尔还在。

“我知道了。”她说。我以为她指的是理查德，因为连我自己都能感觉到体内升腾而起的活力，但是不对，她说的自然是凯特。

她也看出来了，我是硬要说服自己她指的是凯特。她问："她从早到晚都一个人待着吗？"

"大概是吧。"

"哎哟！"

"你的意思是她不能一个人待着？"

"她总和我们一起，一大家子的，她可没受过多少一个人待着的训练。"

凯特以及她的各种麻烦问题，似乎都离我遥远得很。我没有想起她，只顾着理出自己的信件，查看明天的工作日程。

吉尔在事务堆积的案头又埋头专心做了好一会儿事情，然后才说："关于怎么处置她，你应该有所打算，她正等着呢。完全可以说她装，要是你有那样的打算的话。"见我不接话，吉尔嚷道："简，你在可怜她，对不对？"

我说："或许是吧——如果那就是问题的症结所在。"

"问题是，这样一来，是不是会超出你的心理预期，让你陷得更深呢？"

因为我一心在想着理查德，想他是不是到家了，"家"是什么样子，他和凯瑟琳之间出了什么问题，所以我含糊其词地说："我想，说到底，问题也就是和她好好谈谈。"

没有回应。我抬起头一看，吉尔微笑着，似乎是在窃笑，但其实又希望我注意到。"我突然觉得吧，简姨妈，从许多方面来说，你一直生活在温室当中。"

"你的意思是凯特会叫我招架不住？"

"好吧，可别说我没提醒过你。"

我走的时候，她还在工作，而且乐在其中。看得出她身上洋溢的快乐：既能干，又能干得漂亮。

说到快乐，回顾过去我刚工作时的岁月——那时我还不到二十岁——最强烈的体会，从快乐这个角度而言，就是证明自己多么能干那一刻的感觉。常年以来一贯的主题是：我，工作，办事情，干得漂亮。我生活的主题一向如此。至于可怜的弗雷迪呢？他无非只是陪衬。

回到家，我心里想着弗雷迪，虽然我总是尽量不要去想。如果他是我生活的背景，那我是他生活的背景吗？很有可能。他死去的时候，总结起一生或者说勾勒出一生——照我猜想，人往往都会这么做吧，他会对自己说“我的快乐源自工作”吗？因为他不可能说：“快乐源自简娜，她对我意味着欢乐、幸福和成就。”

我开门进入起居室，看见凯特还睡在沙发上，我早上离家的时候她就在那儿。我端给她的碟子仍然在她旁边，风卷残云扫得一干二净，一点儿面包渣都不剩。这幅景象让我想起吉尔那一席话。为了使自己镇定下来，我拉上窗帘，开灯，给自己倒了杯喝的，把回家惯常要做的琐事都走了一遍程序。考究雅致的房间当中，远近高低巧妙地安装了照明灯，摆设了花瓶，淡黄色的扶手椅上放着糖果条纹的靠垫——在这一切之中，仿佛是好戏开场，幕布升起，只见台上一个可怜巴巴的流浪儿，她肮脏笨重的大码鞋在浅灰色亚麻沙发上留下了印子，而包裹还躺在之前她随手丢下的门边。

“凯特，醒醒。”

她醒了，伸伸懒腰，打打哈欠，但我到现在依然不知道她当时是不是其实一直都醒着，听着我的一举一动。

“好了，现在，”我说，“我们得谈谈。你先跟我说说你有什么打算。”

那双洋娃娃似的蓝眼睛，忽闪忽闪的多么可怜！湿润润、粉嫩嫩的嘴巴微微张开，小孩子似的短粗手指头拉扯着衣服。

"凯特，你不会到《莉莉丝》工作。"

听到这话她气得跳了起来，发出几声绝望的叹息，最后用一种好像遭到了背叛的夸张眼神瞪着我。我当时不知道，现在也不清楚，"这出戏码"有多少是预先准备好的，因为她必然早就知道，她不能到《莉莉丝》工作，更何况我都这么说了。我之所以对自己这个判断有把握，依据的倒不是她做作的表演，而是她整个人没精打采泄了气。

我在想，假如她和吉尔一样聪明伶俐又上得了台面，一样"稳重大方"，我会介绍她进《莉莉丝》吗，管他什么裙带关系不裙带关系？其实也不会，不过可能会叫别的哪家杂志社收下她，我自然有很广的人脉资源。

我意识到我预想的那通演说完全使不出来。

"凯特，你没有通过高级考试，也没打算通过。你什么都做不好——就我现在所了解的，连叫你买点东西都成问题。首先，看看你的形象。你要确立一下走什么路线，我会陪你去买衣服。不过不管什么风格，都不省心。生活就是麻烦不断！朋克也有一身麻烦——所以，如果朋克风格就是你想要的，那你得早上起早一点，或者每星期花费几个钟头好好打理。这些问题你都仔细考虑考虑。想好你要学什么，以便……"

要是对着吉尔讲这番话，肯定能起作用，即便她会取笑我，说我危言耸听，跟校长训话似的。结果，这一通长篇大论畏首畏尾，消失在无言之中。我脱口而出的是："你觉得泡个澡会有用吗？肚子饿不饿？"

我替这孩子放泡澡的热水，把我最好的睡衣借给她，她穿上以后看起来像个盼着快快长大的九岁小孩，我还为她煎了鸡蛋，烤了几片吐司。自始至终，我得如实报告——反感至极——对这可怜小孩产生的温柔之情，不断朝我袭来。干吗要温柔？我对她无能为力。我铺好吉尔以前睡的那张床，打发她上那儿去睡觉。

随后我打电话给吉尔，她年轻的男友马克接的电话。他的声音提醒了我，吉尔已经属于过去，这声音划清了界限和范围。不过我必须和吉尔谈谈：

“是我，你那讨人厌又懂世故，但在温室里待惯了的姨妈。不——听着，我有个问题，很具体。行吗？很好。我发现，在你妹妹凯特面前，任何合情合理的话或者建议，一到嘴边全都说不出来。显然，这是因为她有点扶不起或者是碰不得、说不得，差不多就是这样的状况。对吧？”

“简，她一直都那样。”

“好吧，没长大的孩子。不过，我在那儿呆坐了半天才意识到，我也实在没法对乔姬姐姐，也就是你妈妈，来那么说起凯特。”

“啊，”吉尔说，马上就把握住了关键，“当然不行，你做不到，是吧？”

“我想你可以告诉我，为什么不行。”

“家里可不太平。”

“不用说也知道，你那两个弟弟就叫大家够受的，正当青春期的男孩子啊，因为他们就该如此——是不是这样？”

“哦，情况也不见得比别人家里糟……不，其实是凯特，就凯特她自己。你看，我父母各个方面都很成功，那是他们的本事。他们随便一伸手，都能点石成金。但凯特就是不成器，发不了光。”

“你妈妈知道这孩子这么一团糟吗？”

“我想爸爸是知道的，但妈妈恐怕面对不了。因为这没道理啊，你懂的。”

“是，我看得出来。很好，吉尔。谢谢你。”

“乐意效劳。不过我要是你呢，就把她打发回家去。她会爬到你头上的，简。”

“不会的，只要我不退让。”

一个星期过去了。进入5月，太阳一直照耀在缀满粉色、白色花朵的树上，照耀在郁金香上，照耀在我和理查德一起走过的无边无际的绿草地上。我休了一个星期假——我向来有不少假攒着还没休。我没有对他说，“可我明天要上班呀”，而是说，“好，在那儿见”。我们在摄政公园和格林公园都约会过，还有海德公园和汉普斯特德荒原。一见面，两人之间那种毫无顾虑的欢乐之情就油然而生。我们急切地向对方走去，看看默契是不是还在，看看我们靠近的时候，是否能感受到快乐源源不断，与我们相随相伴，度过那些长长久久却劲头不减的时光。我从没走过那么多路！理查德嘲笑我，因为一路走过灌木丛和石楠荒原，走过溪谷和小山，我穿的总是精致时髦的鞋子。“你为什么不穿徒步鞋呢？”“这就是我的徒步鞋。”我说着抬起一只脚单独站立，伸出另外一只脚给他看，那雅致的鞋看起来在起居室里穿着它扭捏作态是再适合不过了。不过我跟得上他，上上下下都迈得开步伐。“你真是不可思议。”他说着大笑起来，眼里心底全都是我。我知道他喜欢我漂亮的衣服，尽管不如当初我一门心思打理的时候那么光鲜，但是他注意到了，说：“这上衣很不错。”他两手抚着我的手臂，能感受到衣服质地精良考究，衣服底下软玉温香。

我翻看旧照片，有了新发现！我的照片很少，弗雷迪的也一样。有不少集体照，《莉莉丝》杂志的，还有我穿着各式各样最考究的衣服在巴黎或者什么地方参加时装秀的照片。但个人的照片呢？我想到：我在时尚圈工作了三十多年，这么多年来我都非常在意自己的造型，连哪个扣子比边上其他纽扣少两根线都能察觉到；我注重自己进入室内时给人的印象，重视同事对我的印象，会根据别人的声调或者眼神变化来估摸他们对我穿着打扮的看法。我可怜的丈夫曾经开玩笑说，跟我的衣着相比，他屈居第二。然而我不单很少拍照，甚至在看到一张大概是自己二十三四岁的照片时，还颇为吃惊。那姑娘着实漂亮得出奇。我居然曾经那么青春鲜润，充满朝气。

这可爱的姑娘站在花朵绽放的灌木丛边，对着镜头哂笑，尽管我记不清究竟是在哪里拍的照了。她穿了一条迷人的小碎花裙子（我倒记得这裙子！）。不过，把自己青春年少（货真价实）的照片摆放到书架或者桌子上的时候，我完全没有说什么“我以前多美啊”之类的话，我知道跟我同龄的，以及上了年纪的女人会那么做。

发现这幅小照之后，我郁闷了好一会儿。我并没有挖空心思，想方设法说些诸如“当初我如何，现在我又如何”的话来让自己心理平衡。我隐隐约约以为，其实自己没怎么变。

我站在镜子前，手里拿着那张小小的照片，看看照片里这个形象，又看看镜中那个形象。假如让照片上的女孩远眺未来，看到前方的这个女人，她又会说什么呢？我不知道。我只记得她自信满满，非常快乐。我在梳妆镜里所见的这女人相当好看，保养得不错，身材很结实，算不得苗条，一双灰色的大眼睛令这张脸脱颖而出，一头漂亮的银发也很惹人注目——是当真上了岁数，还是染的？我觉得，别人会留意看过来，真够恭维我的了。如果把五官，把身体各个部位分开来看，肩膀、膝盖、脖子、光洁的前额，你可以说，哪有什么不同？但是整体拼凑起来……哦，很不一样，我不得不面对这一事实。因为这小照片上的女孩鲜嫩得似乎能掐得出水来，给人的感官造成了强烈冲击，当年我自己怎么就没注意到呢，真是难以相信。如今呢，已是个敦实的女人，失去了光泽，魅力不再。曾经沧海，结束了。

站在那儿，我看到的不止于此，目光从照片转移到我自己身上——凯特眼中的，肯定是这个样子的我。这个女人一直精力充沛，事业有成，屹立在岁月的长河中，让人望尘莫及。中年人、老年人对年轻人而言，真是追求的目标、心头的压力啊！这一点我未尝领会，也不曾察觉。在那一时刻、那一地点，我根本不愿想到凯特，但就是想到她了。同时想到的，还有理查德的女儿凯瑟琳。

周六这天，我们手牵着手，大踏步走过石楠荒原，一路欢笑——我们好像一直有说有笑。这时他猝然停下，把我拉近。她就在那儿，在我们前方徘徊。我仔细观察了她一番。她给人的第一印象是，她在梦游：走起路来——或者说是拖着步子晃荡——没精打采的，又迟疑不决，因为她常停下脚步，犹豫一番再继续往前走，她会先走到一条路上，但又折回去改走另外一条路。她总是走走停停。这姑娘个头不小，肤色偏黑，总是穿着牛仔裤和厚运动衫。

但最吸引我注意的，是她充满戒备，满脸狐疑的样子。

"她老是跟踪你吗？"

"只要她有空。"他身上又出现了那种不知所措，无形的担子沉甸甸压在他肩头，甚至让他看起来有点弯腰曲背。

"是什么叫她这么害怕呢？"我忍不住发问。但是我深切地认同他那一脸警告的表情：*我可不想结束这一切*。然而我还是问了。

"她怕我会消失。"

"因为你已经消失了？"

"从来没有。我一直很注意不那样。"

"好，我明白了。或者说，我觉得是明白了。"

他说："简，简，咱们别这样。我们得把这不快赶走，千万得赶走。"然后他抓起我的手，我们拔腿跑过高低不平的草地。我知道，这是为了唤回我们在一起时那种肆意张扬的活力，跑的时候他还不忘取笑我："真可笑啊——你这鞋子，荒唐啊——简。"我们跑到一条小路上，那里有家不错的咖啡馆，卖的蛋糕极为美味。我们在角落找了张桌子，在那儿待了整整一下午，因为外面的雨下得实在太大，没法在雨中行走。

我过去可曾相信，我能花上三四个钟头，仅仅是坐在一个男人身边，有时连话都不说，却还心满意足的？我们观察着周围的客人来了又去，会彼此笑一笑或者相互看看，总结一下对他们的看法。我们旁观着一幕幕戏剧般的场景，偷听人家的对话。我们也聊天——这么多话题不能说，连边都不能沾上，那谈什么呢？我们就眼前所见的景象编起故事来，我们告诉对方自己都认识些什么人。这是一种与人分享的孤独。过去我把许多时间花在独自做这些事情上：散步，看电影，坐在咖啡馆里，和陌生人聊天，上画廊和博物馆看展览，都是我一个人。现在有人陪伴了，和他在一起轻松自在，就像我自个儿待着一样。

我明知故问："你很多时候都一个人待着？"

"哦，我无所谓，还蛮喜欢的。"他随即答道。然后又说："我在意的不是这个……"他的表情告诉我：我本不该说这么多的。不要再追问了。

这个星期，我也和凯特相处了一阵子。

首先，我给她买了些衣服。这可怜虫依赖成性，非常消极被动，她总是朝我看，要我提建议，怂恿她，乃至替她拿主意。同样是出门去买衣服，吉尔只要我开支票就行了。

凯特并不是"真正"想要当朋克。她"不介意"穿这个或者穿那个。我不厌其烦，找寻到做工良好、有点风格的衣物，但一经她穿上身，就不成样子，效果全无。她头上粉粉绿绿的挑染已经掉色了，浅褐色的头发参差不齐。我示范给她看该怎么化妆，告诉她这么化眼妆照理不会出错。但是她就是会出错，而且真错了。

我跟她说她得学点什么。我已经寄信去向各个中学、学院和专科学校要宣传册。

我打电话给乔姬姐姐："事关你这个女儿，告诉我，你有什么想法吗？想让她做什么？"

"呃，不知道，你完全可以和她谈谈，对吗？"这话听起来，姑且不说稀松平常，也实在太无力了，让我感到相当气馁。我那爽快利落、惯于非难的姐姐上哪儿去了？我助吉尔一臂之力，使她拥有了令人满意的现状：有工作，有伦敦的寓所，有男友，我得过乔姬姐姐什么表扬吗？哪怕是半句好话？从某种意义上说，我的努力是不是给当作是为年少时的过失赎罪？我有种感觉，这个盈亏账户上的债务是永远还不清了……

我在家的时候，凯特经常给她母亲打电话。我怀疑，要是我不在，她打得反倒没那么勤。她的声音很轻，一副乖乖听话的样子，脸上总是配合地带着微笑，一看就是好管教的乖小囡，听电话的时候还不时点点头表示赞成和同意。

我觉得乔姬没有给凯特打过电话。我在的时候肯定没有。

今天下午，我置身天堂的这一周进入了尾声，我们在维多利亚和阿尔伯特博物馆[1]外面的一个公交车站分别。我排队等车，目送在树荫下的他朝北往公园方向渐行渐远，发觉自己恐慌得颤抖

---

1 维多利亚和阿尔伯特博物馆（Victoria and Albert Museum，简称V&A），位于英国伦敦，是世界上最大的工艺美术、装置及应用艺术博物馆。

起来。我去追赶他，叫道，“理查德，理查德”，只听见自己的声音多么微弱，多么不够响亮。他微笑着回过身来，不明白我怎么会这副样子。“你意识到没有？”我听自己恳求道，“要是我们俩有谁没能出现在约定的地方——那可能就再也见不到对方了。不知道你的名字，我受不了啊。”

他伸出臂膀搂住我，我们并肩伫立在枝繁叶茂的梧桐树下歇息。日暮时分的阳光黄艳艳的，头顶上有只鸟儿吱吱叫着，要赶走另一只鸟儿或者别的什么东西。

“我的名字是理查德·科蒂斯。你的名字是简·萨默斯。”

“我没告诉过你。”

“你是没说过，不过你提起过你们杂志，于是我打电话要到了你的名字。我可不想让你消失。”

“我真是可笑，”我说着离开他的怀抱，“问题是……”我不知道是什么，但是未来却正投下长长的阴影。我想，这一切很快就得结束。

但是为什么要这样？我回到公交站台，转过身挥手道别——他正等着我这么做呢。

我受不了“这一切行将结束”的念头，因此不作细想。

我不知道什么时候曾像过去两周那般拼命地工作。三种生活互不相干，各不相同。首先是杂志社。因为菲丽丝休假待产去了，吉尔和我分担她的工作。我们面对面坐在当年乔伊丝和我共用的办公室里。有些老员工进来看到了会说：“就好像从前那样嘛。”我们四处张罗，确保查理有足够多的商务午餐。他做这些事还算在行，前提是事先得到详细汇报。他来得晚走得早，没有丝毫歉意。菲丽丝的孩子是整个杂志社的共同事业。进办公室的时候他总是和颜悦色，笑容满面，他会说：“医生说可能会比我们预计的早几天。”或者说：“可怜的菲丽丝没睡好觉。”他的秘书端茶给他，表现得细心周到，微笑中流露出对他的纵容。看到这一幕，吉尔和我相互使了个眼色，就像过去乔伊丝和我那样。什么都影响不了我们的工作速度、办事效率和融洽氛围，除了凯特，她一天给我们打上好几通电话。“简，我找不到糖在哪儿。”“我能借你的丝绸裙子穿吗？带花边的那条？”我强忍着嫌恶，因为每件衣物经她穿过以后都残留着一股叫人不舒服的汗味儿。不论她有没有按我的要求天天洗澡，她总说：“有，当然有。”这时候吉尔会扬起她漂亮的眉毛，瞅瞅我，为我做的傻事而轻声叹息。

我说：“我不在的时候，她试穿了我每一件衣服。我相信她成天就只做这事儿。”

吉尔一手托住下巴，一二三四，四枚粉红色的指甲衬在她粉雕玉琢的脸颊上，显得非常醒目；珊瑚红的双唇，如果噘起嘴效果会更好，摆出的样子完全符合她的思路。她仔细观察我，毫不掩饰她的好奇之心。“你中了什么邪啊，简？”——她确实想弄个清楚。

我不想让她知道，跟她描述的是问题的症状而非根源。我说：“光写封信就把她打发走，我可受不了。”

“谁要写信打发她走？问题在于她如何找到适合自己的位置。”她说这话的时候有点斩钉截铁的味道，像个家庭主妇在说，对，现在我已经把一切都安排好了——各就各位，心满意足。“你看不出来吗？”她接着说，“她就是达不到别人对她的期望。”我的表情显示出我非常愿意，也确实需要倾听她进一步的阐发，于是她说：“她会结婚，是不是？和她那一类人结婚。或者去做修女，诸如此类的。”

“我很少听到有谁这么彻底地给处置的。”

“好吧，简……”

电话铃响了两声，不是凯特，而是理查德，吉尔没显得怎么好奇，她并没有注视我，而是忙活起来，甚至还走到办公室外头去了。

理查德一打来电话，我就控制不住自己声音的变化——我确信，是整个人都起了变化。我听见自己的音调上扬，进入一种亲密无间的欢乐之中，那是只有我和理查德的奇妙一体，此外的一切都跌入了某种令人恍惚的黑暗当中。

接完这样的电话以后，我往往要过好一阵子才能回到正常世界之中。

上一通电话结束后，吉尔隔了一个小时才问我："简，你想没想过再结一次婚呢？"

她有点躲躲闪闪的，因为她本来并不是真的想发问，有那么一刻，我不喜欢她了，我可爱的吉尔。结婚这个词像根鞭子，不紧不慢地抽得人生疼。过了一会儿，我说："我根本没有再结婚的打算。"我愣愣地呆坐着，几乎透不过气来。嫁给理查德——啊，我简直没法设想那样的幸福。不过一切都毫无意义，因为婚姻该有的模样，哪怕是关于婚姻的小小的一个念头，都在我们交往范围之外。我整个人沮丧透了，一点心理准备都没有，于是我走出了办公室。回来以后，吉尔还坐着，惶惶不安，海水般湛蓝的大眼睛泪汪汪的。

"我很抱歉。"她说。

我坐下来，先拿出手提包里的化妆品，着手补晕开的眼妆，方才开口："你很快就会看到——我实在是无能为力。"我补完眼妆，收好东西，一丝不苟地把手提包放回原处。做好这一切，我又接着说："你轻浮妄为的简娜姨妈体内引爆了一枚深水炸弹。连自个儿都不明白在发生什么事。不，吉尔，你用不着多加解释。"

没有和理查德约会的夜晚，要回公寓，我整个人都得经过一番挣扎：不是因为不知道回到家会有什么发现，而是因为明白会有什么发现。凯特倒在浅灰色沙发一角，那里已经变成了她的地盘。那是我漂亮房间里的肮脏孤岛，堆满零零星星的衣服、杂志以及瓶瓶罐罐，比如一只空杯子滚进狼藉一片的各类化妆品当中。凯特不看书，但是她会像小孩一样看看图片。通常，她会戴上耳机听广播，耳机线从她的脑袋两端垂下来，脸部的表情在不时回应（我）听不见的喧闹声，两眼是倒霉的僵尸被催眠以后的典型样子。她的身体有时也会有节奏地晃动。

我说："凯特，耳朵会聋掉的，你想成为聋子吗？"

她对我的态度总是很热络，叽里咕噜欢快地说："哦，不要，简，我不想耳聋。"

"那你干吗不停下来？我不在的时候，你可以正常放出来听。"

但是她喜欢戴上耳机进入她的秘密世界，完全不受外界干扰。她已经有点聋了。她摘掉耳机以后，有几分钟时间我跟她说话得用喊的。

在凯特身上，我收获了新的经验：真有人能对你充耳不闻，姑且不说这种耳聋虽然只是间歇性的，但却是实实在在的耳聋。我想，我从来不认识哪个人，听说了做哪件事会耳聋以后还照样接着做，没打算住手的。

我到厨房去看她是不是按我的要求去购物了，倒不是我自己做不来，而是这样可以让她多活动活动。她确实出了门，也差不多买齐了我要的东西，但是从来没有一次完全按照要求来采购，所以每每进厨房的时候，我甚至都有点好奇：这次又会有什么东西呢？某个牌子的咖啡，因为罐子上金色黑色的图案很惹眼，所以她就买下了；一棵红色的卷心菜，因为她被那稀罕的颜色吸引住了；几只柑橘，她还没吃，就是喜欢它们摆在路边时正好阳光灿烂的感觉；五大包薯片和一些小肉桂面包。

我不想挫伤这孩子的积极性，拿食品柜里的库存加上她买的东西，做了我们俩的晚饭。不过，看到盘子里这堆作为配菜摆在褐色法兰克福细香肠边上的红色烂糊糊，她恐怕不会想到，那其实就是她在伦敦魔法屋买到的洋红色宝贝。

和凯特共处的这些漫漫长夜，我尽量让自己温和亲切点，不那么棱角分明说一不二，对我而言真是不容易。我注意脑海里形成的每一个词，专挑那些不会让她“难过”的字词，还说得磕磕绊绊，虽说斟酌的措辞再多，也不见得能组织成有效的话语，能让她更听得进去。我问她白天都做了些什么，好像她怎么样都不要紧，随便她一觉睡到十二点，胡乱试穿我的衣服，慢吞吞地逛一两家商店，然后坐在我的沙发一角跟着那激烈的音乐浑身抽抽。我极力想要找出这世界上能让她真正感兴趣的东西，但是她只对吉尔做些什么事有着狂热的好奇，除了吉尔就没别的了。她想跟着吉尔，想变成吉尔。她问起吉尔的公寓，但我只不过匆匆一瞥，无法提供她想打听的细节：那里有没有给她的房间？就算她知道吉尔三年多前逃离家庭基本上就是要远离她，她也不会承认的。她问我都给吉尔买了什么衣服，只见她徒劳地盯着她自己那些衣服，已经惨淡地乱作一堆；她想了解吉尔的“寓友”——吉尔是这么称呼他来着的。“来见见我的寓友。”她是这么介绍她的恋人的，而我作为旁观者，想告诉她，吉尔，吉尔，不要——至于告诫她不要什么，我自己也不清楚。实际上我并没有说出口，只是坐在那儿仔细观察她，就像我观察照片里年轻时的自己一样，为她不知道她自己是多么稀罕难得的珍宝而感到不可思议——我是这么认为的。锁在心底吧，不要插手了。

我跟凯特谈了谈她的学业：如果她愿意的话，可以去上各种课程班，尽管现在已经接近学年尾声了——教学日历对我而言是新鲜的时间安排。但是到了秋季，她就得上专科学校去学西班牙语。我想不出除此之外还有什么更简单的办法。我说这条路可以通往某种传奇般的经历（像吉尔那样），让包括结交朋友、有所成就、获得独立在内的一切都有实现的可能。因为我这么说了，她也就人云亦云。

但在此之前，她还是打算就这么萎靡度日。她似乎对世间到处奔腾飞驰、活蹦乱跳的生命力一无所知：她没有衔接上，发生短路了。和凯特待上一晚，我就精疲力竭。我甚至早在十点——比平常早了一个小时——就上床，打算睡上一觉以恢复体力。这女孩在这儿，叫我乱了方寸。我不知道自己怎么才能——照吉尔的说法，叫她离开：“嗯，叫她回家去，简！”我确实会觉得自己好像在责怪她。但如果她不在这儿，那理查德和我可以……可以干吗？到这里吃顿饭？做爱的念头时不时显得势在必行，然后又不了了之。两个人一见面，就带动周围的温度骤然上升，然而这两个人不做爱，甚至连念头都没有，究竟是怎么回事？

是不是那张年轻姑娘的小照，那张小照背后的寓意，让我却步？让我们却步？

我一丝不挂，站在镜子前。哦，我无疑一直在欺骗自己。没多大变化，我一直隐约这么想，总会根据自己身体日渐老去的变化来巧妙地穿衣，衣服的质地和手感都宛如皮肤……尽管我极力阻止自己这么做，但一旦我当真思考起和理查德做爱的念头，悲伤便向我袭来，感觉极其空虚，好像有不散的阴魂出来搅局似的败坏了自己的心情。

我每天晚上都梦见弗雷迪。

过去我们的性生活挺不错的。说来也怪，我从没做过和弗雷迪的春梦。我们当初做爱，像老话说的鱼水欢好，有什么好去梦的？我记得听到别人说起他们做了春梦时，曾经这么问过自己。

他去世以后我也没有性梦，那不是在我梦中情境需要注意的特别内容：我记得，在睡梦中我有高潮，但那完全是官能上的。对我而言，自慰多是出于讲求实用，而非要追求感官刺激：我需要自慰，得放松一下，早点了事，我一向都是持这个态度，因为我已经对性事有了充分的了解。而如今，我入睡以后，竟然梦见和弗雷迪狂野不羁、激情十足地偷欢，充满悔恨也充满渴望，真是疯了。无可否认，我们都是疯狂的家伙。

因为我出去和理查德共度了许多个夜晚，所以凯特问了起来："你去朋友们那里吗？""你和朋友们在一起的吗？"我毫不含糊："是，我要去。""是，在一起。"

"他们人很好吧？"她可怜巴巴地问。意思是，他们会喜欢我吗？有一次她甚至愠怒地说："为什么我不能去？他们很有名吗？"

"你看，凯特，我有我的朋友，你也会有你的朋友。"

我说这话的时候，能从她身上体会到那种被抛弃的感觉，那种残忍——就像她得知不能在《莉莉丝》工作一样。一扇又一扇门在她面前接连不断地关闭，当她靠近的时候，功成名就的绚烂世界就躲开她。

她邋里邋遢缩成一团，窝在我宽大的沙发一隅，那双惨兮兮的眼睛仿佛是遭到了虐待的孩子，可怜巴巴地看着我。

夜里我督促她上床——要是我不步步盯紧的话，她就会胡乱就地睡下，躺倒在面包屑、巧克力渣和薯片中——我仿佛看见了泰迪熊和洋娃娃的幽灵。我是不是该给她买一个呢？那会不会又是一种残忍？

然后是我和理查德的生活。那全然是另一种活法，我的脚跟插上翅膀，向幸福生活飞去。有时候我会捧着鲜花到我们的约会地点，以此表达我的喜悦之情。理查德见状开怀大笑，凝视我的双眼，而我就像看到过于耀眼的阳光似的一阵目眩。他拿起一朵接一朵的花，别到我的头发、腰带和扣眼上。我打扮得花枝招展，令路人侧目。起先他们有点看不惯，但很快也从我们洋溢出的欢乐中尝到了甜头。我们走到哪里，就把旁人都拉进我们的快乐之中。昨天，我们站在特拉法加广场的喷泉边上，像扔硬币试运气一样，接二连三地扔进朵朵小苍兰和晚季水仙。我们一道在路边买的这些花，卖花人说："今年最后的水仙了。"我们俩一束又一束地买花，一个人停下不买了，另一个人就接上，直到我们俩都鲜花抱满怀。花儿漂浮在喷泉池里，黄黄绿绿的泡在浅蓝色的水里。几个小女孩脱下鞋袜，蹚过浅水去捞那些花儿。她们一边喧哗嬉闹，一边把花儿丢到喷泉池边，冷不防还滑倒了。"为什么你要扔掉它们呢，先生？"她们叫嚷着，踩进水里去收拢花朵。于是我们从堆成山的花中拿了几束给她们，然后走上圣马丁道，把水仙分送给路人。他们非常惊讶，盯着我们直看，随即就笑了。他们很可能以为我们是哪家剧院的演员，在演一出即兴剧。

我们去了好多家酒吧。起初是在看戏前进了家酒吧喝了一杯。理查德说他都忘记酒吧什么样了，多不可思议的好地方啊。他说到在国外他最想念的是酒吧；他常说不管在什么地方，英国酒吧都无可匹敌。

我从来都不是爱泡吧的人，现在想想到底是为什么呢？嗯，原因之一，是你要去酒吧的话，得有个伴儿。

伦敦的酒吧是多么令人心旷神怡啊。各个公共场所都有如剧场，酒吧尤甚，因为进来的人往往都是常客。理查德和我先看情况尽量落座，直到我们能换到最中意的位置为止——所谓最中意的位置就是角落，这样我们就不会挡着别人的路，也没人注意我们。

我们喝苏格兰威士忌，他加冰，我不加，两只玻璃杯紧挨着放一起，光线照射之下，酒水表面形成油汪汪的金黄图案，晃晃悠悠地映在桌面上。这些酒吧真是个解人寂寞又包容万象的好地方啊。人们来来去去，显然没有什么特别的理由，但是每个人都深陷在他或她自己的小小行为模式之中，他们泡吧这件事本身就是我们看不见的范式的一个片段。大家都那么千姿百态，从没有一张脸会雷同，各种不可思议的混合搭配：门一推开，出现一张新面孔，独特之处根本无法预见。

我们交谈了起来。在我们所有的对话中，最常重复的内容如下。

理查德说："他们怎么就对自己所拥有的视而不见，为什么把它损成这副样子？"要么变换一下说："你怎么就看不到……"还有一回说的是："我，我们……要是我们能够……"——能够看这个那个，做那个这个的。他说电视上、报纸上对他们自己，你自己，我们自己，从来都没有一句好话，除了灾难，没有别的了。

我说："可情况确实是都不好呀。"我列举了失业和工业衰退的例子，说现在的低下效率有多糟糕，整体状况非常混乱，以至于你会感觉好像一切都在你指缝中流逝，而你什么都抓不住……

他说确实如此，哪里都一样，是因为一切都太庞大，太难掌控，和不列颠没有关系——和我们、你们、他们没有关系。

我告诉他《莉莉丝》内部的种种情况，提起我为了让工作得以开展，如何处心积虑、摩拳擦掌地对抗那种在我看来玩世不恭，而别人都心照不宣的和稀泥作风和凡事都无所谓的态度。

他说我们—你们—他们，都不懂得我们所拥有的。我们拥有的——是人民。他说这里有理智，有观念，有平衡，有正义，而我们却并不看重。

我说："我很看重的。"我告诉他我如何沿着这座城市走啊走，从人们身上获得滋养——我就是这样的感受：脑海里浮现出一幕幕的场景都是喜剧，超乎现实的陶醉之情如影随形，可以是因蔬果店里某个人说的话而起，也可以是因看到公交车上的两个姑娘而起。

他说："还不是都一样，你给宠坏了，你们都是。你们活在这个小小的绿洲当中，而外面的世界满是混乱局面和恐怖事件，以及不敢说出自己真实想法的人。"

我说："是时候了，你该回国生活。"

他说："我受不了你们听任一切走下坡路的态势。有时候，我离开的时间太长了，回来会有所触动，这里有某种非常了不起的东西，但这次回来的新发现，是你们一刻也没停止过糟蹋自己，让好端端的一切土崩瓦解。"

他抽出一张报纸，平铺开来放在我们俩之间的桌子上，他已经用粗粗的双下划线标出了：失业问题，英镑贬值，工人罢工，爱尔兰问题，下水道状况，铁路危机……于是，我环视酒吧一圈，看看他们，你们，我们，想知道边上那个男人是不是失业了，或者远一点的那对年轻夫妇是不是根本就没工作过，是不是这显而易见的幽默、闲适和自信都只是掩饰的面具，这时候他会说："你们怎么可能看不见自己都在做些什么呢？"

今天他说："好吧，或许你们活该失去这一切。如果不珍惜某样东西，就会失去它。"他怒而不发，惋惜之情看似是爱之愈深恨之愈切。在理查德身上，纵然再激烈的言行也是迂回的、克制的。

但是他谈论起我们——谈论起他和我，不见得比谈论"他们"或"你们"少——对于我们列为禁区的私人问题，他游走在边缘之上。我小心翼翼不敢注视他，因为我希望他相信我遵循着那些规则——他的规则——原来我所恪守的是他定下的规则。但果真如此吗？为什么我一直不愿从手提包里拿出我的那张小照呢？装照片的信封都弄脏了。哦，我和他一样害怕！谈宏大的议题固然没问题，但是对我来说又太沉重了，正如对我们所有人而言一样。此外我还为理查德和自己担惊受怕。我们如此脆弱，拥有的幸福轻易就会分崩离析。只消一个词就会杀伤力十足；往往一个词或者一个眼神，就会夺走我们在彼此身上的快乐，弄得我们都笨嘴拙舌，只好胡乱诌点话或者做个什么动作掩盖过去，讨论起别的话题，一如既往地瞎编些无聊话，纯粹玩玩文字游戏图个好玩；或者我们从原本泡着的酒吧或者歇坐的街头快步走开，好远离危险的源头。

近来天气持续炎热。那些在春天里一身或嫣红，或嫩黄，或乳白的树木，全都变得葱茏苍翠。夏天降临了。昨天，我穿着亚麻质地的黄色连衣裙，和理查德坐在路边金灿灿的阳光下。他以他惯有的恭维方式，语气真诚但是又带着几分怅惘地说道："简娜真漂亮！"那样子似乎是做出命运的总结，又隐隐流露出忧虑。

我告诉他，对几乎所有人来说我都叫简娜，但是对家人却不是，他马上说："简娜，你当然就得是简娜，简听起来太过一本正经。"然后他故意拖长了重读发音，吉——安——简，我们都不禁笑了起来。但我笑得不算开怀，因为从简这名字里，犹能听见家人的压力和苛责。

就是在那个时刻，我受到启发，老天相助，我麻利地从包里拿出那张照片递给他。他接过时并不知道究竟是什么东西，还没明白过来。而后他定睛一看，身体就绷紧了，甚至直起了腰板，把照片放平，搁在白色瓷碟和装着橙汁的玻璃高脚杯之间。他低下头久久地凝视照片里身穿小碎花裙的女孩，呼吸都变得急促了。我见他涨红了脸，多么后悔给了他这张照片！我坐在那里饱受煎熬，心怦怦直跳，知道情况不妙，都是我犯的错，我的错！我移开视线，不敢直视，但还是忍不住要偷瞥几眼，而他呆坐在那儿一动不动，看着我。错过了三十年光阴，一去不回的三十年！眼下他显得疲惫，甚至是筋疲力尽，而且脸色苍白。我们愉快美好的一天，阳光灿烂，碧空万里，人们身着夏装，轻松自在地微笑着——那一切全都上哪儿去了？还是我们跑到哪儿去了？我们不再是那欢乐之中的一分子。各种思绪都涌现到我心头，有待一一化解消除。比如：这不公平。比如：是他问我要的我年轻时的照片。比如：他在责怪我吗？怪年过五十的我看起来和二十多岁时不一样？比如：你在惩罚我！

其实他也受着煎熬，备受煎熬。

他没有看我，他不愿看。冥冥之中有某种混乱和痛苦，我觉得并非因我而起，这使得情况更糟糕。我坐在那里喘不过气来，连呼吸都会觉得疼痛，心里只想快快离开这地方，上哪儿去都行。

这时候，不知道算是要给我，还是给整个局面恰如其分的应有承认，他煞有介事地说："恭喜恭喜！"

一阵轻风吹起桌布红白蓝三色的纸质护角，照片斜着立起来，就快给风吹跑了。他迅速用手按住，仿佛是扑住蝴蝶之类他想捕捉的东西，随后又看了看照片，脸上的痛苦真真切切。他把照片放进了贴胸口袋。

"我们走。"他说完匆匆地把钱都掏出来放在桌上，远远多于本来应该付的酒水饮料费，就这样离座走开，而我尾随其后。我们沿着布朗普顿老街行走，不知不觉到了克伦威尔路，浑然未觉周遭的建筑越发低矮破旧，直到我们走到谢泼德布什和汉默史密斯，才发现街道纵横交错，宛如迷宫一般——这里是伦敦人拥挤不堪的居住区域，而非上班的地段。人们在街上溜达，推着手推童车去采购从脆米粒[1]到山药，从飞鱼到玛氏巧克力的一切物品，他们站在人行道上闲谈，聊的都是接着她说了什么，然后他做了什么之类的……我们依然没有朝对方看。骄阳西斜，灼热的路面烫得我们脚都疼了，两个人都气喘吁吁，因为一路走得太快了。我们在一棵梧桐树下歇歇脚，这棵树径直旁逸出温暖的路边，树下有两个百事可乐的空罐、一小堆废弃的雪糕棒、些许脏兮兮的报纸，还有个印有黄色笑脸的蓝色儿童玩具球。我们朝一户人家门前的小花园里望去，一英尺见方的黑土地上生长着七株桃红色的郁金香，有位身穿橙色比基尼的姑娘正对着郁金香花挥舞黑蛇般的喷水软管。水流闪闪发光，围绕着郁金香；她浅黑的头发披垂在肩上，在阳光照耀下变得七彩斑斓；她一侧髋部夹抱着一个几近全裸的婴儿，已给这个星期的暑热晒成了棕色。她看见我们，便挥舞着软管跟我们闹着玩，一道道水柱飞溅在我们周围，跟我们打招呼说“嗨”，还说“玩得开心哟”，很重的中西部口音。她把软管朝地上一丢，软管盘绕成团，水还在滴滴答答，她懒洋洋地拖着雪白的大腿踏上台阶，走进家门——门大开着，以便通风透气。

现在他叹了口气，伸出手臂搂住我的肩膀，但依然没有看我。我们站在那儿，出神地看着桃红色的郁金香在阳光下闪耀。

夏日炎炎的势头不减。我们都清楚，这短暂不过的一周的夏天随时可能销声匿迹，等待来年再见，感觉仿佛英格兰吸进的每一缕阳光都有可能是暴风雪来袭前的最后一丝暖意。伦敦各大公园的绿地上，随处可见人们舒展开身体，大片裸露的肌肤呈现眼

1 谷物早餐品牌名。

前；在城市街边行走的女孩们，穿得像要去夏威夷或里维埃拉[1]似的，袒露的肩膀恐怕是没有采取防晒措施，晒得红通通的，白皙的腿看起来有点泛红，头发披散着，以汲取每一寸灿烂的阳光。我们这些悉心守护每一个黄金时刻的守财奴——理查德和我，以及居住在这个世事无常的岛国上的其他人——我们分分秒秒都在户外度过。所谓的分分秒秒，是尽我们所能的每一分每一秒，因为他还有他的职责（还没告诉我）所在，我则是因为菲丽丝待产不来上班而有许多工作要忙。不过，我总是溜出来，我们和成群的鸽子以及白领们一道，坐在苏荷广场上，吃中餐馆外卖的大分量的糖醋特色点心，或是以橄榄油和鲜番茄等作为配料的香气扑鼻的比萨饼，而后我们俩当中总会有个人说："可我得走了……"我不知道今生还有什么时候比这样的时刻更加让人心情灰暗，除了理查德说"亲爱的，我得离开你了"的时刻，除了我不得不说"再见"，把他一个人丢在长椅上的时刻。

我们的夏天消失不见了。雨水阵阵，一切郁郁葱葱，都湿漉漉的。理查德今天问起："你说过不能请我上你家，是什么原因？我忘了。"话说得生硬粗鲁，还心有不甘。因为我们总是在公共场所四处漫步悠游，在马路边、公园、咖啡馆、戏院还有酒吧里逗留，这便是现实中我们的生活状态。

"我可以请我外甥女周末回避一下。"我想了想答道。他一听就笑了起来，我也跟着笑了。听起来怪可怜的，又显得荒唐。但是他落在我身上的目光带着批评的意味。批评我吗？我不确定。

今天，是这样的场景。和理查德用过晚餐后，我到家晚了。不过我给凯特带了外卖中餐回来，因为她从来不好好吃饭，除非

1 里维埃拉（Riviera），法国东南部和意大利西北部的地中海沿岸区域，是度假胜地。

我替她安排好。和往常一样，她坐在沙发一角，戴着耳机，四肢乱挥乱舞。我把晚饭盛进盘子端给她的时候，她都没有摘掉耳机。她闻上去一股酸臭的味道，脸上的污垢使得她看起来像某些生活难以自理的老年人。

她打算开动了，耳机仍然塞着，但我见状朝她隔空远远地挥手，于是她匆匆忙忙但又心不甘情不愿地把耳机线拿开，扑到食物上。

“凯特，”我说，“我希望你这个周末离开公寓。”

好像是我扇了她一巴掌似的，而且这一巴掌还下手很重。她咧开嘴，嘴巴里还含着食物，眼泪涌出眼眶，潸然而下。那可是真真切切的泪水。她吓得说话都结巴了。

“可是……可是……”

“凯特……”我说，“你要知道……”但是她根本没法知道任何东西，好像我是对着一个三岁小孩说话：这个周末你必须离开家。先是无法理解，然后是发狂似的被抛弃的感觉。

“为什么？为什么？”她号啕大哭，“我都做什么了？”

“你什么都没做，凯特！有什么好奇怪的，难道我偶尔要在自家过个周末都不行？”

“你要在这里招待谁？”她盘问起来。眼下她怒火中烧，气得满脸通红。我大为惊奇，坐在她对面，试图理清头绪。她想必不会以为……想象不到……不肯相信……

“好吧，我不会碍你事儿的。”她愤愤不平地发出抗议。这一切着实荒唐透顶，于是我定下了规矩：

“凯特，你看，就这个星期而已，星期六和星期天。你肯定能回家去待两天吧？”

她干瞪着我，我也瞪着她。最终我败下阵来，因为这从头到尾都是对牛弹琴，真是荒谬至极。

“我怎么能回家？”她又开始哀号了，至少听起来如此，以至于我一时起了兴致：我发现每每她在我面前煞有介事，每每她真的赌气愠怒，我就感到欣喜和满意。只要是出于干劲和动力，源于自信，随她怎么样都行。

“我实在不明白为什么不行。”我说。很快，我便发现她的表情发生了变化：一阵兴奋，带着一种轻松的满足感。

“我会待在吉尔那里。”她宣布道，一扫之前受到侮辱和冒犯的模样，整个人充满期待，坐在那儿絮絮叨叨地说起吉尔的公寓和她的男友，说起吉尔和她在家如何一起做了各种事情。

我今天在办公室对吉尔说：“你介不介意收留凯特两天，这个周末？”

这下我看出来了，这就是一直以来她害怕会发生的事，因为她被吓着了，怕得不行——陷入了困境。我见她摸索着香烟，手指头都颤抖了。我那泰然自若又能干的吉尔上哪儿去了？现在坐在那里眼巴巴地瞪着我的，是个担惊受怕的小孩子，带着哀求的目光，忧心忡忡的。

“有点不对劲啊，太荒唐了，”我说，“我都提什么要求了？不过是请你收留你妹妹两天——就住一晚而已！她不肯回家嘛！”

“简！如果你不明白——”

“她早晚要上你的公寓去。你可拦不住她！”

“她一旦进了门，就再也不会走了。”

“吉尔，别这么没用。到时候马克会待哪儿呢？”

“凯特在的话，他肯定不会在那儿。”

“他见过凯特了吗？”

“没有，我会确保他见不到她。”

“那太傻了。”

一阵长久的沉默。她蜷缩着坐在一旁，吐出烟圈，在烟灰缸里用力揿灭香烟，拿起来冷冷地看了一眼又扔下，再点起一支，一口接一口地吞云吐雾，直到被一片青烟笼罩着。

“我希望吧，你该不是说，你害怕会因为凯特而失去马克！”

她想了想。“没有。呃，有可能。他凭什么要忍着她让着她？”

“一家人，”我说，“一家人啊。”

“看看你和你姐姐。简和乔姬！你们一直都不喜欢对方。”

“胡说。”我说得斩钉截铁。但又猛然想到：我不喜欢乔姬姐姐吗？“她倒是有可能不喜欢我。”我说。

“显然是啊，你们这辈子都相互恨得牙痒痒的。你们俩向来都对着干，消除对方的影响，没一件事情例外。”

“好吧，吉尔，我不想毁了家庭神话，但即便乔姬一直对我耿耿于怀，我对她也没有什么心结。她可能这辈子总说她妹妹有多糟糕，而且说个没完，但是我可以向你保证，我有好几年时间根本没怎么想起她。”

“好几年快乐的时光。”吉尔说。

“她对我可没有那么重要。”

“那你干吗不索性把凯特打发回家？”她气势汹汹地问。

“我并没有把你打发回家。”

听到这话，她确实思索了一下，看起来是意识到了什么，头微微一摇，似乎要说对不起。不过她完全被恐惧蒙了心。

“我活到现在，总是害怕一件事儿，那就是我早晚会因为某种原因被凯特拖入泥潭。你说，她是你的妹妹——可我没得选啊。”

“吉尔，”我说，“就两天。没别的要求了。周日晚上我会到你公寓来接她回去。”

“这都是因为那个男人。周末的爱情聚会。你们干吗不去性爱酒店？”

我不知道如何写下我听到这话时的感受。说我觉得受到了攻击……她大可打我，朝我扔一袋垃圾……她嘴里本来有可能喷出污言秽语。我坐在那里，感到恶心，头晕目眩。

“哦，天啊，简娜，简，对不起，我不是有意的。哦，我怎么会？哦，哦，我该怎么办？”她站起身，在办公室里大步踱来踱去，双手捂住脸颊，死死地盯着我，还握紧拳头对着她的前方上上下下挥舞，好像在击打着空气中的什么东西，只是我看不见而已。眼泪从她脸上迸落，吧嗒作响，她由于悔恨和痛苦而心烦意乱。我也一样。

“哦，简，”她叫喊道，“我当然会收留她。当然会。对不起。”

那个尚未开始便招致诸多纷乱情绪的周末，就这么过去了。凯特现在上床了，之前泡了个澡，还给饱饱地喂了一顿美餐。

我坐在自己的卧室里，此前这房间一直让我觉得相当舒适，很适合我自己，堪称我的布局背景，甚至等同于我的家，但是现在有点不对劲儿。我看向大窗户外面，遥望伦敦那夸张的天空，由紫红色到深紫色，给反射的光线照得雾蒙蒙的，这片天空从来不曾黯淡下来，因为天空下方的伦敦向上投射了自身的映象，光线耀眼得驱散了云彩，也驱散了黑暗。我把日记本摊在面前，往本子上写字，仿佛身体里没有任何东西一样，整个人空荡荡的，感到有什么东西被掏走了。这样的感觉怎么也说不过去啊……

还是拖到明天再写吧。

或许我要泡个澡。我讨厌在凯特泡完以后去，感觉好像她的污垢渗进了浴缸瓷釉的“毛孔”里，她的汗酸味儿同浴盐和温暖干燥毛巾的气息混到了一起。我应该上床去好好思念我的恋人理查德，看来我是永远不会和他同床共枕了。我们之间隔着刀山剑海呢。

周六那天早上，我奋力把凯特拖起床。一点都没夸张：她脑袋顶着双膝，蜷缩成一团，绷紧了肌肉和我较劲儿。当时我的感觉糟糕透顶，差点就要把她丢在那里作罢，打算半路拦住理查德，说取消约会算了。但是我一路无情征服战胜的，不单是凯特和吉尔，还有我自己，一旦向前推进不力就打退堂鼓，那未免也太可笑了。我使出浑身解数拉她起床，其实无非就是替她穿上衣服，把一杯热巧克力和一个羊角面包往她手里一塞，然后给她点钱再加上怎么走到吉尔住处去的地图。她慢吞吞地走了，窝了一肚子火想要报复的样子。我看见她到了街上抬头远望我的窗户。我的心一阵刺痛。有什么关系呢？我现在可是心灵世界的专家了。心，这个器官不肯听话，自有主张而又顽固不化。对于凯特，我的心做出的反应是隐隐的悲痛，像是绝望；对吉尔，感到的却是暖暖的喜悦，很可能是私心作祟，因为我在推动她的进步上帮了大忙。理查德呢？那可不是位于我胸腔正中的这个器官的问题了——我一想起他，便能察觉到脸上浮现出微笑，双脚开始轻轻打拍子，仿佛想要翩翩起舞。

我逐渐明白了，可怜虫凯特引发的那隐隐的痛楚，是无能为力的象征——我的无能。

我打电话给吉尔，告诉她凯特出发了。马克接的电话，他听起来很和气，但置身事外无所用心。他说，他们正在浴室铺地毯呢。

接下来我开始着手整理打扫公寓。布朗太太和往常一样每周来两次，但是我们有个不成文的默认协议：她不收拾凯特的烂摊子。我竭尽全力清理干净，然后出去采购以便做饭。做一顿大餐。话说回来，我已经很久没有把我这相当了得的本领派上用场了。想到弗雷迪和我操办的那些小型晚宴——好吧，或许我不愿想起。事实是，对我们俩而言，开心享受的是操办的过程，要让宴会从头到尾都尽善尽美，可能客人们只是我们展示自我的背景而已。我想要照着这个思路细想吗？不，当然不要，但似乎我和弗雷迪共度的每一天正在被逐步抹去，以至于看起来仿佛荡然无存了。那不是本来该有的样子——是的，我很清楚，但是这么少之又少吗？就梦见弗雷迪这件事而言，一夜又一夜，他是我走进的风景，然而我和他之间总是存在着障碍。或许我就是那道障碍，仿佛我的内在实质、我这个人，对他——看得见却触碰不到的他，带有敌意。要么是迷雾弥漫在我们之间，要么是我一靠近他就走开，要么是我紧挨着站在他边上，看着他近在眼前的脸庞，满腔希冀和渴求，但他面无笑容，我又动弹不得，想要伸手去拉他，却连手也动不了，因为双手重得抬不起来。我们缠绵欢好的时候充满遗憾和痛苦：总有一个人很快要离开，不是他就是我。

房间都收拾清爽以后，我泡了个澡，不是那种我如今难得才享受一次，一泡就要好几个小时的澡，而是实打实讲求效用的澡。我站在镜子前，穿着珍妮特·瑞格[1]内裤，任由镶绲着咖啡色蕾丝边的象牙白丝质睡衣从头顶滑落，这时我感到自己粗俗下流、肮脏不堪，多么希望自己翘首企盼的，只不过是最终和理查德在伦敦过个周末就好。

我们在马路尽头那家印度餐馆见面。这是头一回（我们一起来）。进门的时候，他们跟我打招呼问好，还一块儿聊了聊。理查德以前从来没有来过我的活动区域，我见他观察着在他眼里显得颇为新鲜的事物——日常环境中的我。拉尔先生问候起吉尔，她常和我在这儿吃饭，然后又问起凯特——语气有所不同，但是

1 珍妮特·瑞格（Janet Reger），英国知名内衣品牌。

并不作任何评判。

周六午饭时段，这地方虽然全都满座，却也令人感到惬意。你可以吃得相当好，都是情理之中的事。理查德闷闷不乐的，我也一样。我们之间的默契不作美了，甚至连饭菜都显得平淡无味。理查德坐在我对面，背对着大门，不时扭头去看看谁进来了，或者观察邻桌那两位：两个才旅行回来的小伙子，他们开着一辆路虎一路南下纵贯非洲。路上有许多探险经历，包括在某个地方给什么军队当作间谍抓了起来。他们皮肤棕亮，非常结实，精力充沛得很，已经又在计划新旅程了——或许是横穿印度。这是他们和服务生讨论的话题，服务生很感兴趣。

他表面彬彬有礼，不过我觉得他其实在偷着乐。是嫉妒吗？愤怒吗？这两位年轻的王子，能出发穿越各个大洲：澳大利亚的沙漠怎么样？——不要啊？你不喜欢澳洲佬？那干吗不去南美呢——太多的战争和革命？那为什么不去印度！

理查德竖起耳朵听，两只手臂钩在椅背上端坐着，他点的菜都没吃完。他的姿态处处表明他在这儿——在我的餐馆里感到不自在，只等着能离开的那一刻。而我们似乎在上百个饭店里用过餐，从来都不曾有希望时间流逝的时候。

到了外面，电影院在上映《天堂的孩子们》[1]，我说："我起码看过六遍了。""大家都是。"他说。我们站着的时候都在盘算，这是我们想要的吗？私下想想，如果这个周末进展顺利，那《天堂的孩子们》该会是不同凡响的成双好事，是神祇额外的恩赐，但情况至此……可因为下着雨，而且像冬天的冷雨而不是夏天的暖雨，不进影院似乎反倒说不过去了。

1《天堂的孩子们》（*Les Enfants du Paradis*），法国爱情电影的经典之作，曾获第19届奥斯卡金像奖最佳原创剧本（提名）。

我们坐得很开，我心里默默哀悼的，不是影片后面将要出现的别离，而是眼下这个时刻，在这个我最喜欢的小型影院里。我几乎总是一个人在这儿坐着，独享不为人知的快乐，就像在偷吃自己明明也知道不该吃的巧克力，但这个下午并非如此。往常我会感觉理查德如同我的延伸，带着电流，但现在感觉不到，因为有一种悲伤的情绪在。当片尾男女恋人困在人群中之际，男主人公试着要伸手去拉他失散的爱人，而人们在他四周围绕成圈载歌载舞，使得他动弹不得，后来甚至都看不见她了；而她走了，永远地走了——那时候我的感觉是，那又怎样？情况一向不外如此。

看完电影已经八点了，寒冷潮湿风又大的夜晚悄然而至。我们进了一家酒吧，离我家不远但是不怎么好，至少那晚看来不太好。理查德摆弄着酒杯，姿势和在餐馆时一样，手臂搁在椅背后面，身子半转着朝外，仿佛他已经离开了这个地方。

尽管如此，我们依然在那里待了几个钟头，因为我们俩着实是谁都不想上这儿来。不过终究还是来了。夜里的天气其实不错，只是风有点大。强劲的风像是从某个冰原吹过来的一样，人行道边上的树都被胡乱推搡着，摇曳得厉害。风来自西北方向，在我想象中，一片黑色海洋犹如遍野冰山，我们眼前的风正从那片海洋上空吹过，因为在更往北的北极尽头自然已经步入了夏天，至少是很快就要步入夏天，苔原开满色彩鲜艳而花期短暂的花朵，云集着密密麻麻的蚊子，炽热的蓝天下，一片片湖泊和溪流蓄满冰冷的水。很快就是6月了。

我们慢慢到了这里，爬楼梯上到四楼，我打开门，他只踏入一步就站定不动了，仿佛他到这儿来只不过是要迅速地全方位环视一遍房间，然后就转身离开。透过他的双眼，我所看到的房间是这么一副模样：宽敞开阔的空间，低矮的天花板，米色的墙面，大面积的镶木地板，还铺了很好的地毯——弗雷迪很熟悉从波斯、印度、布哈拉[1]、遥远的中国等地购置地毯的行情，当中分散排布着我浅灰色的沙发、几把淡黄的椅子和一把红色的椅子。我对这个房间极为不屑，从沿着远处墙壁摆放的那些源自南美丛林的植物，到挂在窗上那个轻轻一碰就将迷你彩虹洒落到一切表面的巨大水晶球，统统都不喜欢。

我英俊的情郎一言不发，环顾四周时脸一直绷得紧紧的，他向沙发走去，低头看了看那块肮脏的凹陷处，那里是契合凯特天性的安乐窝，于是他坐到了边上。

我真希望自己死掉算了。我进厨房准备了一碟点心和酒，端出来放在我们之间那张长玻璃桌上——我可没法安然坐在他边上。

他依然一声不吭，也不看我。

我想象他拿出那张小照片，郑重其事地放在玻璃桌面上，然后抬起眼睛说："什么？"但是他什么都没说，只是摇摇头，整个人灰心丧气的，身体往后一靠，两腿交叉，头埋得更低了，他的视线越过我，不知道是在看地毯还是别的什么东西。

我说："这个错误真是够呛。"

他耸耸肩。"是啊，何必这样。"

"就是说嘛。"

我们喝了点酒，苏格兰威士忌，觉得不过瘾又喝了一些，冰块在他玻璃杯里形成油汪汪的小小图案。

"我买了吃的。"我最后开了腔。

他一本正经地说："另外还可以断定的是，你会做饭。"

这下我们总算笑开了。他拍拍身边的沙发，突然意识到那是

1 布哈拉（Bukhara），乌兹别克斯坦中南部城市。

凯特藏污纳垢的地方，于是换成拍另外一侧。我坐到他边上，两个人紧握着手。

“你真是多才多艺，”他给我下结论，“我早就该料到的。你的穿着——我从没看到过有一点闪失。”

“这是我的分内事嘛。”

“当然。”

我们两手紧紧握着，好像盟友团结起来对抗周围的一切，包括虽然坐在一起却感觉疏远的我们自身。

“简娜，我们想象过这一切吗？”他问，语气既严肃又急切，“我们这是在做白日梦吗？”

“这一刻看来是的。”我说。我们那两只手握得更紧了，像是在表示抗议似的，说，不，胡说八道。

“你真这么觉得？”他追问道。

“没有啦，我不觉得。”

“我们之前从没单独相处过。”他说。

“没有吗？”

一阵沉默。

“要不我去把吃的拿过来吧？”

“你当然早就准备好了一顿美餐，会以最小限度的麻烦，给人最大限度的味觉享受。”

我只好笑笑，尽管心知肚明，他的话追根究底是某种抱怨。是在抱怨我吗？

“好吧，我会好好饱餐一顿的。我喜欢美食。你可能已经注意到了。”

我在厨房忙这忙那，心里好奇他在干什么，但不愿意去探头张望。不过听到他出去，我赶紧丢下咕嘟冒泡的茶壶和平底锅。只见他站在我卧室门边，倚靠着门，一副不紧不慢很淡定的架势。我走到他边上，又一次透过他的眼睛，看见的是一个方方正正并不算大的房间，泛着柔光的象牙色，铺的是金黄的布帛之家[1]地毯，挂着浅黄色窗帘。床很大，一端是起装饰作用的铜质床头，床上盖着葡萄牙织造的白色床罩，还放了几个鲜艳的靠垫。整体上来说，我的卧室不是白色系就是黄色系。小件家具有五斗橱和书架，当然还少不了放着这本日记的书桌，挨着墙摆放的是参考书。还有一些我的小说。

“但这一切之中，你又在哪儿呢？”他最终发问了，对这一切发出了抗议。他离开门口，朝书桌走去，先拿起我的《马里波恩的女帽工》，然后是《仁慈的女士》，开始翻阅起来。

“你对我说的第一句话是——你记得吗？”

“我写言情小说，没错。或者说我以前写。”

“你已经不写了？”

“我想写本严肃小说，但写不出来。”

“讲什么的？”

“伦敦一家大医院的病房护工。你知道——可能你不知道，你怎么会知道呢？她们从哪儿来的都有，可能是牙买加，或者是越南来的难民，或者是葡萄牙。她们拼命工作，把挣到的所有的钱都寄回家——她们很穷。得把孩子带大，养活丈夫，还有……嗯，我想写她们，但是写不出。现实对我来说显然太难以承受了。”

“所以你是言情小说家。”

“看来是这样。”

“你还要再写新书吗？”

“可能会。”

---

1 布帛之家（Casa Pupo），家居用品品牌，以瓷器、玻璃器皿、地毯和床上用品为主。

“或许你会写本关于我们的言情小说？”

我听到他这话，和当初听到吉尔说她做了什么时的感受如出一辙，不知道如何应答。不过他可不像吉尔那样因为悲伤而心如刀割。他站在我书桌边上，就是眼前的这张书桌，他站在那儿，就在我现在写下这句话时所坐的地方后面，一手放在桌上，一而再，再而三地环视这个房间，仿佛他怎么也没法和这房间的任何一部分好好相处。他拿起《马里波恩的女帽工》，站着读了一会儿，又放下书，什么都没说，最后走到窗前，背对着我仰望天空。白云被先前那阵寒冷的西北风撕裂推搡之后，碾过丝绸般的淡紫色天空，此时光线都聚集在白云上。我走到他身边，听见他说：“嗯，在你家里我所看不见的你，却可以在天空中看到。”

我心里一阵感激，挽起了他的臂膀，两人并肩站立在窗前，背对房间——背对着床——我们观察着光线如何在云彩上闪耀，又如何渐渐暗下来。厨房飘来的香味召唤了我，于是我飞奔过去，把锅从火上端了下来，还算及时。

我们在厨房吃饭，他开玩笑，说他对此真是感恩戴德。我问他：“你家是什么样子的？”

“很漂亮，美国中产阶级式的。在郊区。趁你还没问，我先说了吧，我们在伦敦这里的房子，现在租给了别人。”

“你们不住在自己家里？”

一阵长久的沉默。

“简娜，看看吧，这么一来啊，情况变得有多糟糕！非要这样不可吗？”

“不，用不着的。”

“当然，你的厨艺棒极了。”

回到起居室的时候，我们都平静不下来，一时间坐不下来，后来总算坐下了，但他又站起身，在房间里踱起步来，好仔细观察我的——我差点说我们的，因为是弗雷迪买的——毕加索的版画以及一组花卉画。画都很漂亮，但在那一时刻，我的起居室乃至整个公寓也显得漂亮。我给他倒了一杯酒。我们又喝了苏格兰威士忌，那时候已经十一点了，我们俩心里清楚，一切都不可能了。

我们都备受折磨，受到了打击，心烦意乱的，根本无法走进卧室，脱下衣服做爱。我很放肆不羁地想，如果所有的灯都关掉了，会发生什么事呢？这想法完全把我给迷住了，在我看来，那是多么出格啊。

正当我胡思乱想之际，他说："如果所有的灯都给关掉了，简娜——可那时候我们是在和谁做爱呢？我很好奇。"他远远地、冷冷地看着我，甚至还笑着，给我的感觉很有阳刚之气，充满了嘲弄，而且不容置辩。但是听到这话，我精神一振，因为他话里总算有了此前始终缺失的理智成分。

没过多久，他说："我这就走了。我不应该来的。"

"是啊，你必须走了。"我简直等不及了。

"我已经记下了你的电话号码，所以我们更近了一步，离——"他留着话头儿没说完。我陪他走到门口。他很快出门去，略显困惑而又不耐烦地摇了摇头，脸上的微笑是在说：不是你的问题，是我们俩。他只是说了一句："我该打你这里的电话还是办公室电话呢？不，办公室比较好——"说完人就走了。

我站在窗前看他离去，心想凯特就潜伏在路边，正盯着上面呢。但是路灯光晕之外漆黑一片，我相信那只不过是我的想象罢了。

对我而言，他的离去真是让人如释重负。的确，我感到自己心胸舒展，又可以正常呼吸了，还想动一动做点事情。我确实也这么做了——房间拾掇打扫完毕，打开收音机，自个儿轻舞一番，每次和理查德约会回来我都这么做，不过昨晚那纯粹就是松了一口气。话说回来，我原本当然也可能会哭。倒不是为了到头来多少有点不欢而散的“爱之夜”，感觉像是行程表上的待办事项，依据外部条件精心策划而定（难道正因为是这样才让我们不快？），而是因为我们都如同一团乱麻，完全忽视了我们整整一天都待在一起的乐趣，我们原本打算抛开其他一切牵绊，享受纯粹的二人世界。

不用说，我又梦见了弗雷迪——我逝去的爱人。他其实从来都算不上我的爱人。或者说我觉得他不算。说来奇怪，一说起要紧的事情，我的记性就很差。我能准确地记得我穿什么衣服，他穿什么衣服，我们在什么地方：我们在肯辛顿婚姻登记处结婚，弗雷迪的父母和我父母一道在萨沃伊酒店办的婚宴，单靠我的父母自己是承担不起这笔费用的。已婚的乔伊丝当我的伴娘。婚礼都结束了我们也没见到弗雷迪的伴郎，至少我不记得我们见过。我们都心情愉快。毫无疑问，我看起来很美——毕竟，我当年非常漂亮。但我当时的感受如何呢？现在根本想不起来。在多尔多涅[1]开车兜风的蜜月对我而言俨然是个谜了。我记得风景优美，菜肴可口。我可以肯定我们很“性福”，因为确实一向如此。可我的感受呢？至于他的感受，我无疑根本没有加以考虑。到弗雷迪去世为止，我可曾问过自己他有什么感想？然而，我真是样样都能干！我清楚地记得，度完蜜月后，我步履轻盈地回来上班，把一项工作干净利落地完成时的那种满足感！我完成了一项任务，办得妥帖稳当，一切都井井有条！

今天早上我醒得很早，心里很难过，我不该觉得奇怪。我躺在床上，仔仔细细观察我精致的房间，这间简洁雅致的屋子。这

---

1 多尔多涅（Dordogne），法国阿基坦大区的一个省。

房间哪儿不对劲了？没什么不对劲！我喜爱这个房间，能在里头感受到自我。可理查德说他在这房间里看不到我的存在，所以不得不到窗外去看天气，去看自然！真是开玩笑！当然了，那说明了他的种种问题，和我毫不相干。

今天早上天气很好。我步行到超市，为接下来几天采购食物，也把凯特的需求考虑在内。我刚把所有东西都放好，这时候电话铃响了。不，不是理查德，而是安妮·里夫斯的一个邻居，说安妮的家务帮手[1]病了，楼上的太太又不在，问我能不能去看看她。

倒不是我很久没去看望安妮了。不论晴雨，我还是每周去两到三次，给她带去鲜花或蛋糕，和她坐上个把钟头，但是我做起这件事，就像——我想说的是——就像定期去洗牙一样。自从生活里有了理查德以后，近来有三四回我都是说了要去最后却没去。今天下午，我在街角买了矮郁金香，粉色的，配上几枝满天星，因为她喜欢迷你的、漂亮的品种。接着，我没有沿街往北走进“我的”这条街道，而是拐了个弯，再拐一个弯，到了安妮住的街道。一走进她家门，就进入了穷人、老人、病人的世界，我一度都不知道有这样的世界存在；还有那些帮忙照料他们的义工、家务帮手、好邻居[2]、来访教友。这个世界迥然不同于我的世界——我的世界里净是那些能够保持生活平衡的人，他们不会预计到（因为那是发生在别人身上的事儿）绊倒、摔跟头然后发现自己躺在某个房间里卧床不起，生活无法自理，一直要靠别人来探望、等着别人带来食物，以及道义上的支持才能活下去；在我们这个世界，不到不得已的时候，几乎没什么人愿意去想那样

1 家务帮手（Home Help），受地方当局雇用上门来帮助老年人或残疾人的钟点工。

2 好邻居（Good Neighbour），指在社团安排下，帮忙关照附近的独居老人并定期为其提供生活帮助的人。

的事情。如果我决定抛弃安妮，不在街角拐那么个弯再拐一个弯到她住的街道，我就会漠然走过那数百万人困顿挣扎着生活的地方，很快便会忘记有这么一个世界存在。

事实上，过去两周我因为理查德而压根儿没有去安妮那里。我想过，哦，没事，楼上那个爱尔兰太太在呢，还有，别担心，家务帮手会……我发现自己还想着，其实我永远都不用去，没人会怪我，可能即便安妮本人也不会怪我，她看着这么多人匆匆进入她的生活，脸上挂着笑容，然后又永远消失了，就像家务帮手和好邻居以及社工都来来去去一样，她可能只会狠狠抱怨一阵子。她自己有更重要的事要做呢，哦，你可别说！

"珍妮特在哪儿？"她可能会诉苦，说的是某个家务帮手本来连续几个月每天都来的，到后来不来了。"哦，你说的是珍妮特·柯林斯？她已经被调到帕丁顿的老年医学中心了，她没告诉你吗？"

遭到辱骂和伤害的，是定期前来看望坏脾气老人的这些人，我甚至已经能做到不把这一事实放在心上：我几乎天天来看安妮的时候，她待我像是对待敌人一样。但是，等一个星期以后我再来，她却笑脸相迎，甚至可以说客气拘礼，因为她怕我可能再也不来了。实际上我可以根据安妮挑剔、指责和发火的状况，来判断我和她所达到的亲密程度。

她家的钥匙就挨着我自己家钥匙挂在我的钥匙圈上。今天，到她家门口，我拿钥匙开门时尽可能动静大一些，免得吓到她，而且我已经做好了遭到苛责和挖苦的准备。她身体往前倾，都伸到椅子外了。由于视力越来越差，她眯起眼睛仔细瞅瞅我。"这回是谁啊？"她问道。然后看到我表达愧疚之情的花束，看到我安抚求和的笑容，她说："哦，是你啊。"然后舒了一口气——她把坏脾气收敛了起来，要是我之前两三天都在这里的话，那坏脾气就会冲着我劈头盖脸来了。“哦，真是稀客啊。”她慈祥地说，变成了一个讨人喜欢的老家伙。眼前的她不是真正的安妮，不是那种就算我们注意到了也不会多看她两眼的人，而是一个和蔼可亲的老太太，她充分调动自己的种种回忆、表现和经历，希望向所有这些值得尊敬的良师益友展现出自己温和快乐、无懈可击的性格特质。

我给我们俩沏了茶，摆好蛋糕，把花插在果酱罐里，然后坐到一张小凳子上，紧挨着封闭式壁炉。我很紧张，等着她尖刻地苛责我：“最近很忙，是吧？”

但我从她脸上看得出，她一直多么害怕我再也不来了。“从你上次来到现在多久了？”她小心翼翼地问，是真的不记得了。

“两个礼拜，”我说，“不对，是两个礼拜又一天。”我总是给她最准确的信息，希望能控制住她日益迟钝糊涂的记性。

“我一直坐在这儿。”她说，又停了下来，从肢体动作看得出她在压制发脾气的那股冲动。她焦躁不安地动来动去，苦恼的眼神投到一边，故意不看我。

“感觉已经很久了。”她温和地说，但是语气冷淡。

说来奇怪，但现在安妮认识的人中，数我跟她认识时间最久。从我结识她到现在已经五年多了。五年来，她都坐在椅子上，待在房间里，动得越来越少，而我却满伦敦城地跑，天天出入办公室，为《莉莉丝》赶赴了上千次午宴晚宴；去过京都的时装秀场，还有马德里、巴塞罗那和阿姆斯特丹，实际上，几乎所有欧洲城市都跑遍了；和吉尔游览过萨默塞特和多塞特[1]，自己到冰岛旅游，因为我对冰岛本身很感兴趣，更何况还有那里独具的前沿时尚。我一个人在伦敦城里城外度过了无数欢乐时光，逛

---

1 萨默塞特（Somerset）和多塞特（Dorset）都是英格兰西南部的郡。

我的百货商店，玩我的摸彩游戏，去我的私人剧院，最近还谈着恋爱——我想不出还能用别的什么词，听上去显得颇为荒唐，不成体统；我来来回回里里外外走遍了伦敦，兴致高昂，血管里的血液像香槟酒一样滋滋冒泡。与此同时，老安妮一直坐在这把椅子上。

今天我发现她很苦恼，想找出点什么来，可她试图拐弯抹角地转到别的话题上。

问题出在她的记性上：她能记住的事情越来越少。她不愿意承认她记忆的地图在日渐模糊消散，还是不久前的记忆。事实上，她的记忆和我的恰好相反。她十岁、十八岁、三十岁、四十岁时候是什么样子，那些记忆全都还在；她当时的感受和需求、拥有什么、没得到什么、穿的衣服、吃的东西、男朋友们、死去的丈夫，所有这一切细节都还历历在目，但她记不清昨天家务帮手来过没有。她滔滔不绝地讲起家务帮手，而我坐在那里喝着茶，心想自己的记忆好像是身后一条宽阔而忙碌拥挤的路，然后很快路就开始缩小变窄，路上的行人也逐渐稀疏，倒退到我二十岁时就破碎斑驳，最后变成小小一块，往往几个月甚至几年都消失不见，除了记得很清楚的几个童年场景，多数还和我姐姐乔姬有关。

家务帮手……她没完没了地讲着家务帮手莫琳。麻烦就在于，安妮老是抱怨，她是个怨妇，一旦她开口，听的人就得把她的话当耳边风，所以我左耳进右耳出。不过我以前偶然碰到过莫琳，在伊莉莎老太太那里，我知道她是个坏人。安妮说莫琳一直没来，算到这会儿已经三天没来了。真的假的？没法知道实情。莫琳只待十五分钟，而照她拿的酬劳，她应该待一个半小时。真的吗？很有可能。莫琳说她会带这个或那个过来，但是到现在都还没有带来，现在安妮没东西吃了。

我不能弃安妮于不顾，不管我心里多想那么做。

我爱安妮吗？我喜欢她。仅此而已吗？都五年多了。嗯，我很想了解真实的安妮，我知道她肯定在什么地方，却永远无法实现。

我继续坐着，又煮了些茶，然后接着再坐下去，随后听了被我戏称为“留声机唱片三号”的内容，就是她穿着别有一朵红玫瑰的黑色蕾丝裙去参加警察们的舞会，在舞会上吸引了所有人的目光（很可能实际情况的确如此，因为她年轻时甜美可爱，有照片为证），而且跳遍了每一支舞。那条裙子是她以分期付款的形式在沃德大街[1]一家服装店买的。她知道我已经多次听过这则故事，但是她想说话的需求太强烈了，只好装作以为我没听过。她一边讲述着，还不时停下来插一句：“我想我告诉过你吧？”——然后我摇摇头说没有，她乖张地淡淡一笑，不肯表现出半点感激之情，而是坚持有权一说再说。下午她穿了一条相当不错的维耶勒法兰绒裙子，暗红色的，是我为她赶工缝制的（考虑到她的腰身越来越粗，裙子用松紧带收腰），外面还罩了件脏兮兮的棉质居家长袍，因为找不到什么可以穿的了，“都怪那家务帮手”。

我看了看，发现她所有衣服确实都脏了，也的确几乎没东西吃了。我出去给她买了生活必需品。每当我这么做的时候，她总是念叨，反反复复地说：“哦，你用不着这样，不要麻烦你，没必要这么做……别忘了买香烟。”

等我把一切事情做完，清理好便桶，洗净若干条内裤，给她做点果冻，这时候她也已经念叨得筋疲力尽，干坐着不出声了，只是瞅着我。

“别把可怜的安妮给忘了。”我走的时候她说道。

---

1 位于伦敦苏荷区的一条街道。

回到公寓楼，人在楼梯上还没进门的时候，我听到电话铃声，心想是不是错过理查德的电话了。到家还没五分钟时间，凯特按了门铃。看来她是把钥匙弄丢了。她朝沙发走去，收复失地似的，一屁股重重地坐了下来。

“吉尔和马克好吗？”我问。

“我不知道。”听起来沾沾自喜的，甚至是存心要报复的感觉。于是我说：“好啊，你没上那儿。你回家了吗？”

“没有。”

我决定不去追问，等她自己来告诉我好了，而她决定和我铆着较劲儿，把那机器的耳机一塞，让声音包围住全身。

电话铃响了，是吉尔打来的，说她打了我一天的电话。凯特昨天晚上才到，马克开门让她进来，叫她不用拘束，就当是在自己家里。“挺不错的嘛。”吉尔想。不过马克接着铺地毯去了，等他再回到起居室，凯特已经走了。

吉尔简直气疯了。多年的积怨嘶嘶作响，全都集中到她急促而尖利的声音上来了。“叫她听电话。”她下了命令。

“找你的。”我对凯特说。她走到电话机前，拿起听筒，但是没有摘掉耳机线。吉尔的责骂穿过鬼才知道什么样的喧嚣音乐传了过来，凯特听着，只低声说了一句话，因为她不想打断她正在听的非凡天籁：“我在一个占住空屋里待了，就这样。”很快她就挂掉电话，回到她的老地方。

我给她做了晚饭，要求她必须摘掉耳机。

我对她说：“昨晚在楼下人行道边上的人是你吗？”

她点点头，垂下眼帘。

“我看到他离开了。”她开口说。我想，这不是问题。无非是又一个成人世界的表现，而她永远——我确信她肯定——无法理解。

“你说的这个占住空屋，是什么样的？”

“哦，就是个空屋。”

“有各种各样的空屋。我之前做过一整个系列的报道，说不定知道呢。”

“我只不过是去了其中一个。”她获胜似的说，带点嘲弄的口吻，很叫人讨厌，好像我要跟她抢空屋一样。

和往常一样，我不得不提醒自己，这孩子疯了，至少离发疯不远了。

“他们都是规矩人。”她嚷嚷起来，听起来很像我姐姐和姐夫，他们把人分为两类：要么是规矩人，要么不是规矩人，前一类人会得到乔姬和汤姆最真诚的祝福。“我知道你不会这么想。”凯特边说边狼吞虎咽吃掉昨晚剩下的所有炖菜，拿起大块的法式面包刮扫着盘子，吃得干干净净。

“你的意思是，他们对你很好，不像我，不像你姐姐，不像你父母，对吗？”

“他们根据人们的本性来评价人。”她一本正经地强调，还用她周末刚学来的方式，朝我使了个批评的眼色。

“听你这么一说我挺高兴的，但他们是谁呢，拥有这么完美，这么即时的判断力？”

“他认出我来了，在我到——你知道的，我到帕丁顿你这儿的时候。我到帕丁顿车站打算回家，但是他看见我了，说‘你好’。我说‘你好’。他说，你在这里干吗呢……”

“你说，我姨妈把我丢出了家门，我姐姐吉尔把我撵了出来，现在我不得不回家，回到冷酷讨厌的父母身边去。”

这话果然和她说的一字不差，她有点露怯地尖声一笑，算是承认了，不过听起来还是洋洋得意的。

“所以我跟他去了他的占住空屋。他们每个人都那么友好。”

“嗯，现在你又回到你的坏姨妈家里了，还把所有东西都吃光了。”——她当然没注意到她把所有炖菜都盛进了自己的盘子，包括所有蔬菜，结果我没得吃了，一点都不夸张——“泡个澡怎么样？”

听到这话她站了起来，俨然一个悲剧女王，笑得跟在演戏似的。“我跟他们说了，我说，她说的第一句话会是，去泡个澡。他们就是那样的，我说。”

“原因很简单，凯特。你闻起来糟透了，我可不想忍着。”

这句话伤害到她了。我压根没料到她会听进去——两个人同桌一道吃饭，而她一个人把桌上的食物都吃光了，如果她连这样的情形都没注意到，那她怎么会听我就泡澡一事的见解呢？我放弃了。我递给她一条毛绒绒的大浴巾，往水里倒上浴盐，她舒舒服服地泡了进去。我捡起浴室地板上的衣服以便回头送到自助洗衣店清洗，并把她的睡衣搁在暖气片上。她睡觉前，我给她煮了杯热巧克力，她马上就像个婴儿一样睡着了。然后我给吉尔打电话。

“发生了什么事？”我们同时发问。

“我想我们永远都不会知道，”我说，“我只知道她昨晚十一点站在这幢楼外面。”

“可能她根本不在空屋。”吉尔说。

“你的意思是，空屋是个难以实现的美梦？”

“听到这话你吃了一惊，是不是？”

“是啊，我想是的。她可能整晚都在四处游荡。”

“她本来可以待在这里的，马克都替她铺好沙发了。”

“不过她脑海里的美梦原本是场盛大的欢迎仪式，吉尔姐姐笑容满面，不断亲吻她。”

“我不知道，也不在乎。我希望，起码你周末过得开心，嗯？”

“嗯，”我说，“可以这么说。”

这时候吉尔完全没有给我狠狠来一刀，而是和她父母一个样，分析判断再下结论。她说：“你的问题在于，简，现实不是你的强项。”

“不是吗？你确定？”我听到自己的声音变得焦急，仿佛她刚才说的是，你要明白情况预计不太好。

“哦，简，亲爱的简。”吉尔压低嗓门儿，又一次充满了自责，尽管这回我并不需要她自责。

我就这样坐在这里，已经半夜了，满心悲伤。我所知道的，就是经过这个周末，经过那张照片之后，理查德方面的情况将会有变。

我一直在观察吉尔。如果菲丽丝没有休产假去生宝宝，我会和查理一起坐镇主编室，而不是和吉尔面对面坐，也就看不见——至少我这么觉得——我的过去。

她做事又快又好，全神贯注，桌上摊了上百项任务，电话铃声不时响起，其他部门过来问询的人进进出出。他们来问她，而不是问我。她已经在这里工作了三年多，快四年了，知道的跟我一样多，或者至少是和菲丽丝一样多。她对我言听计从，向我寻求意见，采纳我的建议，但是我知道，就算我不在这里，查理也不在，她也能应付。

各项职责和任务，各种要做的决定，都在她身边堆积如山，她的桌面看起来像城垛，她在其后运筹帷幄，时刻警醒，十分活跃，像个特种兵或者游击战士，对埋伏有所准备。她的外表和她错综复杂的工作活动完全不相符。她和多年前的我一样，形成个人风格的条件尚未成熟，所以每天呈现出不同的装扮，甚至有时候像个办公室强人，为了工作需要而克制打扮。

今天出了个乱子，有篇报道不知怎么放错了地方，人们跑进跑出，电话声此起彼伏，绝望叹息、恼怒低吼、大发雷霆等等各种声音不绝于耳。在这一团乱象之中，吉尔俨然像个年轻帅气的劫匪，神气活现的样子，坐在高脚凳上打转。她脚蹬黑色马靴，两腿舒舒服服地伸开，宽松的条纹棉布裤脚管塞进靴子，黑色的棉夹克在颈前扣紧，还用条亮闪闪的黑色宽腰带固定住，满头深色小发卷由一条黄色扎染印花头巾箍好，免得垂到额头。她看起来漂亮极了。马克一直找借口进来看她，来看看他女朋友——菲丽丝不在期间，这个一身棕色皮肤、打扮成要开赴海盗生涯模样的姑娘是他的顶头上司。他带进来几组照片，在她俯下身来的时候，紧挨着她站得很近。他身材高大，亲切随和，容易相处，和女孩子们在一起的时候总像个大哥哥。他一手放在她的椅背上，她因为在专注看他的作品而把他给忘了，这时候他温柔的食指游走在她那被黑衣包裹得严严实实的脊梁骨附近。她略微绷紧肌肉，皱了皱眉头，随后微笑着抬起头，但是笑容之中却在发出抗议。她是拿定主意才笑的。因为他们有过一次争吵，我知道的：他抱怨说她在办公室“让我没面子”，她说“我们就是在办公室结识的”，语气带着威胁，呼吸又急促；她不耐烦地笑了笑，以此提醒他，所有人都见证了他们的漫漫求爱路（就像见证了查理和菲丽丝的孩子一样）。而他一直说的是，现在他是她的“寓友”了，她对他的态度不该这么简慢随便。她不喜欢这话，不过前前后后仔细考虑了一下。她不知道既然他此前是“不假思索”地爱上了她，但是现在又希望她有所不同，这究竟是什么缘故。不过察觉到那温柔的手指头，她记起了他们的争吵，决定微笑面对，也确实这么做了，但是笑意中还是有点不快。于是他挪开了，背靠墙站着，点起一支烟，而她朝他微笑，没多少悔意，无非是权宜之计罢了。

我看着这两个人，他们好像出自不同剧目的角色：一个是打扮入时的年轻劫匪，正聚精会神地精挑细选，浏览一张张照片，给每张照片相应的关注；另一个是高大友善的年轻男人，背靠着墙站立。突然之间，6月的阳光倾泻而入，让吉尔的光彩黯淡了几分，却照亮了马克置身其中的烟雾。袅袅轻烟弥漫在他周围，在他毛糙的黑发和松垮的黑衣上萦绕不去，那黑衣看起来颇像俄国农民的束腰短上衣。

我意识到，我所等待的，是她搭理他的那一刻，比如在她离开的时候，用眼神对这个寓友表达一下温情与肯定，或者是在他拍照的时候碰一碰他。但她只是说："我觉得这两张，这个地方……"只有当他出去以后，她才会扭过头，恋恋不舍地朝肩膀一侧投去自责的一瞥，仿佛在说："如果你还在这屋子里的话，我会给你——"给什么呢？一个吻？

他们在通往爱的途中相互角逐——我想他们绝对经常用到这个词，你可能会发现他们刚拥抱过，或者隔着门听见他们的笑声，但眼下一切都要为他们另外的那种相处模式让路了。我能听见，他同样也能听见，她的想法是：做什么事都该分时间，分场合！

我到现在还没有理查德的消息。快一个星期了。好吧，我一直忙于工作。一直和凯特度过一个个夜晚，努力——干吗？我究竟期待什么？我意识到我期待着能对她起到积极影响！希望这可怜的浪荡儿会突然坐起来，摘掉耳机，抖落身上的面包渣和尘垢，破烂的衣服会变得挺括有型，我所说的话她能够听进去。"当然了，简，"她会这么回答我，"我明天就去注册，会拿个资格证，会照顾好自己，等我能自力更生以后，你给我找份工作，然后……"

昨晚我正准备上床睡觉，她先在沙发上睡着了，杯子翻倒在碟子上，杯子里原本装着我为她煮好的热巧克力，结果溅得到处都是，桌子上、地毯上，还有她的膝盖上。我迫不得已，几乎是把她拎到床上去的，今天早上我离开的时候她还睡得死死的，在阴暗的小房间里面，像胎儿一样蜷缩着，背对着我和这个世界。

今天理查德打来电话。他马上说："简娜，你千万别以为我没打电话是因为我们的——失宠了。"话说得很巧妙，我对此感激涕零，我们俩就这样重又修好，我也马上说我没有误会，尽管事实并非如此。

"我碰到了一些问题，简娜。不，真的，不过都解决了……你下周还会去那儿吗？早一点，周一可以吗？"

措辞当中的急切之情也让我感激得很，我笑了，说："话说回来，除了那儿，我还能上哪儿去呢？"

"哦，我不知道。你老是出差，不是吗？"

"我会在这里。"我说。

天气很热，除了热还是热。6月，骄阳似火，闷热得要冒烟了。我从卧室窗前遥望那大片纯净的蓝天，当中偶尔有孤零零一朵白云徐徐飘过。我伫立在办公室窗前，打量着吉尔和菲丽丝种的一小簇青枝绿叶，俯瞰热辣辣的街上，满是喜笑颜开的人群，又仰望耀眼得炫目的蓝天。我为理查德心痛起来。我无非是想要和他在一起，仅此而已。我们怎么能这么白白浪费了这般幸福的夏天？

见我近来上班不怎么开溜一两个小时，也不早退了，今天吉尔还跟我说："你那英俊的男朋友出什么事了？"看到我的表情以后，又说："我看到过你们俩坐在广场的长椅上，像春天里的两只鸽子。"见我还是没说什么——我知道自己在等着她狠狠出一刀："我觉得他嘛，风度翩翩的，你也是，当然了，你一直都很有风度。"她坐回她的转椅上，满怀好奇地打量着我，我也望着她，我们当中相隔着三十年岁月的鸿沟。

今天吉尔问我："你喜欢马克吗？"

听到这个荒谬的问题，我只是唇间泛起嘲弄的微笑，不予作答，继续忙手头的事情。

"怎么样？"

"你到底想问什么？"

"这问题哪里不对了？"

"很好，我喜欢他，真的非常喜欢。"

她显得很气恼，叹了口气，然后说："简！"

"你肯定不是在问我的建议吧？"

"好吧，如果我就是在问呢？你觉得我们般配吗？各个方面来看。"

我过了一会儿才回答她，因为想到的话好像都词不达意："他很阳光，很有爱……"

话还没说完，她脸红了："而我不是那样的，对吧？嗯，我可以告诉你，有时候我觉得要窒息了。你有过这样的感觉吗？有时候感觉好像我不耐烦得快要发作了——只想逃开就好。"我一言不发，因为回忆之网猛地一拽，我尽量要诱导鱼儿重入意识之中。这时候她恼火地说："喂，你有过那样的感觉吗？"

"我记不得了……"

"肯定不会只有我一个人这样。我问他，我说，你跟我实话实说，难道你对于再也没法一个人待着这件事，一点都不介意吗？他说，我可不能说我介意。”她模仿他的样子，富于幽默感又迁就纵容，模仿得惟妙惟肖，她整个身体演示她如何恼怒地扭动着挣脱他的怀抱。

“好吧，可能你太年轻了，这一切来得太早？”

“你这话究竟是什么意思？”

突然间我满脸都是泪。我内心深处的某个地方正汹涌翻腾着痛苦和失落。

“简。”吉尔吓坏了，赶紧劝我。

“我知道一件事，”在抽噎和悲叹之余，我说，“回顾过去，我觉得自己是该死的头号大笨蛋……”

她吓坏了。吓到她的，倒不是我说的哪句话，而是我居然哭了。她乖乖地接着忙工作。

周一。理查德没有来电话。

好天气还在延续。今天我看到这样一幕。

吉尔穿着一条薄薄的白裙，领口和袖口挖得很开，放低的腰身部分镶了白色网眼花卉绣饰的荷叶边。她张开双腿，坐在她那把更像是凳子的座椅上。夏天到了，她晒成了棕褐色，非常迷人，一头乌发还卷卷的，今天是用一条白色头巾扎起来。她四肢纤细，皮肤黝黑，线条分明。这个美女坐在那里，全神贯注地工作着，时不时拿纸巾擦擦她湿漉漉的前额。马克和经纪公司的两个姑娘进来了，她们穿着秋装，前来为吉尔正在撰写的文章拍摄配图。“你们将穿上10月森林的色彩……”她满桌都是秋日森林的照片，恰好是在佛蒙特[1]，金灿灿的草地，红艳艳的莓果，黄澄

---

1 佛蒙特（Vermont），美国东北部新英格兰地区的一个州，格林山脉从北向南纵贯该州，全州约77%的面积是森林。佛蒙特州的山丘进入秋季会被糖枫树叶染成红色、橙色和金色，景色迷人。

澄的树木，等等。这两个女孩，确实不出大家所料，天不怕地不怕的，包在粗花呢和针织衫里汗流浃背，还一边开玩笑说我和吉尔怎么穿了棉质夏衣。马克想知道查理是不是会来，因为大房间的灯光正好最合适。查理陪着菲丽丝，她已经到医院待产了。马克还希望他的吉尔跟着他和两个模特一起进主编室，他的托词是他平常搭档的助手度假去了，另一个助手生病请假了，而且——总之，他要吉尔去。

吉尔说：“可是马克，我有我的工作要做呀。”

她当然说得一点没错，不过她的语气中还带着其他种种反驳，比如：凭什么我就该当你的助手？

两个姑娘之前都跟我们合作过，也认识马克。其中一个姑娘叫艾德娜，她说：“哦，马克，我们能行的。”她样貌出众，橄榄色的肌肤、黑色的眼睛，漂亮得惊人；她身上穿的猩红色毛衣使得我们色泽柔和的着装显得黯淡，她是那种让你不得不注目的女孩子，像女演员那样善于展现自己。马克搂住她，与此同时注视着他的至爱吉尔，与其说是感情受到伤害，不如说是感到困惑。这么做不是存心要压过对方，马克本性慷慨大方，不会斤斤计较或者耍心眼，就像他并没有开口说，这一个星期以来，我可是都在听你指挥差遣，尽管我知道吉尔一直等着他说这话。

艾德娜不放过任何调皮捣蛋的机会，她唯恐天下不乱地偎依在马克的臂弯里，好像在扮演一个精心梳妆打扮的美人，做出受宠若惊的样子，另一个姑娘萨莉，和我一起笑着看热闹。他们三个人，马克、艾德娜和萨莉，看似自成一个世界：一个宽厚随和的男子，准备要给两个姑娘拍照。不管他开没开口，她们都非常配合他的想法；她们嬉笑玩闹，兴高采烈，乐在其中——突然间吉尔轻轻叫了一声说“哦，好吧”就站了起来，她这么一来，三人小团体就散了，变成了四个人。马克和三个女孩子，其中一个身处眼前的盛夏，而另外两个置身距现在还很远的未来月份，他们一起进了主编室，在里面工作了一整天，吉尔不时出来为其他人拿冷饮、茶和啤酒之类的。与此同时，我做牛做马地工作：忙查理的事情，还有菲丽丝的部分任务。今天我还干了吉尔的活儿，于是我叫后备组的茱恩来帮忙。

这姑娘很不错，性情温和，时刻准备着满足你的要求，随时待命去做需要做的事情。给她布置任务要清晰明确，解释清楚，等她完成任务，带回来交给我，给人感觉她像个积极肯干的仆人。她已经和我们共事有七年之久了，但是似乎满足于现状，别无他求：拥有一份体面的琐细工作，并不需要花费她多大心思。她深受大家喜爱，有点小丑或者滑稽角色的感觉，她会拿后备组里一些无伤大雅的逸事来逗我开心，说完一个段子后，她那双欢快的蓝色眼睛会大胆地盯着我的脸庞，满怀期待地等着我笑出来。她对她所在的部门了如指掌，却没有能力或者是没有愿望将《莉莉丝》作为一个整体来看待。和茱恩共处一天以后，我意识到吉尔真是无价之宝，她在一个月之内就领会了《莉莉丝》的一切要务，从来无须跟她多作解释。可茱恩并不笨啊！所谓能力问题，人的天赋，对我来说是个难解之谜。而今和可怜虫凯特相处这么长时间以后，我感到更困惑了。这两个女孩子怎么可能出自同一个家庭，受同样的环境影响，什么条件都一样！凯特生活在一片混沌的昏聩之中。她的腹腔神经丛里不知道哪个位置有个坑，要么是有个洞，里面充满了需求和渴望，永远都无法填满，至少我害怕情况果真如此。

今天理查德打来电话，问我能不能十二点在苏荷广场见他。我坐在那里满心狂喜，脉搏突突直跳，整个身子都准备好要出发了，可我还是说：“不行啊，我们这里人手不够……”但是吉尔靠了过来，嘘声说道："去吧，简，别傻了。"我捂住话筒说："吉尔，我怎么能去呢？"我听到自己声音里在乞求她说没关系。"你当然得去。"她回答。于是我对理查德说："可以，没问题……"

我踏进苏荷广场的时候，他正俯身在看秋海棠的花朵，脸正好别过去了，和我来的方向相反。我一走近，他刚开始脸上的表情很警觉，随后喜上眉梢，挺直了腰板，双手拉住我的胳膊，微笑着低头看我，不可思议的魔力就瞬间开启了，那是一种不顾一切、令人欣喜的快乐。不过他说："简娜，我们得赶紧离开……"他像舞台剧里的反派角色一样，对我低声耳语道："我有理由相信我们被跟踪了。"这时候我们跑出了广场，紧紧拉着手。

跑过"我们的"小咖啡馆——所谓"我们的"，是因为我们两人曾在那里见过许多次面——到了牛津大街，我们跳上一辆出租车。"往前开就行。"理查德对出租车司机说。我们拥抱在一起，我感觉到了他温暖而粗糙的脸颊，他手臂的热度透过他外套的亚麻布料，发散到我的背上。

"简娜，"他说，"我每一分每一秒都在想念你。"

"我也想你。"

我们就这样坐着，靠得很近。奇怪的是，这样的贴近既温暖又亲密，肢体触觉上有种亲切友善的感觉，但是和性并不相干，这是因为我们不能使之和性产生联系。写日记的时候，我又在想，在性还没成为人们第一反应的年代里，某个女人（或者某个男人）写日记是不是多此一举，说出"但是和性并不相干"这样的言论。为什么我们就非得提到性不可呢？

没过多久，理查德说："坐个船往上游走，去里士满玩玩，你觉得怎么样？"我觉得再好不过了，但内心自然还是会抱怨一下想要反对，因为这么一来我就完全没法回办公室了。但是我又想，见鬼去吧，吉尔能应付。

到了码头，我们还算幸运。你原本以为全伦敦的人那天都会想到要到上游的里士满游玩，但还好只有一半人想到了。队伍很长，我们上了一条等着载客的船，径直坐到甲板一侧的舷栏边上。河面上看来充满欢乐，叶叶扁舟和其他游船，连河道巡逻船都似乎在轻快地四处飞驰，热气压在河岸两边成荫的绿树上，显出夏日郁郁葱葱的样子，建筑物群都像是在度假。天空一片纯粹的蔚蓝，那种蓝在英格兰真是少见，偶尔有一两朵微不足道的云朵飘过来陪衬一下。加上宜人的微风轻拂，海鸥飞翔，孩子们在下面吃着薯片，横冲直撞，吵吵闹闹，整幅景象完美无缺。我们手牵着手，非常快乐。

我把头靠在理查德肩上，他在我耳朵上方低声说："伦敦，伦敦，伦敦，我爱你，我多么爱你啊，伦敦我的爱人。"

说到幸福，还有什么要多说的呢！

我们在里士满找到一家酒吧，吃了许多馅饼和土豆沙拉，他说："你有个特点，就是从来不操心节食的事。"

"我并没有发胖。"我说。然后不得不又加了一句："但话又说回来，我得节食了，因为我胖了些，比起……"我正打算要说，比起拍那张照片的时候，但是哪怕只是提起那张照片都显得很危险。然而他从最上面的衣服口袋里掏出照片，肯定是他那天早上就放进去的，照片上的姑娘躺在漆成墨绿色的酒吧桌子上，和我们一同置身于一株繁花盛开的栗树斑驳的树影之下。我知道他如此敏捷地拿出照片，摆放在那儿，是为了——可以这么说——为了消除照片带来的冲击力，让她构成不了危害。但我看着那苗条漂亮的女孩，她凹凸有致，就像吉尔一样，我说："我结实了不少。"他又把照片放回口袋，用他那棕褐色的手覆在口袋上做出保护的姿势，还微微一笑。但就在那一刹那，他的微笑消失了，他的脸庞，紧接着是他的身体，都因为忧虑几近扭曲变形了。我朝四下张望，看见他的女儿凯瑟琳慢吞吞地走过了酒吧，不过并没有朝我们看过来。我们一起注视着她，目送她渐行渐远，走上一条栗树林立的马路。

“怎么回事啊？”我不得不问。

“我之前离开伦敦一个多星期，我告诉了她——如实说了——我都在做什么，但她怀疑我其实和你在一起。”

“我倒希望是这样呢。”

我又免不了要知道些什么了，他也明白，犹豫了一下，对我说：“我母亲年纪很大，快九十了。她一直都一个人住，自己应付过日子。现在她不行了。我给她找了家养老院，就养老院这种地方的普遍情况来看，条件不算差。她还是能保持点尊严的，会有单独的房间。她不愿意住进去，但知道也只能这样了。”听他说完以后，我们沉默了好一阵子。他进一步解释道：“如果她和我们住一起，情况也不见得更好，没有人可以好好照料她，我们俩都要全天上班。”

这么多信息超出了我能接受的范围，或者是我意愿的限度，我感到自己全身上下都在抗拒：不，不，别告诉我，我不想知道。他看出来了，朝我一伸手，自己站起身的时候把我也一块儿拉了起来。我们穿过酒吧的花园到了街上，看见就在街道的尽头处，凯瑟琳转身往回走了。我们快步朝反方向走去，穿过里士满一座座葱翠繁茂的夏日花园，里头穿着比基尼、清凉的夏日衣裙和短裤的人比比皆是，随处可见猫猫狗狗和小孩儿，盛夏时节的花草树木令人目不暇接。英国的夏天总是游移不定又偷工减料的，在我们身边逗留的时候，它说，你们担心什么呢，这就是夏天了，我不好好的在这儿吗？——但接着就一笑了之，消失不见了。可能要过上几年，才又回来。难怪我们总谈论天气，考虑天气，深受天气的困扰。在风景如画的英国，在这每一小时都难得和前一个小时相同的地方，天气变幻真是一出好戏，简直就是免费的演出。然而今天却自始至终都是夏天，一个小时接一个小时，我们悠然地踱步，热乎乎的手牵在一起，走进公园去，漫步在丰美的草地上。和我们一样悠然自得的，还有那曾经让平民和国王都得以果腹的鹿群，如今它们都像后宫佳丽似的，住在特别的栖息地，因为数量稀少而备受宠爱。我们走啊走，我和往常一样穿着极其不合时宜的科特·盖格[1]时装鞋，但是穿这样的鞋让我很有安全感，我结实的双脚有力地踩在厚厚的从生草上，手由着理查德紧紧攥着。在炽热的金黄阳光照耀下，他俨然是一只黄褐色的狮子。我们穿过公园，又绕了一圈，记得我们没怎么说话，只是微笑着，感受生活在我们相连的手中流淌。

到了傍晚七点，我们已经走完好大一圈，回到成片的房屋和花园前，人们还在那里懒散地闲荡和玩乐，享受夏日的美好。人们三五成群，待在街道两旁的树下无所事事。我们又找了一家酒吧，屋子后面还有个小花园。那时我们已经饿了，吃了牛排、沙拉、苹果派和冰激凌，喝了不少红酒。我们似乎止不住微笑，也无法不深情地凝视对方。看着他的脸颊，我的两眼就像是双手一般，可以感到他凉凉的皮肤略微潮湿，而他浅棕色的眼睫毛轻触着我的手指头，还能感受到他衣服下面的身体有多么强壮和充满活力，因为他已经脱掉了外套，只穿着蓝色衬衫。我也能感觉到他的注视，像在抚摸着我的脸庞以及我的手臂。我的脸庞和手臂都无遮无挡，虽说我原本想过是不是该这样袒露着，但是因为他的眼睛仿佛在那里找到了乐趣，于是我感到非常满足。

酒吧的花园里挤满了人，正好成了我们悠然独处的背景。花

---

1 科特·盖格（Kurt Geiger），英国高级鞋履品牌。

园边上是一排高高的玫瑰花篱，那里种了好几种玫瑰花，白玫瑰、红玫瑰、粉玫瑰，香气扑鼻。随着暮色降临，玫瑰在黑暗中团团簇簇，变得模糊不清。后来灯亮了起来，我们又走到河边，等待船的到来。我们一起坐在最靠前的长椅上，在河岸夹道的灯光中顺流而下。天气酷热难耐，我们都袒露着手臂，他的手贴着我肩膀的肌肤。

我们在威斯敏斯特市下了船，看见凯瑟琳在前面的人群中。她之前肯定也在船上，只是不为我们所知而已，说不定还坐在我们附近。她可能跟踪了我们一整天，我们在里士满公园漫步的时候，她其实远远地跟着。她没有回过头来看我们；我们没有快步跟上她，也没有放慢脚步避开她。

现在，我已经能经常看到她了，但我觉得自己还没有看清她的模样，想必她正常情况下聚精会神的时候看起来没那么强势，没那么咄咄逼人吧。大概理查德察觉到我在想什么了，他轻声说："没什么理由能让你相信这一点，不过凯瑟琳其实非常通情达理，非常讨人喜欢。"

这话什么意思？通常人们说到某个人"通情达理"又"讨人喜欢"，言下之意是一种安慰。在我看来，这姑娘只要一怀疑我们俩可能在约会，就来跟踪我们，可我们往往根本就没见面。她到底想怎么样呢？

我们朝查令十字车站走的时候，我想着，或许我们应该索性追上她，说，凯瑟琳，我们见个面！——好让这一切画上句号。但我和理查德的约会却是无法画上句号的，而这个句号大概才是她这个通情达理又讨人喜欢的间谍想要的吧。

见她走进地铁站，我们继续向前走到河岸街，朝北走到苏荷区，到了那里，我们突然间被许多情趣用品店和性爱表演包围了，这让我们相当不快，因此几乎是落荒而逃。"你总是说英格兰，英格兰，”我听见自己的语气激烈，悲伤中带着愤怒，“可这也是现在的英格兰。”

“好吧，好吧，”他说，“但我们别……”

多少次了，为了多少事情，我们要么直接说出这样的话，要么话中暗含类似的弦外之音，“好吧，但我们别……”

分别的时候，他说：“我估计明天没法把你从办公室里拉出来吧？”

我知道做不到，却又受不了把话说死了，于是说：“给我打电话——早点打。我会尽量安排。”

我们把火热的脸颊贴在一起，微笑着道了别。

现在我坐在这儿，在我的卧室里，我自己非常喜欢而他却说不像我的房间里，写着这些话。我是否捕捉到了我们共度的这一天的点点滴滴？即便面临凯瑟琳电闪雷鸣般的威胁，这一天也依然如此完美。

我到家的时候，凯特不在。我松了一口气——她真是个负担，即便她什么都不做，只是悄无声息地坐在沙发上，沉浸在她那个吵闹的世界里。她似乎沉重地压在空气里，沉重地压住我。于是我下意识地感到不安，开始审慎地想：或许这意味着她变得稍微能自立了，有点大人样了。她鬼鬼祟祟地进来，独自偷着乐。我不打算问她都做什么了，她也没打算告诉我，尽管她胜利般地瞟了我好几眼。

我一直提醒自己，她十九岁，是大人了，尽管我这是自欺欺人，因为她没一点大人的样子。

她给自己做了个三明治，煮了咖啡，用不着我叫就自觉地去泡澡了。可能她克服了——管她到底是什么问题。

不过我不在乎，今晚不在乎。我穿着白色的棉睡衣，坐在这里远眺夜空。尽管万里无云，没有东西能够反射伦敦的流光溢彩，可是夜空还是亮闪闪的。伦敦可曾黯淡过？我们的天空可曾缺少过光亮？我想不曾有吧。

周三是主编部会议日，但是主编部能来开会的只有吉尔和我。菲丽丝在生孩子，要进行催产。吉尔一整天都为此火冒三丈——看来我姐姐并不赞成催产，也已经通过四次成功的斗争，得以自己生孩子。医生们告诉查理，说菲丽丝“年纪太大”，顺其自然分娩的话不保险。查理对这一切都言听计从。“正合他的意。”吉尔嚷嚷道，痛苦沮丧得不成样子。我多么频繁地在吉尔嘴里听见这些家庭大战的猛烈回响啊！

显而易见，主编部亟须扩大。我先是继续兼职过来上班，而后来自外部的压力和我自己内在的兴趣又把我拉了回来。菲丽丝要休三个月的产假，享受初为人母的快乐。吉尔尽管是无价之宝，是老天重赏的恩典，但毕竟过于年轻，而且我知道有关于裙带关系的窃窃议论。今天，我在疯狂工作之余，还评估了《莉莉丝》每一个有灵气、有天赋的人，还得有雄心壮志才行。真是奇怪，拥有雄心壮志的人少之又少，那么多人都满足于现状。

在这一过程中，浮现出了两个很有趣的要点，其中有一点经吉尔提醒我才注意到。她问我，为什么一说到要火线提拔候选人，我就只提女性呢？这问题的确叫我吃了一惊。没错，我确实是把《莉莉丝》看作女人掌控的天下，虽然还有个查理。于是我在脑海里细细历数了一遍所有男性。制作部有个名叫亨利的小伙子，人非常机灵，反应很快，又胸怀大志。尽管我得和自己的心不甘情不愿做斗争：浮上表面的问题就是，在聪明女性面临这么少的就业机会的情况下，何必把机会浪费在男人身上，哪怕就那么一次？在我纠结的时候，吉尔观察着我，当然也没停下她手头的工作。

“怎么样？”她最后发问。我说：“我会给他这个机会，不给他的话有失公允。”听我这么一说，她胜利般地笑了:“你这话，换了妈妈也会这么说，而且一字不差。”

理查德十点左右打来了电话，我只能说我没法离开办公室，即便是吃个午饭也不行。窗外阳光灿烂夺目。

一下午狂热工作到一半，电话声此起彼伏，其中有个电话是乔伊丝打来的。我一开始还以为她是从纽约打来的，但其实不然，她现在人在伦敦。她的声音没变，慢条斯理的，声线低沉。我们以前曾经开玩笑，说她是吉卜赛人的声音，充满了命运感。但是现在她的发音有点美国化了，高低音和音域听起来会让人觉得是离开了故土，不得不对比自己的发音和所听到的种种发音的异同之处，因而发生了变化。我马上可以断定乔伊丝决意不带上美国口音，以此作为原则问题，她聆听自己的声音，严密监控每一点抑扬变化。

“怎么样?”传来的这个声音曾是我生活的一部分，她拿来逗弄我的那些回忆，总体说来我总是拒之门外，“还有，老家伙《莉莉丝》情况怎么样了?”

过去乔伊丝不会说这么粗俗的话，不过我明白这只是她的新风格，可能甚至是她的防线，用来抵挡多余的回忆。她和我的感受相似，虽然我们分处伦敦不同的位置，她这时候在汉默史密斯，据她说，她所在的房间能俯瞰天鹅悠游河上。

“这个老东西。”我说，“听到你的声音非常高兴。乔伊丝，我刚有了个绝妙的主意。你为什么不回这里来工作？我们需要你。”

一阵沉默。我甚至满怀希望，以为她可能一直等着我开这个口。

“你一点也没变，简娜，”她说，“我丈夫怎么办？我活蹦乱跳的宝贝们怎么办?”

“他们现在肯定都是大人了吧。”

“有时候我是这么觉得，可有时候又不是。”

我想到凯特，所以不吭声了。

“那我有机会见你吗？”我问。

“我在想明天晚上可以吗？”

理查德说过他明天可能有空，所以我差点要说不行，接着一想，乔伊丝是我的朋友，多年来最亲近的人，如今……于是，我说：“行。不过我就不请你到我家了，有几方面原因……”

“那我们在餐馆里舒舒服服地待一晚。我现在已经人生地不熟了，去哪家好？”

我打算提议附近那家印度餐厅，再想了想，不行，离家太近，想到的又是凯特的问题，于是我说：“贝尔托雷利餐厅。”

就在我要离开办公室之前，理查德打来电话，说他会空出明天晚上——而我却已经把这一晚给了乔伊丝，那一刻我多么懊悔，心里头苦不堪言。

“我不行。”我说。

“啊……”

“我明晚要和另一个朋友一起过，她曾是我最好的朋友。我们共事了许多年。”

“昔日的友谊绝不该为新近的恋情做出牺牲。”

“有没有那么一点可能，”我打破我们所有不成文的规定，问道，“我们今晚见？”

“我也希望啊。”

悔恨之情如同波浪，在我们俩之间来回冲刷拍打，能量之强足以使七彩霓虹布满整个苍穹。

“我周五再给你电话。”

今天查理来电话，说菲丽丝正在睡觉，以补充分娩过程中所消耗的元气，她之前吃了不少苦头。他们终于喜得千金。而他呢，提议也要在家好好睡一觉消除疲劳。我说："不行，查理，你不能这么做。你得过来。我们都快疯了。"

"没用的，"不管身临暴风骤雨还是和风细雨，查理都不改本色，以他一贯的乐天开朗回应，"我不行了，简娜。"

我说："可是查理，这可行不通。"因为我怕他会决定在菲丽丝住院期间，两手一甩不来上班了。

"我看看今天下午晚一点的时候能不能来。"他话是这么说的，也确实这么做了，来待了短暂的一会儿。他大大咧咧、派头十足地接受了全体同事的祝贺，大家都知道这腔势是他的门面功夫：他幸福洋溢，这是唯一可以用来形容他的词了。我们今天下午意识到了，我们所看到的，是世界上最为浑然天成的父亲中的一位。他想念他那三个来自另一段婚姻的孩子，一直和他们见面，菲丽丝老练得体又卓有成效地接纳她情敌的子女，我们明白，这第四个孩子在他眼里，无非是源源不断的生产线上的一件产品。

"我的每个孩子出生时，我都在场。"他微笑着说。他一直笑意盈盈，兀自点起香烟，在别人的办公桌上东吃点巧克力，西吃些糖果。"那是世界上最激动人心的事，没有任何东西能比得上——噗的一声，婴儿就来到了这个世界。你知道吗，就这么准备好了，那一刻我总是要哭，哭得眼珠子都要掉出来了，我怎么也忍不住！"

他高高在上地散播过恩典和祝福后，又悠悠然走了，回医院去看菲丽丝是不是醒过来了。

吉尔满腹心事。当然了。我敢肯定生孩子不在她的议事日程上。就她这个年龄，为什么要让孩子出现在议事日程上？她的年龄，据权威专家、医生们说，是最适宜生育的年龄。然而马克很关注幸福洋溢的查理，他心醉神迷地听着这诱惑之歌。吉尔心里一清二楚。

“我在想，菲丽丝是否明白查理替她将来所做的打算。”

“没关系的，他们负担不起。”我答道。

“要打赌吗？”我还对马克说。他早就进来好和她待在一块儿，像从查理身上汲取了精神燃料一样备受鼓舞：“你期待看到我们的宝宝们出生吗？”她听起来给吓坏了，几乎要哭出来了，马克察觉到她惊慌失措，笑着逗她乐，打消了她的恐惧。他真是个极为善良正派的年轻人。

我和凯特过了三个夜晚。她沉甸甸地压在我心头，哦，是如此的沉甸甸。我发现自己上班的时候会想到她：快中午了，不知道她起床了没有。她吃东西了吗？或许她其实已经去买我吩咐她采购的东西了？或许我不在家的时候，她其实读了点东西，至少不像我在的时候那样无可救药？

今天我绞尽脑汁地为凯特操心，以至于竟停下了手头的活儿，全然不顾诸多方面的压力。我抬起头，发现吉尔带着狡黠的笑容紧盯着我，那种坏笑常出现在菲丽丝脸上，我可是司空见惯了。吉尔跟菲丽丝学了这一招，别的都是跟我学的。（吉尔上哪儿去了？到底谁才是吉尔？）

“你知道你看起来有多焦虑吗？”

我没回答，心里在想，如果我整个儿就是一项人工产物，由先前那些我早已忘却的影响拼凑而成的，那么理查德之所以冷眼旁观我的卧室，说什么你不在这个房间里面的话，大概也就可以解释得通了。

“你为什么不索性打发她回家算了？”吉尔不依不饶，我看出她打算进行对话，并说服自己采取行动，因而显得格外有决心。

“你真以为你会改变她，是不是？”

“是啊，吉尔，我就是深陷在这样愚蠢又不可取的想法里，无法自拔。”

“对，我知道。你想着总有一天凯特会突然从一个长期以来都懒惰、邋遢、无可救药的*废物*——”（我真不知道如何传达这些词当中所包含的恨铁不成钢的怒火）“——改过自新，变成她母亲的好女儿和简姨妈的好外甥女。”

她这样一味咬住不放，我该看清楚吉尔的需求。

“难道你一点也不喜欢凯特？”

“哦，没错！”她脱口而出，甚至还站了起来，离开办公桌，踱来踱去，拉出档案柜的抽屉又推回去关起来。她情绪起伏不定，在办公室里团团转，整个人颤抖不已，动作变得生硬，看起来不大协调。“我这辈子已经受够了！‘你难道不爱你妹妹吗？’不爱，你还不明白吗？”她冲着我吼——或许其实是冲着她母亲，“我就是不爱。我为什么要爱？”

“我没用‘爱’这个字，”我边说边疲惫乏力地坐在那里，而这发狂的家伙——今天的景象恰好是一个穿着大方得体的姑娘，一条漂亮的深蓝色百褶裙加衬衫，在那儿乒乒乓乓横冲直撞，“不过我想得肯定不少。”

“绝对少不了。”她粗鲁地说，但是看到我的表情后就闭嘴了。

“我是说，关于凯特。”

“我可以让你省点事儿。在爱这个方面，我可是专家，我们家兄弟姐妹四个人呢。爱的各种类型，所有程度，我都懂。不得不学的。‘难道你不爱你妹妹吗？’‘没错，我不爱我妹妹。’‘坏姑娘，这么无情。’他们其实没有这么说过，除非是开开玩笑。哦，你完全不懂大家庭里开的玩笑，简姨妈，算你运气好。”

“可怜可怜那个可怜的文件柜吧。”我说。因为有只抽屉给她闷声一推滑了回去，整个文件柜砰的一下撞向了墙壁。

“话说回来，被逼到眼下这份儿上，我还是坚持当初早早就在内心进行的反思，没有改变。大概在我六岁的时候，我就认定我不爱凯特，但是爱贾斯珀。我一直都爱贾斯珀，超过世界上任何人。如果贾斯珀身陷凯特现在这样的困境，那么没错，我会不惜一切，愿意付出任何代价——在马克和我走到一起的时候……”听到这个委婉的说法，我不禁微微一笑，她也注意到了，急不可耐地说下去，“我跟他说，你最好知道生活中还有个贾斯珀，我爱他，希望尽可能多看到他。”

这时她回到她的办公桌，把她黑色的鬈发向后甩甩，点燃一支烟。她很少吸烟。这是暴风雨后的平静。

“对我来说，”我说，“事情可没那么简单。”

“百分之百的简单。你不停地劝自己说，可她会变成什么样！为什么你不能面对现实呢，简？你打算这辈子剩下的时间都做凯特的老妈子吗？”

思索一番之后，我谨慎地说：“三年多来，我想差不多快四年了，我看着你的成长变化。你初到我的公寓时，和现在很不一样！”我可不能说，我看着你变成了简姨妈二号！

“嗯，我当然变了。我学到了那么多东西，主要是跟你学的。”

这时候，我总算看出来了，吉尔对她自己彻头彻尾的改变浑然不觉。可能她永远都察觉不了。

“如果我跟凯特说我不收留她了，我敢肯定，她也不会回家。”

“是啊，她会不管白天黑夜，硬缠着我，要来和我住。但我不会答应！”她尖叫道，“你完全不了解那是什么样的。我活到现在，她都在一旁，她就是个豁了口的巨大空洞，吸光了一切，包括我。我这辈子还从没有过什么东西是她不试着抢走的，从来没有。以前是玩具，后来是衣服。一转眼，东西都是凯特的了。妈妈会说，‘可怜的凯特’，然后我的新裙子就没了……”

“她大概想，反正你有那么多别的东西，一条裙子无关紧要。”

“或许有朝一日，我会有圣人那样的胸怀，但是当时我也就五岁十岁的，一条裙子可是天大的事儿。还有鞋子、唱片。我一向不能拥有什么东西——全都是她的。她的房间堆满了我的东西。后来发展到了朋友。我故意开始交我们圈子外的朋友。那感觉棒极了。不单是发现了世界可不只是由英国中产阶级组成的，这一发现当然很有用，因为从亲爱的爸爸妈妈那里我可永远不会对此产生怀疑。但突然间，你猜怎么着？我的小凯特也来了。她有她的本事，也许是她当时有本事，当年岁数小，正好可以撒娇卖萌。我那时讶异极了，大家怎么就看不出她在干吗——净紧跟着我不放。‘你妹妹凯特，’人们会说，‘要跟我们一起去看电影。’‘我想如果凯特也来的话，对你来说该有多好。’没多久，凯特就出现得比我还勤。这样的情况一而再，再而三地出现。我没法拥有专属于自己的朋友。从来没有。有一次我问妈妈，我能不能去找学校里认识的一个朋友玩两个月，我很喜欢她，她住在戈尔韦[1]。玩上一整个暑假。你猜怎么着，我在那儿还没待上一个星期，凯特就出现了。她搭便车来的。她一点儿都不拘束，跟在自己家里似的，讨人家父母欢心，在别人家里很能派得上用场……”

“你的意思是，她在家里能派得上用场？”

“哦，简，她当然能了，她想要的时候就能。”

“我大大放心了。不能和不会可不一样。”

“重点是，待满两周以后，我离开爱尔兰回家去，心里想，

---

1 戈尔韦（Galway），爱尔兰西部港口城市，被誉为爱尔兰的文化首都和西部之都。

没关系，让她抢我可爱的朋友们好了，我可以在家太太平平地安度一个月，可这时候她又跟在我后面回来了。”

“我开始理解了，她现在住在我的公寓肯定让你感到很气恼。”

“没错。”

“不过你在我那儿住的时候，她可一次也没来过啊。足足有三年多呢。”

“因为那条虫最终又蠢蠢欲动了。我告诉妈妈，要是凯特跟着我来，我就杀了她。我跟凯特说，如果我发现她出现在你公寓的话，我会——”

“怎么样？”我对这最后的警告会是什么还真挺感兴趣，但吉尔只是摇了摇头，喘不过气，也说不出话，整个人已经筋疲力尽。她面色苍白，吸紧了鼻孔，看起来就是个可怜的小东西，脆弱得不堪一击——当她缓不过神来的时候，和凯特很像。

“如果我叫凯特现在走，我想她一个星期之内就会落到警察手上。”

“对，很有可能。故意的。”

“你不觉得这有什么要紧？”

她不耐烦地摇摇头，做了个姿势，表示她“受够了”。

今天，我和理查德见面，一起吃顿快餐。我们的夏日已经跟随乌云和冷雨而去。我们到了一家麦当劳，汉堡美味可口，我们拉着手不放开。外头大雨如注。

“简娜，”理查德说，“假如我们出去一周，你觉得怎么样？当然，我多想说永远离开。不过也就只能一个礼拜。”

“什么时候？”我说。他放声笑了起来，这时候我还一知半解。

“眼下的状况很不容易应对。”我说。头一回跟他谈到菲丽丝，谈到查理，谈到吉尔，还谈起《莉莉丝》。我说了整整一顿午饭的时间，全身心投入到讲述之中，尤其是近来这段时间的情形实在值得大谈特谈。而且，毕竟，这是我的生活……我注意到他坐着的时候向后靠着，双臂交叉，专注地观察我，而我坐在那里，自然是谈得兴致勃勃：菲丽丝的宝宝，查理当了父亲，所有的情况。他脸上有某种很确定的东西。深情款款，是的。爱——是的，我觉得是。温暖亲近的样子，却也很疏离。我不是说我们的感受中有任何缺失不足，但是感觉他经过一番评估，在做出判断。我听见自己期期艾艾、充满歉意地说："说到底，这是我的生活。"

他伸出灵活有力的手，压在我戴满戒指、指甲涂得很漂亮的手上——他就这样一直按着我的手，一边说道："话说回来，你能给我腾出一星期来吗？"

"为什么非要现在不可？不能等到下个月吗？"

这些话扎进我们俩心里，让人痛苦不堪，因为他的回答恰恰会把我们带入这么一个两难境地，而那正是我们多数时间都在尽力避免的。因为我还问了，你又要走了吗？我一直非常小心，不让自己产生任何这类的想法。眼下我没有这样的想法，以后也终究不会在这样的想法中幸存——不过这一切终将结束，他快要走了。

"简娜，不行的。要么就是接下来这两周之内，要么不去。哦，不，我并不是那个意思。"我知道自己必然是一脸煞白。我能感觉到自己浑身发冷，仿佛是晒过灼热的阳光之后被一片阴影笼罩了。我的手在他的手下颤抖，他紧紧握住了我的手。"我不是说我现在要走，简娜，但如果问题是我离开一个星期的话……"

"我看看情况。好吧，我得看看能怎么安排。"但我心想这事情完全不可能，即便没有凯特也是行不通的。我现在不能请一周假，这对《莉莉丝》说不过去。

今天我和乔伊丝——我的老伙伴，我的革命同志，我的好朋友，一起吃了晚饭。

打电话订位的时候，我煞有介事地要求订安静角落的位子，所幸真订到了。我们俩像以前谈论工作时常见的那样，面对面坐着，仔细观察着对方，彼此报以微笑，赞赏彼此间的坦诚。

我那生性浪漫不羁、带有高端吉卜赛风格的乔伊丝已经消失了。事实是，我怕是认不出她来了。她满头浓密蓬松的黑发已经不见了，小小的脑袋显得光洁利索，呈古铜色。她漂亮的奇装异服——也没了，她穿的是小黑裙，还在一侧肩头别了钻石胸针。30年代的风格，打扮得极为精心，非常时髦。她形销骨立，脸上没有一点血色。再看看她的鞋子：她以前不管什么场合，大概都会一坐下就脱掉一只鞋，用一只脚的脚指头钩住另一只脚，或者钩在椅子腿上。今晚她穿了鞋跟细得如同凿子一般的黑色浅口高跟鞋，双脚得体地并拢斜靠着。

“哎呀，你没变。”乔伊丝说。与此同时，她小心确认没吃会让自己胖上一盎司的东西，哪怕一克也不行。“你穿得很好看，他们说得没错。好事情啊。我穿得不上档次。”

我什么都没说。她又说：“从鉴赏力方面来说的话，你变了。”

“你看起来很瘦，曲线优美。”

“你看起来体态丰腴，很漂亮。”

“老天爷。”

“除了细碎的银发，你迷人脸蛋边上的那些碎发。没错，我坚持用‘漂亮’这个词。”

“我搞不懂你怎么会觉得那是败笔。多说一句，我恋爱了。这可是绝对有效的秘诀。”

“真的恋爱了？”

“真的意味着要天长地久。”

不过她让这个话题就这么溜掉了。她啜饮着一杯鸡尾酒，黑色的小眼睛滴溜溜地仔细观察我。如今这双眼睛不再涂抹浓妆，不再化得大到夸张，是老太太的双眼了？是的。我为她心痛起来。我不知道个中缘由，但我敢肯定并不是因为我们不再那么亲近了。我坐在那里想着，我们共事了这么多年，比任何人都亲近，比弗雷迪还亲密。可如今……现在的状况让之前的一切都清晰明了了。她去了纽约以后，曾经给我电话，那些半夜里酒醉后的胡言乱语。看得出，她酒喝得厉害。她有对酒精的需求。她已经喝掉两杯鸡尾酒和大量的葡萄酒，又喝起了白兰地。但她吃得很少，以前她可是热爱美味佳肴的。我们有过许多次饕餮盛宴，分享过许多好东西，可那都是历历往事，已经成为过去了。现在我已经不认识乔伊丝了。

她谈起了她的工作。她为遇到问题的学生提供心理咨询，她解释说，生活上的问题和工作上的问题。我想象她问某个忐忑不安的年轻人说，你是来咨询生活问题还是工作问题？

她凭什么资质得以胜任这项工作呢？她自家两个孩子别的没有，各种问题层出不穷，她都经历过了。

他们都上了大学，她很少见到他们。他们都“投身”于新科技。她说在多数时候，她都不明白他们在说什么。

至于她丈夫：他在美国如鱼得水，教授狄更斯、特罗洛普[1]和哈代，希望永远都不必离开。我设想他们三位并排坐在一张桌子后面，向他们的拥趸所付出的辛劳致以和蔼的微笑，每位令人敬畏、留着大胡子的老先生头顶上都挂着一个精心装饰的条幅，上面写着“干得好”。

他和她最好的朋友（现在仍然是她最好的朋友）的婚外情已经结束；他的新欢是他去年的学生，他们谨慎行事，“等到”她

---

1 安东尼·特罗洛普（Anthony Trollope），英国维多利亚时代最为出色的小说家之一。

不再是他的学生以后，才开始恋情。

她正在交往的婚外恋对象是个大学生，不过不是她丈夫所在的系里的学生。她说她已经到了发展这种恋情的年龄段，她所有的女性朋友都有一段婚外情，要么就是曾经有过，要么是打算要发展。她发现这令人青春焕发——她的意思是，让她的思想焕然一新——我对她干瘪的体态那么不经意一瞥，给她发现了，于是她补充了这么一句。倒不是她分享了他们的想法——年轻人的想法，不过那不是重点。

现在到了吃甜品布丁的时候，是我坚持要吃的，她只是在一边看着，瘦削且长了斑的手护着她的白兰地。

我们随时都可以准备买单了。

“乔伊丝，你在这里玩得开心吗？”

“我是来送我父亲进养老院的。”

“啊，看来到了我们这个年龄，大家都在做这事儿。”

“如果他们还没过世的话。”

“难道你就没想念过——”我本来打算要说*我们*，但说出的却是“英国吗”。

长长的一阵沉默。她抚弄着装白兰地的玻璃酒杯，并不看我。我意识到，我眼前所见的是焦虑。乔伊丝实现了内心的平衡，代价就是把自己困在焦虑之中。

我等着她对我表现出兴趣来。你好吗，简娜，说真的，你真的好吗？

我呆坐着，心想，她可曾对我感兴趣？*真切的兴趣*？我以前是否也只不过充当了她的背景而已？无非是烘托出她的超凡才干——她在工作和家庭等方方面面表现出色，无往不胜。

“看起来确实够怪的，”她总算开腔了，“一个可爱的小国，成天担心各种重大问题，比如说，吃早餐的时候你要不要看电视。”

“失业问题，经济衰退，年轻一代的愤怒……”

“我们也都有这些问题……”

我们，她说的是我们。

“你觉得你们不会回国？”

“我丈夫，”她说道，用起这个词来慎之又慎，“有时候谈起祖国也会滔滔不绝，但是我注意到，他一有假期，选择去的却是加拿大或者墨西哥。”

“好吧，可你呢？”

又一阵沉默。“这么说吧，简娜。我到那儿去就是个错误。现在我明白了。你是对的。你听到这话肯定很开心。对你来说，保持正确是多么重要啊。”

起先我感到的是痛楚，是替她痛心。我坐在那里，一次次费力地搜寻某种无穷无尽又行之有效的精力的踪迹，那曾是她的特质。我这才意识到，对我来说，乔伊丝的意义多么重大，因为她随意慷慨地挥洒她旺盛的精力，给周围的一切带来勃勃生机。哦，如今她已经变得小心谨慎，注意分寸了……接着，我为自己感到悲痛。是的，我们当然总是说出所思所想，丝毫没有遮掩；我们对彼此的批评，在外人听来，肯定觉得像是——嗯，像是给家庭生活注入生命活力的大实话。但眼下却不一样了，现在是对缺点的恶意攻击。

过了一会儿，我说：“可还有《莉莉丝》呢，我们很希望你回来。”

“你不明白，一旦做错一件事，就会有接二连三的后果，而且——事情就是这样！”

“我是不明白。你可以做出努力，把自己从那里拽出来，回到这里。”

她脸上的微笑中带着恼怒，甚至有点怀恨在心的感觉。“问题是怎么努力，”她说，“我做不到。我累死了。”正当我犹豫着怎么接话的时候，她又说：“哦，别说了，简娜。你不明白的。看看你，端坐在那里，整个人胖乎乎乐呵呵的，像只吃饱了奶油的猫。”

她匆匆把手伸向手提包，拿出一小包质量很好的纸巾，稍事擦拭和轻拍，迅速补好妆。

“好了。”她一边说一边把所有东西都一股脑儿扫进包里，眼前倒是清爽了，可包里一塌糊涂。她坐直了身子，显得一本正经的，看来适应了当前的局面，神态自若。“你还是自得其乐，住在你那无懈可击的公寓里。我听说，每次你要彻底告别《莉莉丝》，结果不出一个月就又回去了。”

我示意侍者结账，付了钱。她没提出分摊费用，因为她什么都没注意到，只盯着自己的痛苦。

我指定的这个隐蔽角落里的桌位，前面摆了一大堆花，侍者们和装满菜肴的餐车绕过这堆花，在外头忙碌拥挤的区域进进出出。我们离开这个位子，走上大街。

“做不到，对吧？”她郑重其事地说，这一次她脸上的微笑是为了显得友好。

“是啊。”

“要是回去之前还有空的话，我再打电话给你。不过等我把父亲安顿下来，估计也剩不了多少时间做什么事了。等我到了那把年纪，就跳窗算了。哦，对了，我想起来，你对这方面的议题有着很前卫的想法，没错吧？嗯，真有你的！”

后来她沿着人行道走远了，而我站在原地，感到难以置信。我们俩不可能以这样的方式分别，如同仇敌一般，至少似乎对彼此很反感。

我注视着她，见她放慢了脚步，我差点要追上她，说一句：那又怎样？但我无法动弹。她停了下来。街灯下的她小小的，孑然一身。街上只有我们两个人，不过各家餐馆让客人们称心如意的素净门面都亮堂堂的，对着夏洛特大街。

我看见乔伊丝转过身，略一迟疑，又折了回来。我一寸都没挪动。她在我面前停下脚步。我们彼此对视。她的巴掌小脸看起来憔悴不堪，是因为生气而憔悴吗？不，是因为悲伤。

她换了一种口气，那种我们鲜少使用也难得听到的腔调，她仿佛是在仔细聆听着自己，甚至还有点出乎自己的意料，说："聪明的简娜，没有要孩子。"

我没有预料到这样的话，她说这话太伤人了。我叫道："乔伊丝，你可不能这么说！"

"为什么不能？我就是要这么说。明智的简娜，你一个孩子也没有。"她微微一笑，总算是真心诚意地笑了，虽说够惨淡的，却不失友好。她说："我会写信的。"这回她转身径直走开，轻快矫捷，泰然自若。

情况就是那样。

办公室乱作一团，陷入混战。都是因为查理，要不是他那么来去匆匆的话……但他向来如此，只是因为到了危急关头，才觉得这是个要紧的问题。查理本来应该出现的位置上眼下却空空荡荡。菲丽丝在家，查理不来上班，吉尔和我包揽一切事务——我们从其他各个部门借用人手，才把事情做完，但着实是忙疯了。

我今天打电话给查理说："查理，我知道你是主编，但我发誓，如果你不来上班，我就叫你卷铺盖走人。"

"哦，人人都知道是谁在管理《莉莉丝》。"他语调轻松地说。我能听到背景声里有婴儿的哭声。"你能听到卡罗琳的声音吗？"他询问起我来，"她那两叶肺多有力啊！"

"查理，不带这样的。"

一阵沉默。“好吧，简，我要休假。”

“你不能就这样抛弃我们。”

“你到底扛不扛？”

“那不是关键。”

“我看就是。对我来说，这可是重要的事。”

“在你某一任妻子生孩子的时候？”

“是现在，现在，现在。”查理说，长辈般慈祥。

“你设想一下，要是我对你说，我身上发生了重要的事情，迄今为止我记忆中最重要的事情。我得抽空去和这个人见面……《莉莉丝》可以不管不顾，放一边去。”

“你是说真的吗，简娜？好事情啊。”然后他挂断了电话。

听着这一切，吉尔笑了。“我可不认为，能指望像我这样年纪轻轻的人单枪匹马来管理《莉莉丝》。”

“我说过该让你单枪匹马上阵吗？倒不是说你不行。”

“你忘了吧，下周在阿姆斯特丹有场时尚联合组织的大会。”

“哦，不，我真给忘了。好吧，我去不了。”

“《莉莉丝》有过缺席的时候吗？”

“没有。”

吉尔和我坐下，进退两难。我们倒还大笑起来，有点兴奋。

“对了，”我说，“你可以去！”

“不行，我不能去。查理可以去，菲丽丝可以去，但我可不行，我没有经验，你心里清楚的。”

“没错。”

“可这怎么着都不行呀。”我顿了顿。我是指我硬着头皮去阿姆斯特丹，而没和理查德待在一起。

“我们得找来谈话的人应该是菲丽丝，”吉尔说，“她会让查理回来上班。”

就这样，吉尔跟菲丽丝谈了，菲丽丝跟查理谈了，我去阿姆斯特丹，四天时间。

午餐时分，我走进寒鸦餐厅，总算逃离了外头那盛夏时节滂沱四溅的暖雨。我看见理查德坐在靠墙的一张桌子前。他正在听一名年轻男子说话。那年轻人身子向前倾，说得一本正经。理查德身上有某种气质，他的坐姿显得既体察入微又考虑周全，深思熟虑的，他观察起年轻人来，不放过一个细节，种种迹象让我脑子里产生这样一个想法：理查德是医生。

我知道我不该打断问诊，就跟在医生的诊室里一样，于是我坐到邻近的一张桌子旁等着。理查德朝我微笑，悄悄做了个鬼脸。年轻人没有注意到，他完全沉浸在对病症的描述中。他看起来有点沮丧，从三明治上撕下大块面包塞进嘴里，一边嚼一边诉说。我想，他是饿坏了，不知道他是失业了，还是吸毒了，说不定他正试图讹理查德一两镑钱。

他走的时候不停地道谢。我坐到了理查德那里。

“他失业了，”他说，“连电费账单都付不起。他太太刚生了宝宝，这是他们的第二个孩子了。太太的病一直没好，他自己又有支气管炎，还起了疹子，我看像丹毒早期的症状。他的宝宝患了咳嗽。”

“你是个医生。”我严肃地说。

“对。不管我多么努力去防堵，现实还是四处渗透进来。我母亲不喜欢我给她找的那家养老院，我得再找一家。”

寒鸦餐厅是个老派的地方，镶着暗棕褐色的木墙面，灯光在其间闪烁，地上还铺着暗红色的地毯。这地方感觉像个深褐色的子宫，十分温暖舒适，里面坐满了人。这里总是满座。外面天气炎热，这里却像凉爽的山洞。虽然已经到了酷热难耐的6月中旬，可在今天，没人想要凉爽。

我身着白色开衫。今天早上穿衣服的时候，我想到了乔伊丝说的“丰满漂亮”。我穿十六号。

理查德说：“你看起来就像蛋白酥，一向是我的最爱。”我决定让乔伊丝见鬼去。

“作为医生，你应该反对这样的食物吧。”

“寻点欢乐于君有益。所罗门他本人肯定说过这话。我让人把这句话做成维多利亚式的刺绣花样，非常漂亮，放在诊室里，就挂我座位后的墙上。但凡我开出节食的方子，写在最顶端的总是：寻点欢乐于君有益。”他看上去漫不经心，几乎有点莽撞，有时候他一严肃起来就会给人这样的印象，尽管可能他并无此意。“简娜，我们是不是都太过于严格遵循那个规定了？”

我知道早晚得把实情告诉他，决定索性往后拖一拖，好好享受当下的这一刻。在寒鸦餐厅的午餐时光，他和我两个人，同坐一张小桌，周围站满了人，喧嚣热闹的人们。大家都很友好，欢声笑语不断。他们当中可能有那么一个人，尽管我们看不到具体的模样，却是经济大萧条伤及的三百万民众当中的一个。

“很快我们就会知道彼此的一切。”

我说：“现实确实在不停地入侵。”

“我顺手买了本平装版《马里波恩的女帽工》，昨晚读了。你怎么会那么了解那些事情呢？”

“我以前认识个老太太，名叫莫迪·福勒。她去世的时候九十几岁。火气很大。”

“啊，我能在书中看到她的影子。”

“差不多在同一个时期，我还认识了另外一个老太太，很老了，脾气暴躁。你母亲脾气大吗？如果也是这样的话，我希望你跟我解释一下是怎么回事。因为等轮到我去对付的时候，我打算避开那个老太太。看着讨厌的丑老太婆因为快要死了而怒气冲冲，那可不是什么令人振奋的经历。”

“我的母亲倒不会为上了年纪而生气，但她不喜欢受人照顾。我跟工作人员说了：‘上了年纪并不意味着人就变笨。’至少我母亲不是这样。可我不是他们的医生。我的角色是顾客。作为同行，我给养老院的负责医生打电话说：‘有没有可能改进一下医护人员对待病人的方式和态度？’他说：‘科蒂斯医生，你具体是说哪个方面？我们在住院患者的治疗方面还从没接到过投诉呢。’”

“他们投诉不起，”我说，“他们都太过依赖别人的好心肠了。当然他们得受人照顾。年纪特别大的老人太吓人了，太有胁迫感了，我们忍受不了的。*人终有一死*[1]，无一例外，所以他们必须要被当成宝贝小孩。这是为了我们好。我想再来杯威士忌。”

他越过旁边的一个人，把我们俩的杯子往吧台上一放，示意吧台招待。

“我猜你是医生，要么当过医生，是吗？有这么多方面的专长。不是吗？那么是护士？不是。是社工？不是。”

对于不指望得到回答的这些问题，我一直都不认同。“是啊，你是对的。不过，简娜，眼下你就像小孩子们玩的那种图画：看起来空白一片，跟白纸似的，但一旦你开始拿铅笔上色，图画就开始成形。我给你画的图只填充了一半颜色。嗯，如果我们在一起待上一个星期，谁知道我们会发现什么。”

我又一次避而不谈。他伸手去拿回威士忌。

“我总是在想，”我说，“年轻人结婚的时候，身上没什么负担，对吧？难怪他们很容易就结婚了。我，约翰，娶玛丽为妻；我，玛丽，嫁给约翰为妻。双方都全身心地等着嫁娶。嗯，多多

1 此处为拉丁文。

少少都是这样。但我们这个年纪的人，那就像是两块大陆碰撞到一起。”

他冷冷地说，语气里暗含刻薄的意味，让我又紧张又害怕：“你们当初都全身心地等着嫁娶了？”

尽管我知道自己脸红了，但还是镇定地面对他：“我知道你为什么这么说，你说对了。不过结婚的时候，我已经三十出头了，而弗雷迪有四十岁了。我们夫妻俩不是孩子了。”

“我十九岁结的婚。我是全身心地等着嫁娶。”

“而且你们也不是小孩子了？”

“没错。”

“你一直以来都是维持着和这个女人的婚姻吗？”

“算起来差不多有三十五年了。”

我心口遭到猛烈一击，一点都不夸张。痛得厉害。我能感觉到，自己一定是满脸苍白，而在此之前我还觉着热，很不舒服。突然间——我和这个人在一起，而他和另一个女人共同生活了三十五年，整整三十五年——这整个情形看起来多么微不足道，又荒谬可笑。不知什么缘故，天天出现的那些关于弗雷迪的梦境却显得很近，梦里的气氛悲伤凄冷，失落而荒凉。昨晚我梦见和弗雷迪两个人在白垩般黯淡的海岸边，头顶上海鸟低回鸣叫。飞扑而下的鸟儿发出鸣叫声，在我心头一响，我就醒了。

“我告诉过你，”他说，声音低沉，语速很快，非常不开心，“我告诉过你，我们应该将这一切搁置起来，不去触及。我们怎么就……我们完全不该说起任何与之相关的话题。”

我哭了。

“我这些天老是哭，”我说道，“你别放在心上。你没法相信，正常情况下我从来不哭。如果我发现自己哭了，我的第一反应是检查消化系统是不是出了问题。”

“把酒干了。”他吞下杯中的威士忌，把我那杯酒放到我手上，我喝下去以后，他拉我起身，我们一起走出酒吧，到了马里波恩路。城市上方浅紫蓝色的天空收留了些许轻快活泼的云朵，或灰黑或深紫，周遭的一切都熠熠生辉。他在一个花摊上买了一大捧黄玫瑰，我们一起向前往街角走去。

“我说——”到了街角他拦住我，和我面对面站住，这样一来花就夹在我们俩中间了。他说：“我们去巴黎，爱丁堡，还是慕尼黑？你说去哪儿就去哪儿。”

我说：“下周我必须去阿姆斯特丹出差四天，去参加国际时尚联合组织的大会。”我一时无法直视他，过了一会儿才看了看他。他简直不敢相信……火冒三丈，甚至有点狂暴。他突然后退一步，松开我的双臂，黄玫瑰都掉落到人行道上。

“我不得不去，身不由己啊。”

“那是你的工作。”他说道。这声音听起来很愤怒，还有点前言不搭后语，好像他身体正中遭到重重一击。我早料到他会深感失望，我自己也痛苦不堪，但他的反应超出了我本来的所有预期。

“理查德。”我哀求道。

我见他像初次见到的时候那样有锐气，这个行动利落、充满精力的人，看起来身上蕴藏的精力比五十个常人还旺盛，可现在全部这些精力都集中火力对准了我，我知道他大有可能把我杀了。

后来他收敛起自己，肩膀又恢复他特有的微微弓着的状态，于是我想，是不是我也变成了他不得不忍耐背负的重担呢？

“现在你又得回办公室去了。”他沉着镇定地说。

“对，我得去了。”

他点点头，现在和我感觉很疏远。他几乎是心不在焉地说：“我会给你电话，简娜。我明天会给你电话。”然后就大步流星走开了。此时夏天的阵雨透过阳光倾泻而下，人们抬头看看又环顾四周，既是在笑雨，也是在笑人。

我回到办公室，吉尔说："通往真爱的路途啊。"

今天，电话铃声不时响起，每次接通电话，我都希望听到的是他的声音，却都不是他。直到快六点钟了，他才打来，那时我正要离开。他听起来有点疏远，不过我明白那是出于某种约束或者克制。

"简娜，"他说，"你说你什么时候从阿姆斯特丹回这里来着？"

我告诉他，是周四。

他沉吟了片刻，才说："很好。我得再上赫尔去一趟，给我母亲办理养老院转院手续，再重新安置她。如果想等你回来以后空出时间与你一同出游，那么我现在就得去。所以——我要到下周五才能见你。"

要是换了别人，这大概算是某种以牙还牙：你要走，那我也采取相应的做法。可理查德不一样。我站在那里，一只手拿着听筒，另一只手抓着手提包和要带回家的工作任务，好像已经出发到阿姆斯特丹去了似的，意识到我完全了解这个人是怎么想的，我能一步步跟上他的思路。把我丢在湿漉漉的人行道上，周围散落了一地的玫瑰花，那时候他已经告诉自己："够了，根本不值得。我要脱离这个局面，全身而退。"然后，他感到一阵失落的寒意，想想应该公道点，毕竟这是她的工作啊。紧接着，从这想法又联想到他生活中某个极为沉重的方面，我只能猜想——是他的妻子不爱他？他们之所以没分开是因为孩子（或者说孩子们？凯瑟琳不是唯一的孩子？）——他又想，不，这太过分了，我应该告诉她我再也无法容忍了。但他回想起我们在一起的时候，确实感觉我们仿佛是分开的两半——原本是个整体，却被蛮不讲理地分开了，他回想起了所有的好；于是他再细作打算，怎么才能安排他来来去去的行程，好和我这趟出差的一去一回在时间上合得上，然而这盘算和安排都带有过于熟悉的责任感。不过再一想，他对自己说，对，如果我这么做再那么做的话，那周五我就能回来和简娜在一起——可又是我来协调时间，调整计划，控制好自己，减轻自己的分量。如果他没想到最后这一点，没意识到他自己是个了不起的人物，只是囿于局限，受到约束而无法挥洒自如，那我倒是想到了。我们在一起时的感受必然加深了他的认识，认识到我们有多少潜力，只是还没发挥出来，正如那样美好的感受也增进了我的认识一样。在遇见理查德之前，我无论如何也不会相信，单单和另一个人在一起，就会将人带入生命存在的领域，像他谈及的孩子们用铅笔在纸上拓画上色的图画。当然，对他来说也好，对我来说也罢，我们在一起的状态让一个事实变得清晰了：我们生活在减半的压力之下，活动在灯光照耀下的小舞台上，以严格确定的方式摇摆起伏，而欢欣愉悦的能量却让我们触不可及。我知道他说“够了，根本不值得”的时候，他只需回忆我们见面时发生的事；我之所以了解，是因为我自己就是那样的。有时候我也想，不要，够了，撑不住了。可我想要结束的却是弗雷迪！在梦到他之后醒过来的那些早晨，我曾想着，等到和理查德走到尽头（我认为，我从没质疑过我们这段情终将结束，这一点算得上很不寻常），大概弗雷迪也会离去。我这个想法有什么含义？是说理查德是弗雷迪的一个面，还是弗雷迪是理查德的一个面？一旦理查德离去，弗雷迪也会相应坠入遗忘的深渊吗？

这是悔恨吗？如果是的话，我不明白悔恨有什么意义！想想我结婚时的为人，还有结了婚以后一直以来的为人，我和弗雷迪在一起时就是那种模样，没有变化。现在才说我本来应该如此那般的话，已经一点用处都没有了。我根本不相信自己应该是别的模样。我甚至到现在都还不知道弗雷迪是什么样的人，他的内心如何，我并不真正了解。我梦见的这个弗雷迪，他存在过吗？站在远处的这个谦恭有礼的鬼魂是谁？他微微欠身，看着我，并不是要提醒我什么事，而只是陈述一个事实：他在那里。他就在那里，我该同他在一起，或者向他走去，可接着他又不见了，或者已经翩然离去，或者我快追上他了却又怎么也追不上。我一想到弗雷迪，确实就在他身上看到或感受到一种克制和有所保留的态度。我知道我并不是他想要的。

但是这一切之中有多少是我虚构出来的呢？理查德说过，简娜，我们在编造眼前的事吗？

我是不是该坐下来，静心回顾嫁给弗雷迪后的那些岁月？让我兀自回忆过往？派什么用场呢？到头来说我本来应该这样或那样？目的何在呢？

等理查德离去后……可为什么我要一直说这话？我不知道他在这里做什么，推测起来大概是某个长假。就我所知，他的婚姻已经破裂——不，我觉得不然。为什么理查德和我就不该结婚？或者同居？这想法不可能实现，这就是原因。为什么不可能实现？他已经和一个女人在婚姻中度过了三十五年。那女人不是我。因为和我有过十二年婚姻的弗雷迪困扰着我的睡梦，他在我人生舞台的侧翼上，一脸失望。我梦到的从来都不是理查德……不，这一切超出我的承受能力了，我无法理解。现在该睡觉去了。子夜早已过去，而明天还有太多工作要完成。凯特在沙发上熟睡，依然塞着耳机，封闭在她私人的音乐会中。这么做对她的大脑会产生什么影响，更别说她的耳朵了？我能观察到她面部肌肉的抽搐变化，显然是被音乐牵动着。

今天查理回到我们中间，身上带着费尽心机拿捏的任性劲儿，就像小猫拿爪子不怀好意地那么一挠，提醒我们所有人——好像我们需要提醒似的——查理可不尽然那么好相处。他说不，他不想面试来自制作部的汉娜，我来就行。

汉娜将要加入主编的队伍。我一直觉得这姑娘热心肠，讨人喜欢，喜欢奇装异服，品位独特，往往叫人忍不住多看她几眼。这天早上我让她坐在我对面的位子以后，开始对自己的怠惰感到不可思议：我就是一直都不关注。人家感受到她的存在，不由得注视她，是因为她的个性气场远远超越了她的工作，她需要更宽广的天地。这姑娘令人生畏，就如同毕加索不朽的经典之作当中的海边女人，你想象她在海岸边一跃而起，头发飘扬在宜人的微风中，暗棕色的肢体舒展开来，双手上举，手如同海星般张开，去接一个差不多有太阳那么高的沙滩排球。她长着一双母鹿似的深色眼睛，黑油油的头发。她来自文化多元的利物浦，姓德洛克，我很好奇这个姓源自哪里。

汉娜·德洛克似乎对于我给她这份好工作一事并不感到吃惊，甚至显得无动于衷。她说行，她不介意试一试，不过她也喜欢在制作部工作，仿佛真金白银的薪酬变化不算什么大事。一般在这种情况下，我总是扪心自问：*她有显著的优势吗？*而汉娜却令我把问题改为：*那好吧，这么问是什么意思？*她是那种会让你去自我定位的人。

汉娜在吉尔和我的办公室里有了张属于她自己的桌子，从现在起将和吉尔共事。我应该搬回到查理那里，好叫他保持水准，这是吉尔的原话，一点也不刻薄，无非是陈述实情罢了。

查理说，菲丽丝要三个月以后才会把宝宝交给保姆带，回到《莉莉丝》上班。他满面春风，整个人的状态几乎不亚于理查德和我在一起的那种劲头。他乐得合不拢嘴，有一半时间是在和老朋友、铁哥儿们通电话，告诉他们宝宝的近况，菲丽丝起起落落的健康状态，奶水够不够，还说到他们夜里给宝宝闹醒。他显然非常自豪，因为他自己从中担负起了父亲的那份责任。他在办公室发出召唤，叫来吉尔、汉娜、马克、茱恩、我，或者还有打字员、摄影师——随便什么人，只要前来分享他的快乐就行。我们确实都分享了他的快乐。我们不知道，不舍得让菲丽丝失去充分享受初为人母点滴快乐的，究竟是查理还是菲丽丝自己，因为我们都还没单独见过菲丽丝。和她通电话，没说上几分钟，就不巧赶上要给孩子喂奶，她说："简娜，我知道这真够受的，可我觉得我少说也要在家待六个月。毕竟，我确实想母乳喂养。"这话对我来说是新闻，但既然查理不能母乳喂养，那菲丽丝就得上，我们都明白是这么回事。

这天下午我坐在查理对面，本来有一大堆事情准备要和他探讨，还有些决策即便他不参与实际制定，那也应该了解，当然，还免不了要听他谈他的育儿经。

我们的查理，这个好家伙，身形魁梧，感情奔放，待人友善大方，是专注于奢华时尚（至少表面看来如此）的一流女性杂志的主编。他对我说："简娜，这是我的第四个孩子，上帝饶恕我这么说，也是最好的一个！我知道人不该特别偏爱哪一个孩子，从某种意义上来说，我其实没有偏爱，他们都是奇迹，我只是难以相信，每个宝宝都是多么美妙万分，多么不可思议，各有各的优点。不过这个宝宝有她的特别之处……可能是因为菲丽丝，还有我对她的感情……倒不是我不爱我的第一个妻子，我爱她，她是个好人，类似的种种优点，我希望我们以后仍然至少是密友——但菲丽丝是另外一回事。你明白我的意思吗，简娜？对，你肯定知道，某人已经告诉过我，你也有好事，希望你不介意我这么说——拜托你别介意，我太替你高兴了。不过真有这么一种注定的东西，对我来说，就是菲丽丝。我知道你懂的。小卡罗琳出生的时候——尽管我已经见识过三次了，每次都没有遗憾——但这小东西出现的时候，他们拿了条毛巾裹住她，把她直接放到我怀里，因为我担心可怜的菲丽丝正好错过那一刻，小家伙张开眼睛，看着我。她没哭，也没吓到，什么都没有——我现在明白了，因为卡罗琳到底是我的第四个孩子。我的心温柔地塌陷了。你懂我的意思吗？她就在那儿，这小不点儿，经历磨难降临了，身上还有点血淋淋的，她仰面直视着我。她有一双美妙的蓝眼睛，深邃的蓝眼睛，跟亲爱的菲丽丝一样。那真是父女相认的时刻，我敢发誓那就是。我感动得说不出话来，不管怎样，在她努力挣扎要来到这个世界的时候，我就一直哭得像个小姑娘似的，因为菲丽丝——她的情况很糟糕，你知道的，你没法儿劝我接受催产那一套该死的做法，他们就是要进行催产了——还因为我激动得不得了，等待着关键的那一刻——宝宝完美无瑕地呱呱坠地，来到这个美妙世界的时刻。我坐在那里，抱着这个小东西，哭得眼珠子都快掉出来了，我发誓我在那一刻就爱上她了。”

茶水来了，盛在查理坚决要求为办公室添置的韦奇伍德[1]瓷杯里，同时上来的还有巧克力蛋糕。自从卡罗琳出生以来，《莉莉丝》一直香槟糖果不间断，甚至还有街角瑞士糕点店的蛋糕。茱恩跑出去拿蛋糕，一时兴起还顺便一并给查理带了花。拿进来的时候她羞红了脸，喜气洋洋的，很开心。查理很开心，每个人都开心。要是我一无所知，恐怕会以为婚礼在即，或者至少是《莉莉丝》所有部门都在搞联谊。整个杂志社都像是要抱窝似的，气氛中带着某种隐秘诡谲的快乐，人们无缘无故微笑不已。这一切并非因卡罗琳而起，而是归功于查理，《莉莉丝》的主编。

素雅的主编室里是清一色暗红的皮革和柚木镶板，查理坐在

1 韦奇伍德（Wedgwood），英国传统陶瓷产品的代表品牌。

大班椅上，倒茶切蛋糕，笑眯眯地说："我搞不懂怎么会有男人不坚持要从头到尾参与其中。这绝对是世上最激动人心的事，绝无仅有。哦，我不是说男欢女爱不奇妙，可是毕竟比起新生儿'从冥冥之中来到这里[1]'的出现——原句是不是这样呀？——嗯，我恐怕要掂量掂量哪个应该退居其次。还有，姑娘们怎么会想要尽快回到工作中，把所有乐趣都留给保姆呢，我实在是搞不懂。"

我听着他这一大通感慨，感到完全插不上话，忍住不吃那诱人的巧克力蛋糕，只是喝了查理的（是他端进来的）橙白毫茶，像我这样讲求实际到了无生趣的人，想知道的是财政问题：如果菲丽丝不去上班，谁来为一切开销买单？他们需要两份薪水，因为他要付赡养费，他工资的每一分钱都花在他另外几个孩子的教育上了。

但如何把话题引到这些实实在在的问题上来？且不去想钱的事，菲丽丝她自己怎么样呢？我一想到菲丽丝，眼前就浮现出她刚加入主编室时的模样。这个出身贫寒、精明能干、野心勃勃的姑娘，和猫一样机灵，总是留心等待有利时机。再想到才短短四年——是四年吗？还是五年？居然变成心甘情愿在家照顾宝宝的人，还有个对老婆百依百顺的丈夫。有"宠老婆的人"这个词吗？应该有才是。字典里倒是没有专门的词来形容过度溺爱孩子的父亲。查理是个"溺爱孩子的宠老婆的人"，娶的老婆是我认识的姑娘当中最铁面雄心、最聪明能干的一个。自打我开始白领生涯至今，这三十五年来，我一直旁观着聪明能干的姑娘们流转过《莉莉丝》，当然往往她们都最终嫁为人妇。（我到《莉莉丝》工作的时候，我的理查德已经娶了——他的妻子。）

但是菲丽丝可能已经变了。人是会变的。我已经变了。

---

1 该句出自苏格兰作家乔治·麦克唐纳（George MacDonald，1824—1905）的《宝贝》一诗。

听查理唠唠叨叨地讲他半夜听到卡罗琳醒来的感受如何如何，我觉得和我做的那些梦当中的感受相似。“我们从来不让她哭，简娜，我们就是舍不得。为什么她就得哭着要她需要的东西？比如干净的尿布什么的？”他爬了起来，因为他希望菲丽丝好好利用她该有的休息时间。“只见婴儿在她的小窝里，我看见她仰面冲着我笑。是的，我知道他们说宝宝头几周还不会笑，不过他们净胡说八道了。她马上就知道是我来了，躺在那儿一动不动的，拿她那双深邃得见不到底、一点儿都不像婴儿的眼睛端详着我，可那确实是人类的眼睛。我站着俯视她，着实感受到自己太过高大魁梧，我试着要从这小东西的角度来看，往上看，那种觉得自己粗鲁又糟糕的感觉真是难以形容。这时候我把她抱起来，动作非常轻柔，因为她是这么一个小公主，我不愿意去想她被迅速拎起来的感受——你知道，看到做母亲的人有时候把很小的婴儿就那么一抓都是什么样的心情，可怜的小家伙简直透不过气来，他们上气不接下气，挣扎着保持平衡——嗯，我只是轻柔地抱起她，把她从小毯子里抱出来，放在平常给她换尿布的桌上。半夜里，我们悄然进行着这一点点温馨亲密的互动。我很期待这样的活儿。我不知道为什么人们会抱怨半夜给宝宝吵醒。倒不是期待她哭。这是一种荣幸，我是这么觉得。我喜欢得很。菲丽丝也是，我敢肯定。有时候大清早四点的，我们甚至还要你争我抢地去给卡罗琳换尿布。”

我呆坐着，眼泪哗哗直流。因为我背对高高的窗户逆着光，他又完全沉浸在自己的长篇大论中，过了好一会儿才注意到我的反应。我本来正打算要找个借口溜出去，但我的声音颤抖得太厉害，根本说不出话来。他急忙起身，伸出臂膀把我搂住。“哦，简娜，别哭，别哭了，对不起。当然，我给忘了，你没有孩子，哦，可怜的简娜，小可怜，对不起，都是我不好。”

他走到他储备的那堆宝藏边上，很快我面前就摆了一杯上好的白兰地，还有一小包纸巾。他搂着我，把我哄回常态。“我们都太过于习惯有你在这里了，亲爱的简娜，你总是开开心心的，通情达理又*完美无缺*——我们就因此压榨你。是的，我现在知道了。我们都当成是理所当然的事了。”

我发誓他本来可能要说“现在，来，擤擤鼻涕……”，手里拿张纸巾对准我不争气的鼻子。话说回来，他已经体贴到不能再体贴了吧？

菲丽丝怎么受得了呢？我回到我们的办公室，吉尔和汉娜坐在里面忙于工作——二十二岁的吉尔正指挥着比她年长十岁的汉娜，而汉娜对此并无二话——我眼睛红红的，无所谓她们怎么着。

“轮到你了，对吧？”吉尔说得轻描淡写，“嗯，他昨天说得我像个小孩子一样哇啦哇啦哭。”

“还有我。”汉娜说。

“这里是*办公室*，”吉尔一本正经地说，像个愤愤的女学生，试着把这个词说出来，听听发音是什么样的，“*办公室*。”

“办公室是相当特定的场所。”汉娜表示赞同，她看上去轻松随和却漠不关心，按照她自己的节奏来工作，不动声色地就把所有事情都做完了。吉尔则是风风火火地把事情做完的。

“我估计菲丽丝过一阵子会回来上班吧？”吉尔有点醋意。

汉娜说：“可能不会哟。”

“她当然会回来。”我听到自己发出抗议——被汉娜的话吓到了。

“不会的，照他的意思办的话。”汉娜说。

不知不觉之中，吉尔和我都看着我们这位新搭档，对她相当敬佩。这个年轻女子身材高大，肤色偏深，甚至有点黝黑发亮，黑色的直发披肩，留着刘海；她端庄健美，像个出自丛林、归化文明的印第安人。她全身闪耀着十八开金的女性气质，使得她能够权威地判断感情方面的事态。

“如果菲丽丝要回来上班，那她每挪一步都要经过抗争。”她说。

“不过呢，”我说，“幸好，有经济压力方面的问题。”

吉尔今天对我说：“你打算四天时间都把凯特一个人丢在你的公寓吗？没个保姆？”

“我还能怎么样？”

丢下凯特不好，可我还能怎么办？彭妮夫人——让人敬畏三分的邻居，已经迫于年老体衰，进养老院去了。真是讽刺啊！现在我倒是很乐意请她到这儿来，好跟她说：“您能费点心关照一下我外甥女吗？您知道现在那些年轻人都是什么样子的。”对新来的邻居我可开不了口，杰弗里夫妇年轻有为，劲头十足，工作忙得很。“请照应一下我可怜的外甥女。她被丢在家里有点没人管了的意思，你们晓得的。”我可以请他们帮忙叫个水管工上门或者保管备用钥匙，可这种话我说不出口。“你外甥女怎么啦？”——我想象他们问道。“哦，没什么大不了的，只不过，成年人外表下的她其实还只是个婴儿。我担心她可能会一整晚都开着浴缸水龙头忘记关掉，或者引起火灾。”这诱发了我一连串有趣的联想：你能拜托什么人做什么事情。说什么“我知道说来很闹心，但她其实没有发疯，只是还没长大！你对待她得像对待孩子一样，但跟她说话要把她当大人看，这样她才能逐渐建立起一点自尊，难道你不知道吗！”，能与之说此话的人数量相当有限。问题在于人家此前的经历。

我真正担心害怕的，是凯特会叫几个她仰慕的空屋朋友上家里来。“哦，我姨妈不会介意的，你们请自便。”我想她有时候会在下午时间闲逛到那里，心里甚至还有点欣慰。我已经告诉她我要出差，给了她一本日历，上面用鲜红色标出了具体的日期，跟她说不可以让人到这里来，我决不容忍。“哦，简姨妈，你真不友好。”不出所料，她哀号道。但她其实在窃喜，仿佛她乐于见到这道圣旨颁布下来。我不禁好奇了，是不是她的空屋朋友早就向她施压，要她放他们进门来，到她有钱又保守的姨妈的公寓里头，而她又很难拒绝。空屋群体各种各样。我询问过她当成第二个家的那个空屋，那就是个毒贩子和小偷小摸罪犯的巢穴。有一次我下班回来的时间不在凯特预期之内，结果到家发现她穿了一件我为特别考究的场合而购置的晚礼服。她当时正站在镜子前面，一头频繁染色的乱发（那时候是浅绿色的）梳成竖起来的样子，好像肆虐的绿色火焰，脸上的妆化得像德古拉[1]一样。由此我明白了，她可能把自己想象成了歹徒的女朋友。

我想，那多少也算是一种职业。

还有个问题比凯特还要严重，那就是可怜的老安妮。我一直和往常一样，每星期有两到三次，去陪她坐坐。时间总是不早了，差不多七点左右，在我回自己家之前。不过上个周末，我周六、周日两天都在她那里。自打政府削减预算以来，除非老人真的身体残疾了，否则周末都没有家务帮手。布丽奇特，她得力可靠的家务帮手，不知什么原因，给调到别的地方去了。她这个新帮手叫莫琳，是个龌龊货色，但如果只和她打过一个照面，谁会

1 德古拉（Dracula），吸血鬼之王，许多恐怖片中的角色，最初由爱尔兰作家布拉姆·斯托克在长篇小说《德古拉》中创造。

知道呢？因为刚开始你会对她感到放心——她有意为之的样子。从她做家务帮手到现在，已经有好些年头了。这妇人健硕开朗，三十五六岁，头发剪得短短的，满头黑色鬈发贴在头上。她长着肥嘟嘟的娃娃脸和胖鼓鼓的洁白小手（指甲涂成鲜艳的粉红色），双手飞快动起来的时候好像小白鼠似的。她就来个几分钟，没有做足按照付她的工钱应该待的时间，可能还压根儿不来，忘记安妮需要的东西，但显得总是忙忙碌碌（确实是），热心肠，劳累过度（确实是），尽心尽力完成任务。她煞费苦心地和维拉交朋友，维拉是她的上司，觉得她很棒。一旦出点什么状况，她总会到场，做牛做马地干活，考虑得十分周全。

她还手脚不干净，随意取用安妮的养老金。我知道安妮的钱包里该有多少钱，因为我留了心眼。这个来自贝尔法斯特的莫琳，一手包办了安妮的分配和花销大权，由她来领取安妮的养老金，她来采购所有东西，付房租和煤气费电费，她来跟服务处的人解释说，安妮需要额外的钱来买这个买那个。我估计，每周差不多有十英镑从安妮的口袋流进了莫琳的腰包，除了安妮，她还负责照看另外四五个人，这样加起来数目也很可观了。

她、我和安妮，我们围坐在一起喝茶的时候，莫琳显得一团和气，忙不迭的能干，还嘘寒问暖的，好像我不单是安妮最好的朋友，也是她最好的朋友。但几个月前，我在同一个地方坐下来，之前我已经清理过了安妮的便盆，给她铺了床，带了些杂货给她，因为莫琳还没上门，安妮害怕被丢下没人管顾。我都做完一切坐下休息了，莫琳来了。她乐得让我做她的分内之事，因为她累着呢。她有四个孩子，丈夫身体又不好，她确实非常辛劳地在工作着。我早先问过安妮她手提包里钱的事情，安妮告诉了莫琳。这下莫琳背对我站着，煞有介事地给安妮切一块三明治，低声说："我怕了你了。"这下又来了，另一种语气，我们很少用这样的口吻说话。这个时刻颇为有趣，原因是多方面的。这里头全然不见我们平常的关系，平常我们无非就是两个忙忙碌碌的女人，因为一个不幸的老太太而碰到一起，帮老太太的忙，对彼此的能力和专长都习以为常了。我们此前相互说过的话——你好，萨默斯夫人——哦，你好吗，莫琳——哦，很好，好极了，萨默斯夫人，希望你也感觉神清气爽——这些废话，全都加到一起，也抵消不了莫琳低低的那声“我怕了你了”背后的含意，一丝一毫都抵消不了。她连着三四天压根儿都没上门，然后想起来她把安妮的茶叶啦，黄油啦，烟啦都抛到九霄云外了，这才过来一趟。看到我已经把安妮的窗帘布拆下来洗干净了，或者已经站在凳子上擦洗过窗户了，她开始仔细检查核对安妮的钱，有两个原因，一是看看钱有没有积攒到够她再捞上个几镑，二是这样安妮可能会注意到她的举动，说起“简娜说我应该不止这点钱”，然后她可以予以反驳。回家路上她会愤愤地思量，有可能怀恨在心，也可能惧怕这个从富足的浮华世界来的讨厌鬼。莫琳被指派来照顾安妮的时候，她看到了我在安妮的记录卡上标注的是仅次于亲属的关系。她已经听闻我怎么来看望安妮，作为安妮的朋友，我如何经常过来，一次不落。天啊，我其实也缺勤，和莫琳一样，但是安妮拿这话作为紧箍咒，像在施展法力:“简娜一次不落，她一直来的。”对着这个满不在乎又不老实安分的莫琳，安妮一脸严肃地说。

我是怎么在收音机店遇到安妮，和她回家，后来给她买东西，自此以后照顾她，这些情况都变成了安妮的“留声机唱片”之一，虽然我没听过，但是莫琳、维拉或者其他人都反反复复听了无数遍了。

“我怕了你了。”她说这句话的时候声音低低的，几乎是压着嗓门，说出了她的真实想法。我视而不见，听而不闻，继续安然地坐着喝茶。我该说什么呢？没必要怕我，我不会说出去的？

如果确实有所谓的棘手状况——我的天性拒绝接受这种事！——那我现在就身处其中。

首先，我现在对待安妮根本不像当年对待可怜的老莫迪那样，全身心彻底投入，为这份情付出真心。

我知道对一个老太太全身心投入是什么状态，老人的需求过于庞大，以至于你自己的需求退居其次，你整个生活都被吞噬了。我曾那样做过，有过那么一次经历。我并不感到后悔——一点都不后悔，因为我爱莫迪，我想人一旦用了“爱”这个字，那就是爱了。但我告诉自己，下不为例，因为虽然我喜欢安妮，但毕竟不爱她，所以我告诉自己，到此为止，不能更进一步。我和自己私下达成的这番协定意味着我不会插手干涉或者暗中捣鬼，比如打电话给维拉提议我们碰个头，然后旁敲侧击地告诉她，她最喜欢的家务帮手正擅自动用她所照看的无助老人的养老金，那可怜巴巴的一丁点养老金。我做不到，就是这么回事。此外，我和安妮坐在一起聊天时，了解到莫琳又还没做这个那个，这时候我自己产生的种种想法，都可以归类为“黑市”或者说“第二经济”[1]思维；在全世界范围内，那样的想法其实调动了多数老百姓的积极性，他们早就抛弃了我父母一辈原本会认同的、视之为绝对真理的诚实品质：“就算你就要饿死在破房子里头了，也万万不可偷窃，不可撒谎，不可揩富人的油。那样不对。”他们之所以如此，是因为一切都似乎正陷入僵局，误入歧途；因为我们老百姓的钱都给铺张浪费掉了，而我们却无力掌控。

莫琳就是这种思路：老人家的养老金太低了，是这样吗？我

---

1 第二经济，更多时候被称作“灰色经济”，是非正式、非正规的经济，并未被列入国民经济总决算中。由于其逃避了正式经济的税收、社会保险费、行政管理负担和国家调控，又被称为“地下经济”。

认为不是！等她的房租、电费、煤气费账单付清，我再给她买完一点食物以后，还可以剩下五镑，光景好一点的话能剩下十镑。要是有需要，那个叫萨默斯的女人会给她买条裙子，还给她买背心和内裤；如果她缺毛衣的话，可以找福利机构要；安妮楼上那个女人说过她有一双多余的拖鞋。再说了，安妮还应享受衣物补助金。我要确保她拿到资助，这样就能为我的罗娜再攒点钱，好让她在期中的时候和同学去布洛涅[1]玩。安妮手提包的侧袋里有十镑，都露出来一截儿了。如果我把那钱顺了，她根本不会注意到。我可以存入我们为度假而设的那笔款项里去。他们把国家的钱浪费在这些老人身上真是不像话。我倒不是对他们得到理应得到的东西有意见，如果安妮有任何需要，我保证满足她。眼下有个年纪很大的贝克夫人，我会和办公室说一声她的补助问题。依我看，她完全应该多得到一些。有机会为他们多要点补助的话，又何必白白浪费了呢。政府没做过别的事，净把钱浪费在各种稀奇古怪的项目上了。要是他们有个平凡的劳动人民来管事——哦，我可不是说我自己，不是这个意思——我是说迫于生计要扳着手指头过日子的人，那就根本不会出现这样的浪费现象。他们在办公室里说要分配给我看护的那个可怜的老头儿，他快要死了，他叫什么来着？对，迪克·怀特。嗯，我绝对会确保他得到所有应得的东西。要是我下周前不把那笔钱存进去，我们今年就度不成假了。

今晚我和安妮坐下喝茶的时候，心里就在想，我眼下正在做的事情，或多或少和恋人理查德为他母亲所做的一样。不过站在安妮的小屋里从这个角度来看（尽管这里打扫过之后显得整洁像样，却有股老人味），理查德和我——我们这样的人大概是生活

---

1 布洛涅（Boulogne），法国北部港口城市。

在另外一个世界。想到我们如何走遍伦敦，从格林尼治到里士满，从海格特[1]到码头；想到我们如何一时兴起就进剧院看戏，或者预备走上个十英里；想到我们在一起时的绚烂多彩——这一切都逐渐淡去，变得微不足道，幻灭为空无。我坐在那儿，恰好有个廉价的合金把手对着我们，这时我看见安妮衬衫前面有食物残留的印渍，一边听着她怨叹发牢骚；而简娜和理查德这对情侣已经手牵手走开了，这两个身手矫健的探险家——从这个封闭逼仄的房间里窥望，我们俩仿佛就是那副样子，根本就是幻象，只是两个放纵的人在游戏人生。不过我们并非如此，到底我们都在勤奋努力地工作。脑海中，我把自己复原到那个时刻、那个地点的那个女人，简·萨默斯，在汉普斯特德荒原上踏步走过，有理查德陪在身旁，而阳光洒在他们背上：我选择回忆起那个美妙的夏日一周，感觉似乎已经很久远了——在突如其来的一股充满爱与幸福的暖流中，我体会到了与理查德在一起的真谛，可以简单却又到位地表述为：我们彼此毫无保留，无所不谈，仿佛我们这两个生命，长久以来便于冥冥之中向对方奔去，终于在图腾汉厅路地下，以意外小插曲这般滑稽而不可思议的方式相聚到一起，随身带来的丰富馈赠原本也是遁于无形之中，像是河川的深流不懂浮木的逡巡不前，那是远处深山洪水带来的翠绿枝丫，挟裹着不为人知的什么东西——丝绸？书籍？北印度来的异香茶叶？来自某个热带丛林，最终立足扎根于北欧花园的奇花异草？——栖息在一根直立原木上的十七只蔫头耷脑的小鸡，一匹溺水马，从哪个风蚀的山坡上冲刷下来的晒得褪色的古代恐龙骨骼。这些林林总总的物事由山洪裹挟着远道而来，卷入河流的横面，轻轻朝上一激荡，落在白沙滩上的时候变成了褐色泡沫，而河流平素都是

1 海格特（Highgate），伦敦北部一区，修建在海格特山上，附近众多老房子引人入胜。

波澜不惊地淌过，朵朵浪花微微顶着白头。

今天我多想能打电话给理查德，没别的，只是想听听他的声音，说我们下周五见面。下周五，不过五天之遥，好吧，你也可以说其实是六天……他有我两个地方的电话号码，而我却没有他的。

要是我有他家的电话号码（要是他不住在宾馆的话——因为他已经说过他自己家租出去了），那我打过去的话，会是谁来接？理查德应该已经出发去赫尔了。凯瑟琳，那个挥之不去的阴影？我是不是应该说，哦，我是简·萨默斯，你知道，我们差不多算是经常见面了。

出国去看时装秀，或是参加会议，抑或是同摄影组去为某些特别的商店、地方、人物拍照，通常我都很喜欢为这些短期活动做准备的过程。从头到尾我都爱——每个环节，从让我获得无限乐趣的打包衣服，到办理登机，然后登上飞机，到入住舒适的酒店，如今我对欧洲各地哪里有像样的酒店了如指掌。我从这一切之中得到的快乐确实不同凡响。写这篇日记的时候，我想起了有一回我对理查德大喊，说我把享乐排除在自己的生活之外，因为一直太投入工作了。其实不尽然。我的生活充满享受和愉悦，不时给自己小小的犒劳，听着伦敦人行道上路人的欢快交谈，那么离奇，透露出不为人知的经历的冰山一角，看着餐馆里、公交车上、商店中的人们……然而，今天我却根本感受不到任何乐趣。离开英国，就意味着离开了理查德。

一个被遗弃的女孩的一天。

她在黑暗中醒来，胃里泛酸，心口作痛，好像遭到了惊涛骇浪的拍击和扭打。那浪涛是喧闹声，是砰砰作响的节奏。她觉得被它们囚禁在笼子之中，受到了侵袭，落荒而逃；她感到耳朵疼痛，这才想了起来，拉出耳塞，整个人头昏脑涨，寂寥地坐在耳聋造成的无边寂静中，耳朵正嗡嗡作响。她在哪里呢？费了好一会儿功夫，她才意识到，自己现在坐在沙发边缘，就在她之前睡下的地方。想到简娜没有叫醒她，没有把随身听从她身上拿开再领她上床，她内心就充满了怨恨。她没有想简娜具体怎么不好，但是她深深怨恨的就是简娜，就好比在她住到这儿之前，她在生活中怨恨的是她的家庭、她的父母。现在，她怨气满腹，跌跌撞撞走到电灯开关边，打开灯，房间顿时亮了。她四下寻找简娜的踪影，看到屋里空无一人，还以为简娜已经回她自己房间了。她浑身发冷，四肢僵硬。她想，要不我去泡个澡暖暖身子？她开了洗澡水，茫然地坐在浴缸边缘，眼睛给水龙头下的泡沫吸引住了。她甚至还微微一笑，像小孩儿一样，因为看到了漂亮的泡泡而喜笑颜开。但很快她就失去了兴趣，因为坐在温暖的热气中，她倒回过神来了，踉踉跄跄走到床边。一头倒下后，她想起水还开着。她想，好吧，让它开着好了，不过后来还是起来关掉了，只是马马虎虎地关掉。她晃悠悠回到床上，衣服不脱就栽进羽绒被里，这时候，热水龙头还在滴滴答答滴水。她躺了许久，整个人直挺挺的，因为有点忐忑而身体僵硬。灯光打在她的脸上，她想，简娜会过来关灯的，直到后来才想起来，简娜不在这里，在阿姆斯特丹呢。

她一气之下起身坐直了。公寓里就她孤零零的一个人，她被抛弃了。但伴随着这个想法，紧绷的神经终于放松下来了，她的忐忑其实和简娜息息相关，她知道简娜极少对她和她的所作所为表示肯定。她想，这四天时间总算没人挑她的刺儿了。她舒了口气，整个人放轻松，感到灯光炫目地照在睫毛上，便挣扎着起来把灯关掉，又栽回到床上。天亮以后她还睡得很香，醒来的时候已经是大白天了，外头树上的鸟儿吵吵嚷嚷的。她醒来的时候对贪图享乐感到惴惴不安，不知道要期待什么，想起只有她一个人，便坦然地松了一口气，听上去感觉很满足。她想，我要起来了，为自己做点早饭，用不着成天担心她在想什么了。她懒洋洋地躺在罩被下，品味着她的自由自在，起身一看床头钟，发现还不到五点呢。“这时候起来未免太早了”，她愤愤不平地说，好像是给初夏的天光蒙蔽了眼睛，欺骗了感情，于是又回去睡了。她睡到十点左右才醒，这下又困倦难醒，没力气爬起来。她又睡着了，等到再醒来的时候已经中午了。她接着又躺了一会儿，心想，不用多久就到六点了，简娜会回来给她烧晚饭。

她又记起了简娜不在，这下可没了乐趣。四天呢，她相当气馁。最后她挣扎起床，打算泡个热水澡，但热水龙头滴滴答答滴了几个小时，水箱早就空了。冷水让她打了个激灵，所以她没洗澡，而是穿着她已经穿了四天没换洗的裙子走进了厨房，打开冰箱，希望能看到黄油、鸡蛋、培根和各种口味的什锦奶酪。东西都在冰箱里，什么时候少过？她长这么大，每次开冰箱，知道里面的格子总会是满满当当的。她极力检查盘算，这些够吃到简娜回来吗？——因为她打算大门不出二门不迈，就待在家里，无所谓早晚，不存在压力，完全自由自在。她一开始饿着肚子，但什么都懒得烧，于是吃了面包和草莓酱，喝了浓茶。

她晃荡了一会儿，到那个看起来好像没人在里面住过的房间里逗留再三。这房间干净整洁，方正的铜框大床，床上放着叠好的白色厚被子，靠垫也是白色的。凯特站在那儿待了一阵子，原来几乎每天早上在简娜走了以后，她都这么做。她有点慌乱，因为首先想到的是：怎么有人能把房间保持得那么整洁，一切都井井有条。她由此开始幻想自己的房间，日后她自己将会拥有的房间，不同于简娜清一色雪白和亮黄这样色调明快的房间，而是像某本杂志上看到的那种昏暗奢华的洞穴，包含了上百种不同的材质和物品，全都是暗哑而浓郁的色泽，透出千百条佩斯利涡纹披肩的精髓，从天花板到墙壁再到地面，房间里每一寸表面都包覆了起来；床上堆满面料细腻的深色靠垫，虽然看不见人影，却能强烈感觉到，凯特就在当中懒洋洋地倚靠着。她绝不是一个人在里头，她从来不会想象有个男人或者只有一个姑娘在房间里，而是一帮充满友爱的朋友。她让他们在这里，但要满足她设定的条件：他们和她那帮空屋朋友很相似，但是这群人，用简娜那一行的行话来说，一方面保持他们自己的个性，拥有自由自在、畅行天下的精神气度，无须效忠于任何领导或者机构，也不受任何意见束缚，另一方面却又已经大踏步进入高消费阶层，是生活富足、出手阔绰的年轻人，在天地间来去潇洒，今天去香港，明天去布宜诺斯艾利斯。在这个充满维多利亚时代异域风情的屋子里，凯特消磨了许多时光。而实际上，她正一边试穿简娜的衣服，一边想入非非，以至于她伫立在大镜子前，根本就看不见镜子里照出来的是个身穿简娜的服装、还没长开的、可能年仅十一岁的小女孩，她所看到的是如同《莉莉丝》杂志上刊登的照片，而至于她那一撮撮凌乱的头发，绿、粉、蓝各种色彩缤纷，则属于某个性情乖戾的美人儿，会在公众面前噘起嘴自嘲。

今天她决定什么衣服都不试，虽说她查看了简娜都带走了哪些衣服。看起来衣服就没少几件，其中包括简娜那套乳白色亚麻套装，凯特对这衣服的倾慕之情有如对电影明星的崇拜，永远让她景仰万分又可望而不可即——怎么有人可以做到一整天都穿着那套衣服，而到了夜里脱下来，依然干净挺括？（凯特穿上过这衣服来满足她的幻想，结果一个小时后脱下来，就发现裙子下摆沾满她吃的巧克力的印渍，她只好拿起裙子跑到街角的一小时快速洗衣店，希望简娜永远都不知道此事。）还有什么？一套中国绉丝质地的浅蓝色套装。凯特不稀罕这套衣服，况且简娜穿上这衣服看起来光彩照人，她便更不喜欢这衣服了。这衣服让她自惭形秽。那套衣服的衬里打了一排排细小的褶裥，除了简娜之外没有人会看到。在凯特看来，这些褶裥隐隐让人产生幸灾乐祸的感觉，她还拿来和空屋的成员分享，以博取他们一笑："在没有人会看到的地方！"她嚷嚷着，显出自命不凡的样子。但听到空屋的头头布莱恩粗鄙地说，"没有人，除了她的情人"，又觉得好像自己漏掉了一两个包袱。布莱恩说这话的时候，她听得情绪激昂，同时又觉得自己傻乎乎的。她想象简娜脱下那件紧身的小外套，将它放在椅子扶手上，故意露出从衣服胸口下方延伸到底端的一小片褶裥。

简娜还带走了那件乳白色丝质衬衫，上面有着精致的褐色条纹，因此只要你将它上下或者左右翻转，它就会如浅色太妃糖般闪闪泛光，像是浅褐色的。还有一件棉T恤，无袖的，樱桃红色，以及一条浅灰色针织裙。意识到简娜就只带走了这些衣服以后，凯特觉得很难堪：她可无法想象去出四天差，出入这种时尚达人和名模会集（她猜想是那样）的高端场合，就带这么点衣服，要是她的话，非把自己所有的衣物都打包进行李箱才放心，以防万一。凯特检查有哪些内衣不在衣柜里，想起来她上周偷偷拿走了一条粉色和咖啡色相间的内裤，还自个儿穿了一整天，她打算把它放回去了。可那内裤在哪儿呢？凯特傻站着，咬着指甲，惊慌失措。她能把内裤放到哪儿呢？简娜会杀了她的。很快，羞愧之情就将她吞没了——她还穿着呢。当然了，她可腾不出时间来换条内裤。

现在是下午一点钟，阳光灿烂，原来雨水已经走远，仿佛伦敦从来不曾下过雨，以后也永远不会下。

凯特拉了把椅子坐到简娜卧室的窗边，俯瞰下面的街道。她仿佛看见自己就走在街上，身穿简娜的乳白色套装。她不经意间散发着魅力，走向街角，轻盈地跃上一辆公交车，对车上那群年轻人投来的仰慕目光微微点头致意。他们都渴望像她这样从容优雅，却不敢同她说话。她在贝克大街下了车，悠然走到摄政街，到那儿发觉时间不早了，就打车到《莉莉丝》。经过各间办公室的时候，她面带微笑，每个人都跟她问好。到了她和吉尔共用的办公室，她姐姐叫道："哦，凯特，我一直在等着你呢，这事我该怎么办呢……"凯特建议吉尔怎么处理，然后出门去餐馆和三个名模共进午餐。其中一个名模对她说："凯特，你真是白白浪费了自己的天资！你应该当模特。前几天我听到有人说，真可惜，凯特是诠释这类服饰的完美人选。""是谁说的呀？"凯特问。听到的回答正中下怀："马克说的。马克谈到你了。"凯特当然早就知道马克欣赏她，知道只要她说出那个字……不过现在她说："好吧，我试试看好了，无所谓的，不就一个星期的样子嘛。""哦，太好了，"那个红头发的模特奥莉维亚说，"我会安排你跟经纪公司进行一次会面……"

这通幻想占据了凯特好几个小时。她经常梦想着这些场景，以至于这一切俨然像是一本随意翻开某一页就可以接着往下读的书。幻想的内容剧情复杂，细节入微，她知道公交车上的年轻人长什么样子，穿什么衣服，能闻到公交车上那股污浊刺鼻的气味，还知道沿着威格莫尔街行走的时候，会下起一阵急雨，害她不得不走进一家花店去避一避。那儿有个常看着她走过这条街的姑娘，硬把一朵粉红色玫瑰塞给她，眼里闪烁着隐秘的仰慕之情。她知道下班后，自己会跟吉尔说："不行，谢谢你的提议，可我另外有约了。"她去见模特经纪公司的那个负责人，那女人说："凯特，我不常说这话的，多可惜啊，但你是——你就是——天生的模特。生来就是干这一行的！”

凯特发觉肚子饿了。她的胃咕咕直响。她又一次把头伸进冰箱去搜寻，甚至是最里面的角落也都看过了，可就是没看到她渴望看到的东西，比如一整盆蛋奶甜糕，或者涂满果酱和奶油的蛋糕之类。尽管早先她想到自己不必外出，倍感宽慰，但现在她跑到街上进了拐角的商店，买了一打玛氏巧克力条、六大包薯片和一些萨莫萨饺。回来进公寓的时候，她听到电话铃响，极力快步跑过去，但还是没赶上。伸出手之际，铃声戛然而止。她站了足足五分钟，心怦怦狂跳，希望电话铃再响一次。她怕是简娜打来“查岗”的。她更怕是空屋的哪个人，因为她知道，如果她说简娜不在家，他们就会坚持要过来，甚至睡在这里，鸠占鹊巢。口号不就是“你的义务，就是从资产阶级亲戚那里拿走你所能够获取的一切”嘛。与此同时，她又希望他们会打来电话，这样她就能问:“我能过来做客吗？”和这些空屋伙伴共处的时候，她分分钟都在（放任）情绪和（做出）选择之间摇摆。她羡慕他们的独立，靠着救济金过自己的日子，从一座空屋搬到另一座空屋；她羡慕他们勇敢无畏地蔑视警察；与此同时她心里又害怕，因为她当然不想进监狱，他们有些人已经在监狱里了，有两个人获得了假释，还谈起过要她和他们一起去“搞”汉登的一家邮电支局。听起来他们像是在开玩笑，但也可能不是。她又很想和他们在一块儿，只要静悄悄地坐在角落里，听他们说话或者弹奏乐器或者吸点大麻，只要在那里待上几个小时她就很开心了。确实，在那里一点压力都没有。他们没一个人有什么成就（她对此很清楚），也没什么可以攀比的。和他们在一起的时候，她完全感觉不到那股在她上腹附近，甚至蔓延到她喉咙口的疼痛，火辣辣、无休无止的疼痛，仿佛要呕吐的感觉，而自打她记事起，只要和吉尔在一起，她就会感受到这股疼痛。

电话可能是吉尔打来的。她伸出了手，打算给吉尔打电话。可她敢打吗？她会打吗？之前有几次她差点就要给吉尔打电话了，却又做不到，她站在那里思忖着，我要打吗？她打了。她不知不觉就把电话打到《莉莉丝》，找吉尔听电话。“哈喽。”她听见自己的声音越来越轻。

“哦，凯特，”吉尔说，“说实在的，我这就下班了。”

“哦。”

“现在快六点了，你知道吗？”吉尔听起来很苛刻，她一向如此，好为人师。凯特应该知道现在六点了；她应该在她没有时间概念的生活中对所处的环境有点认识，吉尔告诉她时间是在帮她。

“哦，是吗？”凯特哀号着。

“好吧，你没事吧？”吉尔叹了口气。然后又加了一句，凯特听得出她是不情愿的：“你要我回家的路上顺便过来一趟吗？”

“不用，一切都好。”

“很好。凡事都小心点，凯特。”然后电话就挂掉了。

凯特想，她本来起码可以叫她去吃晚饭嘛。她跑到自己买的那堆东西旁边，到沙发一角她的专属地盘，把薯片、巧克力和萨莫萨饺统统摊在咖啡桌上，把耳机塞进耳朵，进入声响的世界。话说回来，她也不是没有片刻的迟疑乃至忧虑：她知道摘掉耳机以后，往往会有好几分钟时间耳朵轰隆隆的什么也听不见，可她忍受不了放弃这个已经上瘾的嗜好，因为在那个世界里，她可以和一切苦痛完全隔绝。

凯特就这么坐着，边听边吃，外面阳光普照，后来光线渐渐黯淡，夜幕降临，很快到了就寝时间。差不多午夜时分，凯特觉得困了，她为自己有了睡意而心怀感激。同时，她还感到一阵恶心，因为她把买来的所有东西都吃掉了，一点残渣都没剩。

现在，她洗了个滚烫的热水澡，久久没有起身。因为大量加进了简娜的好几种浴盐，泡澡水变得十分浓稠。她洗完看到水变成了褐色，不由得羞愧不安。她真的有那么脏吗？不过没关系，现在整个人干净了。她甚至还洗了她的蓬头彼得爆炸头[1]——她父母老早以前跟她说过，“你看起来像蓬头彼得”，当时她就从儿童房的柜子里找出那本书，看着那些插画还很高兴：她觉得自己确实是像蓬头彼得。

她很晚才上床，穿着简的睡衣，躺了好一会儿才睡着，梦乡中她和简在阿姆斯特丹，是五大洲最为著名的时装模特。她对别人说：“这是我姨妈，简·萨默斯。对，她在《莉莉丝》工作……哦，你听说过她？”

进入7月，一年当中我最不喜欢的月份就这么到来了。春日繁花早已消失殆尽，树木全都枝繁叶茂，浓密到绿得都俗气了。我觉得如果把一年看作人的一生，那么7月就是中年，这一时期没什么事情，一切似乎亘古不变，即使有将要发生变化的征兆，那也只会是不祥之兆。就算下起雨来，也不过就是夏天的雨水，毫无春雨那种可能夹杂有雪花、白霜、冰雹、暖雨的亦惊亦喜。从机场坐出租车回来的路上，我如此这般浮想联翩，像看着恋人那样打量着伦敦，无视从机场出来的道路、热情的红色大巴和电话亭有多么单调乏味，只见这里和阿姆斯特丹多么相像，街上一片人声鼎沸，遍布着前来这个闻名遐迩的大都会开开眼界的游客。这样的人潮迁移真是惊人，可我们早已习以为常，不觉得有什么奇怪。一百年前，前往海边游览的人还不多，只有富裕阶层

1《蓬头彼得》是海因里希·霍夫曼创作的德国儿童作品，在整个欧洲都广受欢迎。此书由一系列插图故事组成，每个故事通过夸张的手法来表现不良习惯带来的后果，告诉儿童要注意个人卫生、保持整洁。

才能去造访“欧陆”一些舒适宜人的地区。如今，必须开眼界这个行业已经逐步发展了好些年头。在阿姆斯特丹，我坐在酒店咖啡厅里等着人接我去开会，这时邻桌的年轻人正在相互攀谈。一个说：“我看过大峡谷，很酷哟。”另一个说：“是啊，我得去看看，可能就明年吧。”他的语气有点焦虑，好像长期以来忽视了很重要的事情。如果有，那就必须去看——必须拥有。正如我一直体验着阿姆斯特丹，每天晚上我都特意沿着运河散步，到一些上档次的餐厅吃晚餐，要是光在宾馆里吃饭又不去看运河的话，可无从体验阿姆斯特丹。

我这次开会期间一直工作得格外拼命，会议很成功，我每晚也都尽情享受阿姆斯特丹的一切。时时刻刻，理查德，理查德，总在我脑海里敲打着我，心里的忧虑已经逐渐演变为激动不安。我极度渴望回去，渴望和他在一起，但与此同时，我也一直问自己，如果这一切只是梦幻泡影呢？——在这样的时刻，我仿佛在低声说着陈词滥调，感觉自己够可悲的。至于他，他的形象，开始带上几分荒唐可笑的色彩。

回到了伦敦以后，我就在这样胡思乱想。我先去了办公室。汉娜和吉尔正忙着工作，配合默契得天衣无缝。看到我，吉尔甚至有点生气，说：“真是的，简娜，你没必要上这儿来呀。你说好明天来的！”年轻出色的野蛮人（汉娜）觉得眼前这对工作场合当中的亲姨妈亲外甥女真是好笑，故意火上浇油——她的天性如此——伶牙俐齿地说她倒是想见到我，因为出现了个小问题。貌似汉娜是“女性行动团”的成员，菲丽丝以前很热衷参加这个团体的活动。她们一直密切关注着菲丽丝的动向，在她们看来，菲丽丝背叛了组织，因为她竟然嫁人了，而且嫁给了查理这种不折不扣的大男子主义猪。这些像是用来作为政治标签的词语，听上去着实古怪，比如：“社会民主人士”，“左倾分子”，“右翼极端分子”。汉娜说“他是一头大男子主义猪”的时候，全然不见这些词曾经包含的那种幽默或挖苦的犀利，她早就已经不再思考这些词是什么意思，无非是开口发出的声音罢了。

团体里的成员不时去探访菲丽丝，充满深厚的姐妹情谊，要把她从水深火热中解救出来。

“怎么个救法？”我问汉娜，倒不是要挑衅。

我们都坐在办公室里，汉娜坐的是“我”的位子，我终究要把这个位子让给她，因为我得回到查理的办公室去。吉尔一如往常，在忙活着一大堆的工作。我有意坐到一边，还戴着帽子，手提箱搁在一旁，纯属访客。

汉娜穿着条纹束腰外衣，腰带是黑色的，扎在土耳其式的长裤之上。她回过身子来观察我的时候，那头动人的黑发一甩一甩的。在她的女性团体看来，我当然是反动派——这女人，在男人的世界里大获成功，毫不关心她生活在底层的姐妹。人们之所以说出像“大男子主义猪”这种话，并不是她们真心有这样的感受，而是她们觉得必须得这样说——长久以来我总是持这样的观点。汉娜凝视着我，说：“这事情的方方面面都讨论过了。我们决定，要是菲丽丝受够了，她可以来群居村和姐妹们一起住。”

吉尔给我使了个眼色，意思是：*千万别*（反驳）。我也无意伤人感情。虽然我习惯性地想要大笑，可是这时候显然不合时宜，况且在我看来好像也跑题了，所以我只是轻描淡写地说：“好吧，那肯定不太可能吧。”

汉娜一本正经地说：“之前有段时间，她还没怀孕的时候，菲丽丝是在考虑——离开查理。”

我们都沉默了一会儿，但也交换了一下眼神，就和查理这类完美的丈夫结婚会是什么样子表示意见一致。

“*好吧*，”我说，“你算是打败我了。”

“为什么？”汉娜果真想知道是怎么回事。

我一直想要极力避开这个话题，因为这话题会破坏办公室的安宁。但发现汉娜绝不会听任自己想了解的话题被晾到一边。这下我只好迎头应对，直截了当地说：“因为菲丽丝年纪轻却很有悟性，在我认识的人当中，她的聪明是数一数二的。”汉娜点点头，等着我提出论点。“她和查理共事了很久，对他的为人了如指掌了，才说愿意嫁给他。”

“我觉得，那也并不相干，”汉娜说，“要是没结婚，那怎么会知道呢？”

“你结过？”

“是啊，时间还很久呢……”

我说：“我只要看你一眼，汉娜，就知道你是强势的那一方，你嫁的人有问题，他觉得吃不消你。”

我冒了个险，可她朝我报以赞许的微笑，点点头：“没错。我可能根本就不该结婚，或者说不该找男人。我和女人处得比较好。”

这话犹如晴天霹雳，什么时候都会吓人一跳——是在精神上而不是理智上受到惊吓。一旦说了出来，就觉得显而易见，还能有什么别的缘由呢，汉娜有着那种女同性恋者特有的母性和善，让人如沐春风。

我说：“不过菲丽丝是要嫁给男人的女人。”

“对，我同意，”汉娜说，“如果不是查理，那也会是别人。”话里没有蔑视的意思，纯粹只是个评价，尽管我对此感到心烦意乱。“那就是为什么我是我们团体中的怪人——怪女人。”她微笑着更正自己的话。“我说姐妹们，你们搞错了。菲丽丝不会屈就于我们中的哪一个。你知道，她很有魅力，”她解释说，“不止一个姑娘爱上了她。不是我，她不是我喜欢的类型。不过我挺喜欢她的，就是觉得她犯傻了。”

吉尔马上咄咄逼人地说：“如果这是她想要的，为什么说她犯傻？”听到这句话我顿时明白了，吉尔已经因为马克而受到了汉娜的抨击。我有点好奇，她们会觉得他哪里不好——马克这年轻人做派现代，认同男女平等，认为分担家务理所应当，大家职责平等。不过，生而为男人本身就是罪过。

吉尔好像受到了冒犯，冲我一笑，她不是演戏，而是真心诚意地笑。她到底年纪还轻，还经常会一惊一乍：“她们跑到查理那里，说他在压榨菲丽丝，拿她的工资去赡养他的前妻。”

我说：“可这条路是她自己选的啊。”

“还不是一样，”吉尔说，“我觉得很糟糕。她们打电话给查理，要求见他，他说他对她们没什么好说的，她们在街上跟踪他，他本来上出租车是要甩掉她们，结果她们纵身跟他进了出租车，还骂他是个剥削人的坏蛋。”

“那查理什么反应？”

“据她们说，他威胁她们要报警。”

“真的吗？”我问汉娜，因为这听起来太不可思议了。

她若有所思地看着我，知道我不会相信。“我不知道。”然后她甩甩那头乌黑亮丽的头发，伸手拿了支烟，示意她已经受够了，点评道：“听起来有点过头了，我也觉得，但她们很关心菲丽丝。”

“她自己选的啊。”我又说了一遍。她又一次表示反驳，这回是摇摇头，因为她一口气吸进了太多烟。只有她吸烟的时候，大家才会看到汉娜有压力，需要抽两口放松放松。

“这些情况我一点都不了解，”我说道，“但会跟我提起的人，只可能是菲丽丝，因为查理肯定不会说起。”说完这话，我的脑海里突然浮现出这么一幅画面：和蔼可亲的查理和两个姐妹困在一辆出租车里，她们不停地尖叫着，车子还在向前开。我不禁大笑起来，尽管这笑很不合适，因为吉尔那么心急如焚，充满戒备。我笑啊笑的，吉尔在一旁飞快地打字，生我的气；而双腿黝黑结实的汉娜，稳稳地站在窗前，吸着烟看向窗外。

等我笑够了，她下结论说："这对菲丽丝来说可不好笑，对查理来说也不好笑，对那两个去围追堵截查理的姐妹来说，同样不好笑。"

"对他们所有人来说，都够糟的了。"我说。"现在我该回家去了。你有没有凯特的消息？"我问吉尔。

"她每天都打电话来。我确实都跟她提出说我过去看看的，简娜。"随后又有点抱歉地补充道，"我想有其他人在那儿。她打电话来问你什么时候回家，有人教她问些什么。"

"我明白了。"

"希望你明白。"吉尔义正词严地说。

汉娜说："有一回我跟她说过话。我请她到我们群居村来。"

这突如其来的新信息让我一时难以消化，我什么都说不出来，只是说："再见了，明天见。"

到家前我自然忐忑不安，预料不到会是什么局面。凯特缩在她的沙发一角，耳朵里塞着耳机。我进门的时候，她很不争气地面露喜色，自觉地摘掉了耳机。她站起身，犹豫不决地朝我走来。我拥抱了她，有史以来的第一次。抱在我臂弯里的，是个小胖妞。

"哦，简姨妈，"凯特抽着鼻子说，"感觉好久了啊。"

我从她肩头上方环顾四周，马上知道有人在这里睡过觉了。淡黄色的椅罩脏兮兮的，上面有香烟烧过的痕迹。空气中弥漫着大麻的味道。我看到椅子底下有个装满烟头的茶盘，里头还有面包皮。我能感觉到她紧张起来，知道我在四处张望，发现了……

"没关系，凯特。"我说完，她放下了心中的石头，泪流满面，然后泪中带笑，缩回了身子，又跌坐到她那个角落，双腿略微分开，裹着厚厚的黑裤子，看着像两只肥嘟嘟的小黑狗。她穿着一件蓬松的白色针织衫——我的衣服。她把耳机往耳朵里一塞，冲我笑笑表示感激，然后就沉浸到她嘈杂的世界中去了。

就这样，凌晨一点钟，我坐在这儿。凯特已经上床了。我打了电话给布朗夫人，提出给她一大笔额外的报酬，请她明天来打扫卫生。我的衣服都收齐了，等着送去洗衣店，包括给可怜虫凯特穿过的那些衣服。我就要上床了，铺着纯白床单的床；我已经结束了今天的生活，明天就是周五，理查德会打电话……

理查德没有打电话来。整整一天，我都像个黑人一样卖力工作。我跟吉尔说："我一直像个黑人一样干活。"她说："简娜，你可不许说这样的话。"我说："为什么不行？全世界范围内，黑人的实际状况就是——他们不得不给所有人干脏活累活，我觉得就是这样。为什么不能说像个黑人一样干活？我这纯属客观描述，没有冒犯的意思。"

"好像你不明白为什么不行！"吉尔说。

"哦，好吧，我明白为什么不行，可这儿除了你以外没有别人嘛。"

查理早就出去和我们一个重要的广告商吃午饭了。在他走之前，我看见他把一沓菲丽丝和卡罗琳新拍的照片悄悄塞进口袋里。他察觉到我目睹了这一幕，大大方方地笑了。

汉娜已经去参加"职业妇女午餐会"了。我早就公开说过，她得学会应付处理这样的状况，"起码要坚持几个月时间"——指的是（理查德还在我生活中的）最近这段时期，但我真实的意图是让自己全身而退。不过我以前也说过同样的话。

我坐在这儿仰望晴朗无比的夜空，没有一丝云彩，只有一弯黄月牙儿和三两颗醒目的星星。楼底下，有只猫在暗夜中叫春。我想要的，只不过是和他在一起，只是和他在一起，仅此而已。

周末本来指望和理查德一起过，结果却落得独自一人。昨天是星期六，我叫醒凯特，说我打算去购物，可能会给自己买条裙子，在外面吃个午饭。我问她想不想和我一块儿去。天气很热，紧随烈日脚步的，是弥漫在伦敦大街小巷的懒洋洋的气息。我站在凯特床边，俯看着她；她仰面注视我，还迷迷糊糊的，我想到查理如何靠近他女儿的婴儿床，感觉到他自己的身形过分庞大。和凯特在一起的时候，我常常透过她的双眼看到自己：自信，随性，身材高大，咄咄逼人。为了让自己显得不那么气势逼人，我坐到她床边。她躺在床罩上面，衣服穿得好好的，一件都没脱。她闻上去一股酸臭味。我之所以约她和我一起过这一天，是因为我从阿姆斯特丹回来的时候那个不由自主的拥抱，我觉得那个拥抱标志着我们进入了新的阶段。什么的新阶段？疼爱之情？姐妹般的情谊！但她那张苍白模糊的小脸绷得紧紧的，充满了疑虑。过了一会儿她才说："那他在哪里呢？"这话叫我吃了一惊，因为她以前从来没有盘问过我。要保护自己和理查德的本能反应迅速占了上风，我说："凯特，那不关你的事。"我从床边起身，因为自己生了气而感到很沮丧。我站在窗边往下看，却对一切都是视而不见，因为我注意到凯特扭过头来看我，脸上带着胜利的微笑，一点都不含糊。最让我心烦意乱的是，看得出来——现在才发现已经太迟了——凯特的提问，意味着她这段时间以来一直都在想，或者更贴切地说是她觉得，自从她进入我生活的那一天起，我就应该为了她放弃别的一切，要么就是我应该在去见理查德的时候，把她也带上。她当然那么觉得，因为她真的还是个小女孩。很可能这就是她对住在这里、对我最强烈的感受。

最后我说："凯特，如果你愿意的话，我们可以开开心心玩一天。嗯，你自己决定吧。我去泡个澡，大概半小时以后就出门……"

我忙这忙那的全都弄好了，她却还没有从房间出来。我往房间里瞥了一眼，看见她还歪歪扭扭地躺在床上，遥望着她窗外那一方天空，好像在仔细观察什么以前没见过的东西，那东西在她眼里既陌生又不友善。

她一动不动的，我可打算出发了。我打电话预约做头发时看见她站在过道上，一脸怀疑的表情。透过她，我听见自己正乐滋滋地和人家确定时间，而那个叫安东的人，她完全不认识。我说："是发型师。"语气冷淡，因为我在生气，居然还得向这个不请自来的小家伙解释自己的行为——那个时刻，我觉得她就是不请自来的。她不相信我的话，把大拇指塞进嘴里，态度暧昧地站在一旁，接着，我看出她一门心思都在某个念头或主意上。她瞥了我一眼，那眼神的意思是：你别以为你骗得了我！她很快就进了厨房，去吃早饭。

"你来不来？"我叫道。

没有回音。

我出去购物，一个小时后带着食品和日用品回来了。凯特不在。我把所有东西都放好以后又出了门，在人行道上随意走走，感受周六早晨熙熙攘攘的气息。我认得出多数人的面孔，他们也认得我，我们相互点头微笑，谈论起天气，心满意足地聊聊，感谢这高照的艳阳和夏天的恩赐。在果蔬摊，我买了一个苹果，边走边吃了起来。那个摊主总是顾客多到排成长龙，因为他性格开朗，喜欢开玩笑，引得大家前来捧场。我站在一个漂亮的小黑妞后面，她的头发编成上千条小辫子，每条辫子的末梢都扎了一颗蓝色的珠子。她穿了一条放肆大胆的红短裙，上面布满太阳般金黄的鬼脸，上身是一件白色背心。纤细的黑胳膊戴满各种材质的手镯，沉甸甸的，有黄铜做的、紫铜做的、珠子穿成的，耳朵上挂着红色珠串，像樱桃似的，垂到她的肩头。碰上这个魅力十足的主儿站在眼前粲然一笑，摊主交叉起双臂，眉毛一扬，说："玛丽琳，你总是到我的摊头来打劫。"

"我可没做过这样的事儿。"她故意摆出愤愤不平的样子，摇晃着她樱桃一般的耳环否认道。

"我每天都对自己说，今天玛丽琳会以什么面貌出现呢？但你已经在不断突破了。好吧，你要买什么？"

"你今天可没法像昨天那样耍我了。昨天水果篮最底下的那些草莓都压坏了。"

"但就是因为那样，才半价出售呀。我是在做好事呢。"

"那你可以再为我做一次好事，白送给我吧。"

这两个人嘴皮子都动得飞快，说起伦敦土话来趾高气扬，紧紧盯着对方的嘴唇，以便尽快回击。

排在我后面的人都被吸引住了，被逗得乐不可支。有个女人说："你得留心本尼的草莓，千万要注意，因为往往不是看上去的那么回事。"

"我要谢谢你，玛丽琳，"他说，一边痛苦地闭上双眼，一边缓缓地摇头，"不要看扁我卖的草莓。听听他们怎么说！"他对排着的长队说："我卖的草莓，十便士一篮，价格还不到成本的一半，是做果酱用的。他们还抱怨。"

"你之前给我的那些都很不错，"一个干瘪的老太婆说道，她全身包着厚厚的围巾和罩衫，以防天气变凉，"我拿来当茶点。"她不在队伍里，而是低眉顺眼地站边上，看着摆在一旁的不太新鲜的香蕉。

他说："今天试试香蕉配奶油。"然后顺势把几根香蕉放进袋子，递给她的时候冲她眨一眨眼。她张开手，给他看她手里的一点零钱，但他摇了摇头。她走了，一边还把香蕉塞进手提袋里，看起来很高兴。

"现在嘛，玛丽琳，你还没昭告你的需求呢。"

"昭告，"海胆头姑娘千娇百媚地说，"我一直都在昭告呀。"她把手往一堆太妃糖衣苹果那边一伸，但一个也不拿，因为她知道现在他会怎么做。他举棋不定，皱起眉，眯着眼睛看那一整堆苹果，然后挑了一个，朝着天空举起棒子，头歪到一边，好从各个角度看个明白真切，然后很夸张地叹了口气，放下那个苹果，又拿起另外一个。她把手捂在嘴巴上，咯咯直笑。他对着人行道方向放低这个苹果，头尽可能往后拉开，闭起一只眼睛，睁着一只眼检查，然后换成本来闭着的那只眼睛观察。他又一次叹息道："不够好。"他始乱终弃一般，将这个苹果丢回去，拿起第三个苹果，再次凑近脸乜斜着眼看，轻快地摇动苹果，蹙额皱眉，神情急切。随后他慢慢伸直手臂，将它从眼前拿开，眉头不肯松开，但总算点头了。他非常讲究地用食指和拇指夹住棒子，把太妃糖衣苹果敬献给小黑妞，小黑妞向他行了个屈膝礼，就立马伸出长得惊人的柔软的红舌头，舔起了咖啡色的糖衣。

"小姐，这是为您的耳朵准备的。"他从堆成小山的樱桃里挑出并蒂的一对，递给那姑娘。她别过头，还在舔着太妃糖衣苹果。他郑重其事地摘掉那一边耳朵上本来戴着的一大串小樱桃，把这一对红艳艳的樱桃挂了上去。然后她把另一边的耳朵伸过来。"你想要你那一磅肉，对不起，是樱桃，我说的是樱桃。"然后他又把一对樱桃挂了上去。现在这两串摘下来的红珠串耳环悬荡在他食指上，他打量了一番，便缠到撑起水果摊遮篷的竿子顶端了。

“我会替你好好保管的，等你下次再来。”他说。那姑娘笑声朗朗地走了。

他卖给我苹果，简单评论说，如果他这一天都是论个来卖水果做生意的话，那很快就要破产了。

这话比我预计的要温和仁慈多了，尽管他看我的眼神一向颇有敌意，不像他对玛丽琳那样充满溺爱。只要他一句话或者是说话的口吻，甚至是递给我苹果时恭敬的姿势，就可以扯掉我身上的衣服，揭了我的皮，把我送到排成长龙的人们面前，那些人可以轻而易举地把我当作敌人来看待。这以前也发生过，在他认为需要有人给他出气的时候。有一次我在摊头停下脚步，衣冠楚楚的，正好就是个出手阔绰、生活富足的典型形象。他突然就毫不留情地收起那诙谐开朗的模样，我站在那里，孤立无援，成了阶级敌人。他带有敌意的眼神冷冷的，上上下下打量着我，他的手掌像托盘一样——可能是从《楼上楼下》[1]学来的——递给我装好番茄的纸袋：“*灰常满意？*”然后，和他转向其他人那边的动作一样迅速，队伍中的人们脸上立刻暗暗充满了幸灾乐祸的恶意。敌人便是富人。这就是英国，有着一股，或者说一缕，或者说一丝施虐感，既冷漠，又期待。摊主把摆摊当演戏，花招百出——人们排队等着，不仅是为了买棵生菜或者买个太妃糖衣苹果，还能消遣找乐，而我就是被戏弄的对象。同样，如果我只身一人到他的摊位，那么我们相互打招呼表示友好，大家都同样是这个温馨城市的好公民。瞧今天的运气吧。

我继续朝前往地铁站走，整个人和路面一样晒得快要化了，心里却喜滋滋的。我希望这样的心情持续下去，因为悲伤痛苦还

1《楼上楼下》（*Upstairs, Downstairs*），英国70年代电视剧，讲述“楼下”的仆人们和“楼上”的主人们的故事，展现了20世纪初英国社会生活的变化。

埋伏在未来……理查德在哪里？我极力回忆，在我生命中可有过什么时候，居然就这么束手无策地等待着电话铃响起。

我晃晃悠悠地进了地铁站。这节车厢里有几个法国学生、几个步入中年的美国人、一群德国青年、几个大概是海格特商贸代表团成员的俄罗斯中产阶级（想起来都是间谍，我不由得一颤）、三个印度人，还有两个身形非常魁梧的黑人妇女，她们是尼日利亚人，块头大得看起来就像正在扬帆行进的船只。我大概是车厢里唯一的本国人了。我心情很好，对这次出门的安排，一路想法变换不断，趣味盎然。我继续前行到贝克大街站，在那儿和一大批正要去天文馆的学生一起上到路面，穿过马路，朝马里波恩大街走，进了莫妮卡的店，试穿了六条背心裙，没有一条是打算买下的。我这是在玩游戏，莫妮卡也亲自陪着我玩，她早就熟习中年人——我不会说老年人——花费时间追溯往昔的做法。店里还有其他几个顾客，都是法国人，优雅动人，莫妮卡把她们留给一个导购招呼，便和我一起进了试衣间，里面只够她背靠墙壁，双手交叉于胸，从头到尾仔细观察。莫妮卡看起来很有法兰西风情，气质优雅，一头黑发天然去雕饰，穿着简洁利落，但是店里一旦别无他人，她就会丢掉这一切，和我一起加入怀旧的狂欢，她身着暴露的少女短褶裙，轻快地走上走下，而我从试衣间出来的时候，就像海盗或者仪仗卫士一样，身穿花花霓裳——很像吉尔和汉娜的衣服，回到二十出头的岁月。两个中年女人，就这么穿着花哨的裙子，在店里那面布满镜子的墙前面展现自己，笑倒在灰色的天鹅绒沙发上起不来，直到那个导购小姐为我们端来咖啡，向我们投以无限包容的微笑，笑容里没有一丝一毫不耐烦或者批评。

今天，我穿着那条系颈的白色露背裙往那儿一站，莫妮卡马上就知道我会很爽气地买下，因为我看到镜中人没那么敦实，显得羞怯又充满魅力，她游移不定地轻抚横穿胸口的那条白色凹线，捋顺耳边几缕略为凌乱的银发，一副年轻人的模样。莫妮卡悄声说："我亲爱的简娜，不行。"我脱下裙子，递给了她。她抱着满满一胳膊的夏装出去了，我站在试衣间里，内心空空荡荡的，等待着那种令人恐惧又切中要害的沮丧。但她回来的时候，拿了一件漂亮的衬衫，鸽子灰的，柔软丝滑，轻轻从我头上套下去，我发现这衣服是那么的合身，这时候她还几近柔情地低语恭维，让人心里非常舒坦。

我付了钱，他们把衣服包好，端上了咖啡。莫妮卡和我喝起咖啡，观察那两个法国女人穿着她们可能会买下的套装走来走去。她们全神贯注，一丝不苟，几乎没有开口说话；她们转身走到一边，停下来，对着镜子看看背部，又看看侧身，然后照一照正面，接着又慢慢地走回去，像模特一样，你会觉得她们全都屏住了呼吸。先是一个人试，另一个人看着，发出些许赞叹，或者发表一点意见，然后轮到另一个来评论。一套米色套装，一套白色套装，每套都价格不菲，你会觉得都无懈可击，但她们不要，因为都不完全合适，不够尽善尽美。莫妮卡和这两位专家站了几分钟，微笑着点头表示赞同她们的看法，是应该接着挑选，因为世上一切成败都在细节之间。

米色套装和白色套装都在导购手上，准备挂回衣架，这时候店里来了几个美国姑娘，都是来找背心裙的。她们拿着我刚才嫌弃的那几条裙子，走进了试衣间。莫妮卡和我相视一笑，以示对她们的几分嘲弄，我便出门走到街上去了。正午的阳光耀眼夺目，看到凯特正站在对面的人行道上，呆呆地望着我，我简直不敢相信自己的双眼。她看起来既恼羞成怒，又自知有愧。明知道车辆会按响喇叭，我还是穿过马路快步走向她，汽车喇叭也确实狂响了起来，因为他们不得不为这个疯女人刹住车。

“凯特，出什么问题了吗？”

“没有。”

“好吧，如果你是来要和我一道——很好。一起吃午饭怎么样？”

“哦……不……用不着。我正要去空屋。”

我喊道：“空屋！”因为空屋在乔克法姆[1]呢。

“人行道又不是你一个人的，”她脱口而出，意识到这话说得也太荒唐了，于是涨红了脸说，“不管怎么样，我要迟到了，简姨妈！”然后就往牛津大街走远了。

这使得我的情绪一落千丈，本来在莫妮卡的店里，兴致就已经有所减退了。天气很热，我懒洋洋地继续往前走，知道不管是对凯特还是对我来说，她的事情都不好办；知道我一直都不肯面对她生活脱节、浪费青春的现实；知道我应该对她有所行动，却不知道究竟该做什么……我就这么忧心忡忡地路过了一家小餐馆，我和理查德在那里吃过一次饭。走进餐馆，经营这家店的德国老板认出我来了，把我安排到一张靠窗的小桌边。上来一大盘秀色可餐的开胃菜，我点来当主菜吃的，可我却怎么也吃不完，因为不管什么美味到了我的舌尖，尝起来都寡淡无味，热得软塌塌的，但这是我的错，不关餐馆的事。我在思念理查德，那当然了。我匆匆离开餐馆，到美发店去取消我的预约，然后就回家了，所有的精力已经消耗殆尽。

公寓里没了凯特，倒有了打扫的时机。这项任务我一般不会逃避，公寓确实需要打扫了，尽管布朗夫人在彻底放弃之前也已经或多或少做了一些。

我把带有香烟烧焦的印子的淡黄色亚麻扶手椅罩拆了下来，

1 乔克法姆（Chalk Farm），伦敦西北部的一个区域。

心想我该叫人做一套新的椅罩了。扶手椅没了淡黄色罩子，是柔和的铁锈色，几乎像樱桃色。我以前很喜欢它们，不到不得已绝不会把它们罩起来。我坐在沙发上，但没有凯特那样邋遢消沉的气息，看着那几把扶手椅，想到弗雷迪和我曾经面对面坐在上面，一股悲哀之情不由得泛滥开来，我只好上床去。那是下午三点，我不记得有过这样的先例。我哭着入睡，醒来的时候，看见窗外暮色已经降临：一道迟来的夕阳柔和得令人迷醉，追逐着片片云彩。

我为自己和凯特烧好晚饭，等了一会儿，她没回来。我开始焦躁不安，一直反复念叨那句自我欺骗的话：她都十九岁了，是成年人了……与此同时，我不知道是不是应该打电话报警。

我终究没有报警。我泡了澡，整理过衣服，就上床阅读直到昏然入睡。睡到凌晨四点多，天亮了，又一个炎炎夏日开始了。我不记得梦见了什么，只知道是个异常悲伤的梦。我早早地起床，走到摄政公园，整个白天都一个人在那里待着，不是穿行在玫瑰花丛之间，就是坐在高大杨树下的喷泉边。

一个小时前凯特回来了，整个人看起来糟透了。她吸过了大麻，稀里糊涂的，神情又恍惚。我问她周末过得如何，她没有回答。我进到卧室打算上床睡觉了，她摘掉耳朵里的玩意儿，问："你明天去上班吗？"

"我明天当然去上班！"

这一切已不是我所能理解的了，凯特超出了我的理解范围。现在她坐在那里，跟着她正在听的音乐左右摇摆，而我要睡觉去了。

今天，为了写一篇讲述60年代时尚风潮的文章，我整个上午都和茱恩在档案室查找《莉莉丝》的过刊。毋庸置疑，对她而言，60年代算是一个历史年代，久远得就像我眼中的爱德华时代一样，但是，当你的往昔被年轻人漫不经心地品头论足为“我觉得当年他们傻里傻气的”时，这肯定会给你提供一个看待事物的新视角。一看到我的表情，她赶紧解释道：“我的意思是，当年他们没有对社会的责任感。不浪费东西，不缺少什么。”听到这风马牛不相及的两句话这么连在一起，我张口结舌，有点蒙了，便没有揪住她的话不放。我喜欢档案室——对于这个当年可能是管家配餐室的房间来说，档案室这名头颇为庄严响亮，十二英尺见方的地方，集中了大量社会历史文献，塞满整面书架，都堆到屋顶了。我们不得不朝打字员办公室敞开了门。他们有十个人，我一心两用，一边开心地欣赏大伙儿的热烈举动，一边评判着我们十五、二十年前的作品。万事万物都在变化，你不知道变得有多厉害。

我们历来坚持执行不改变《莉莉丝》的决策，准确地说，叫不低头迎合艰难时世，理由是民众需要纸醉金迷的魅力。嗯，《莉莉丝》的封面已经变得更狂野，更加超现实，女郎们都如同热带鸟类或昆虫一般绚烂多彩。

出于好奇，我问茱恩想不想升调到别的部门，调到编辑部。她说不想调动，她喜欢现在的职位。不管怎么说，她已经订婚了，明年5月她就要离开我们了。“离开老地方，让人很伤感。”她说道，所谓“老地方”意指打字员办公室。

我回到楼上办公室，吉尔说理查德来过电话了。当然，她说了可以叫得到我，不过他说他回头再打好了。我知道自己脸色煞白，能感觉到脸部肌肤都发冷了。汉娜这人并不会因为顾虑人家说她假殷勤而束手束脚，她拉了一张凳子让我坐下，然后站到我身后，给我按摩起肩颈来，让我顿时心生感激。“好了，好了，”她说，“可怜的简娜。”我能感觉到她丰满胸脯的温热，还有她强壮有力又镇定自若的双手。这个年轻的阿兹特克人[1]一身热血的温暖让我颇为吃惊，毕竟，我几乎没和什么人有过肢体接触，除了有时候碰碰可怜的老安妮——在她病倒了，或者是需要人帮忙好从椅子上起身的时候。眼下我放任自己的头往后一靠，陷入汉娜洋溢的母爱之中。

电话铃响了，是理查德，我从吉尔手里接过听筒。我觉得自己太可笑了，一举一动简直像个十几岁姑娘对待男朋友似的。我注意到汉娜把双手搁在我肩上，动作沉着镇静，稍微一压，回到她的座位上。

"理查德！"

"简娜，你总算在了。"

一连接上他的声音，一连接上我们之间很确定的感觉（尽管我说不出究竟对什么很确定，但这种确定的感觉是存在的），焦虑感一扫而光，我又是我自己了。

"我说过我会打电话，但原本是想等到我回来再打的，后来回来的时间给推迟了……"

"你现在在哪儿？"

"波士顿。"

听到这话，那个我将要获悉的一诀成永别的时刻，不管他是身处波士顿——或者塔斯马尼亚岛，或者格陵兰岛，就从遥远的未来降临到眼前了。我一句话都说不出来。

"简娜！"

我发现自己说不出话。

"简娜，你在吗？"

---

1 阿兹特克人（Azteca），墨西哥印第安人，包括不同部落，因以古代特诺切人为主在今墨西哥城建立阿兹特克帝国而得名。具有高度文明，11世纪开始进入墨西哥中部，16世纪初被西班牙殖民者征服。

我答话的嗓音低沉而沙哑："在。"

"我订了明天回来的机票。简娜，这里出了紧急状况。"

我的声音依然沙哑："我什么时候可以见到你？"

"周三午饭时间，在广场。"

"好。"

"不见不散。简娜，我不能说希望你在这里，那不是实话，但我真希望我在你那里。"

"我也是。"

我坐在凳子上，渐渐缓过神来。汉娜拿过听筒搁回原处，把一杯咖啡放在我面前。

吉尔正在打字，速度快得仿佛在和她无法容忍的感觉赛跑：她替我感到难堪，脸颊绯红，双唇紧闭。我发现自己急切需要伸出手臂抱住她，提醒她——但说什么呢？无话可说！是要像汉娜那样，从她的太阳神经丛向外发出"交流波"？——是这样吗？

汉娜背靠文件柜伫立在边上，手里拿着她的咖啡杯，在仔细研究我，考虑我的情况，思量着需要她做些什么。她今天穿了一条深蓝色棉布裙，裙子很宽松，因为下午太热了，太阳照了进来。她裸露出棕褐色的手臂，健美的双腿也是棕褐色的，露在外面。她整个人都那么健康，那么强壮。我敢说，不管在哪里，她只要往房间里头一站，生活的波涛就会乖乖地绕着她流动，所有人的脸都会转向她那边。"好了，好了。"她会对生活这么说。

突然我发现自己在想，和汉娜同床共枕会是什么样的体验？

如果有代沟存在的话，这就是代沟。在女权运动之前，我碰到的女同性恋者为数不多，她们显然都充满了极度的受压迫感，似乎想要坚持自己另类的行为，在你面前展现其不幸遭遇，而且——至少我碰到的情况是这样——（有两次）试图勾引人，却带有夸张的戏剧感，好像是依照剧本在演戏，并不是发自真正的天性。

我想如果现在，就这个时刻，我对汉娜说，“我很好奇和你睡觉是什么感觉”，她准会说，“嗯，你应该试一下，哪天来试试吧”，我能听到她无声的补充：对你有好处。

这让我想要放声大笑。我呛到了，汉娜动作利落地接过我的咖啡杯和托盘。我坐在那儿，无助地笑个不停。

如今姑娘们谈起这样的事，简直就像要不要试件衣服一样。吉尔有一次提到过她和马克吵架的情形：“我对他说，马克，你实在太过分了。我要和女人一起住，她们没那么苛刻。”

“那马克说什么？”我问道。

“他说，你怎么知道呢，你从来没试过嘛。我说，好吧，也许是时候了，我要去试试。他说，好啊，如果你试了，那你想改变的话尽管告诉我。我说，你真是该死的混球。他说，是你自己发现的。”听到这话，她骂他下流粗野又自负，让人忍无可忍。没过几分钟，她评论说她很享受和马克吵架，这么说时带着一点满足感，非常典型的吉尔风格。

我对汉娜说：“谢谢。”打心眼里感谢她，然后我得去看看查理那边进展如何了。

在那个凉爽的大办公室里，查理坐在长桌的一头，吸着高卢牌香烟。三扇高高的窗户把夏天迎了进来，窗台上有两只鸽子正舒适地晒着太阳。查理看起来满脸通红，大概是午餐时喝多了。我对他说我们有一些问题要探讨，需要做一些决定，决定一些政策。他舒坦自在地说，他对我的判断充满信心。

我对他说，正如我隔三岔五跟他说的：“查理，世界上有许多人，从来不想做什么正经事，但至少大多数人还是会做做样子。”

“我干吗要装呢，简娜？我看事情一向都进展得很顺利。总有人喜欢做事情，而且做得又好。”

“好吧，至少装装样子嘛。”我递给他一堆60年代的《莉莉丝》杂志，他坐着翻阅起来，非常欣赏的样子，甚至倍感自豪，好像那些全都是他的功劳。

我接着干手头的工作。时间过去了。他打了个哈欠，站起来收好那堆杂志，都交给了我。“我要是现在再不走，就赶不上卡罗琳六点钟喂奶了。”他说。

他在门口冲我微笑，笑容颇有深意，既有他要为所欲为的决心，又带有一点令人愉快的愧疚，还有串通一气的狡黠，引得我哈哈大笑，尽管我其实很恼火。然后他就开溜了。我听到他跟吉尔还有汉娜相互道别，欢声笑语。然后两个打字员也一起走了。

回到家，我发觉有人到过这里，总算明白了凯特为什么要问，我是不是要去上班。那两把像樱桃色的椅子上都落满了烟灰和面包屑。走进厨房，我发现冰箱已经给洗劫一空，连牛奶和黄油都没了。他们用我从荷兰买回来的奶酪做了三明治，吃掉了我拿出来解冻，准备今天晚上煎的牛排，喝光了所有的波士酒[1]，吃光了一块大蛋糕。洗碗池里一片杯盘狼藉。看得出，有三个人来过这里。

我不知该如何是好。凯特可以按照她可能盘算好了的，对我说：“那你是说，我不能在这里招待朋友吗？”况且，就算跟她说“你完全清楚，他们到这里来，跟在自己家里一样随意，这么做是在故意挑衅，是侵略行为，就跟公然入侵外国领土一样”，也是白搭。

我很恼火，但很快就浑身发冷，灰心丧气。我在厨房里待了很久，把所有东西都擦洗干净，然后拿上购物袋，快步下楼，到商店里把我们需要的东西又都买了，回来以后把东西放好，收拾

---

1 波士酒（the Bols），诞生于荷兰的利口酒，颜色绚丽，口味丰富，常用来调制鸡尾酒。

整齐。我一直进进出出，在凯特面前走过来走过去，实在不知道说什么好。她坐在沙发一角，赌气似的瞪着眼睛看向前方，耳朵里牢牢地塞着耳机。

后来，我把所有事情都做完了，便走向她，把她的耳机摘掉，知道她一时半会儿听不见，直接冲着她喊："凯特，如果再发生这种事，那你就得卷铺盖走人。"然后我又把耳机塞回她的耳朵，根本不等她说什么。但从她的脸上，我看到了满足感，与此同时还有阴沉的胜利感。我不知道原因何在，是因为我下禁令了，这样她就可以对他们所有人说，她的坏姨妈说过不许她的朋友进门——她需要我放弃规矩？

我不知道。我一想到她可能真走了，便开始惊慌失措。因为那样我就不得不打电话给乔姬姐姐说，你女儿加入了流浪汉的行列，无家可归，成了伦敦的弃儿。我迄今都没有听到我姐姐的只言片语。这可太不像她的风格了，完全在我们家庭生活的准则和习惯之外，不管是成文的还是不成文的。我一想起来，就感觉好像脚下坚实的土地产生了松动。不管别人怎么说，我姐姐和她的同类都不是弃责任于不顾的人。

我告诉吉尔："你有没有注意到，我一直都没接到你妈妈的电话？"

"我接到她电话的。"她沉着自若地说。

"关于凯特她都说什么了？"

"她希望凯特一切都好。"

"真是荒谬透顶！"

"她还能说什么呢？"

"可她知道凯特就是场灾难，不可能'一切都好'。"

"简，"吉尔放下手头的工作，把注意力都集中到我身上，说，"你怎么就看不到现实呢？你看不出吗？我父母不知道如何应付失败者。”

“但是他们做了许多好事，帮助别人，安慰别人。”

“没错，但做善事都是针对老人家啦，瘾君子啦，失足少年啦，那样的人。”

“如果凯特不是失足少年，那她是什么？”

“话虽然不假，但她是自己人，你不明白吗？她不是在外面受苦受难。我父母不可能施舍行善或者给予关爱之后，就说拜拜回家了。*她达不到要求*。达不到他们的要求。她让他们觉得很失败，而他们不能接受失败。”

“那你跟我说说，你觉得他们内心对凯特有什么长远打算？让她一辈子都在我家里赖着？是，是，用不着跟我说，是我自找的。但他们觉得接下去会怎么样？”

“他们不会想。他们告诉自己，凯特只是比较晚熟，起步较晚，差不多这种思路。”

“好吧，可能她真是。”

我陷入了沉默。

又听到一句：“汉娜觉得凯特应该到她们的群居村去。”

我看着汉娜。

她说：“和你在一起，真是她最糟糕的情况了。”

“你确定吗？”

“她达不到你的要求，就跟她达不到她父母的要求一样。”

“可汉娜你呢，不管从什么方面来说，你都不会是凯特这种水准！”

“是啊，”汉娜说，“我是不会，但是我们群居村有十个女人呢，有些人跟凯特一样。这样的人需要时间。”

“我可不会把她赶出去。”

“你当然不能把她赶出去，”汉娜下达了命令，“不过她会离开的，没错吧？”

“会吗？”

“你不爱她。”汉娜说，倒不是要批评我。

“我觉得我喜欢她，虽然喜欢的方式确实乏味，不知道如何是好。她让我觉得自己无能为力，好像是陷入了迷雾当中。”

“好吧，你有体会了，”吉尔说，“但是谁没有那种感觉呢？”话里有点要跟汉娜挑战的意味。汉娜笑而不语，看来比我们更了解情况。

不过，现在我已经告诉了凯特，我会把她丢出去——如果再发生那种事的话。

爱！爱！爱！

我爱吉尔，可我不爱凯特。我爱理查德。我很快就极其喜欢汉娜。我对查理感到由衷的喜爱。我对马克颇有好感。我非常喜欢菲丽丝，尽管一开始我不喜欢她。我爱过乔伊丝——哦，是的，我以前爱她，毋庸置疑，但现在，那些爱都上哪儿去了？弗雷迪呢？不，我不爱弗雷迪。今晚我的心又痛了，疼痛不已。明天我就要见理查德了，我的心应该跳跃得像麻雀一样欢快才是。

今天早上，我很庆幸自己在大的那间办公室里办公，避开汉娜和吉尔这两个眼神犀利的女人。查理和我讨论了那篇有关60年代这一遥远时代的文章，还拿上百件好玩的琐碎往事来逗我开心。与此同时，我的内心乱作一团，像个怀春少女一样，在思念着理查德。往常在约会之前，我总是体温快速上升，知道我们见了面就会觉得平静又愉快，但是今天等着去见他的感觉却完全不是那样。我焦虑急切，坐立不安，谁都不会将这样的状态说成是身心愉悦。所谓爱情，太痛苦了！我今天早上的情绪和昨晚写那篇言辞尖刻的日记时截然相反：当时是想既然我不爱弗雷迪，那就更好了。如果爱是备受折磨，以及一大堆一无是处的情绪，那又何苦……弗雷迪受到折磨了吗？哦，那正是我忍受不了的，那种感觉越发逼近，不断涌上心头，着实让我难以面对。

我早早地去了苏荷广场。空气潮湿，也没什么风。天空看起来雾蒙蒙晦暗的样子。我想一个人安安静静坐着，让焦虑消散退去。但就在步入广场的那一刻，我看到了理查德，他独自坐在长椅一端。他没料到我会来得这么早。我眼前的这个中年男子凝视着在花坛里觅食的几只鸽子，显然很疲惫。我在他身边坐下，他好像以为来者是不速之客，抬头看了看，然后微微一笑，整个身体仿佛这么一转过来就充满了能量。他伸出手臂将我搂住。我们就这般坐了一阵，后来我听到他一声叹息，我们分开来坐坐好。

"两周了。"他似乎语带责备。

"两周了。"我也指责道。

"阿姆斯特丹怎么样？"

"老样子呗。"对我而言，那无非是不得不应付的事，不想多谈；我想了解美国的情况，波士顿的情况。我说："美国怎么样？"

他换了换双腿的位置，少了几分底气，说："我是不得已才去的。好吧，我知道应该一五一十都告诉你。不过我们先上酒吧去，稍微缓冲一下，免得给命运的力量伤到了。"

我们一道起身走出广场，我只听自己心急如焚地问："什么命运？你又要离开吗？"

"还没到时候呢。"

这话不足以让我平息下来。在去往我们的酒吧的一路上，我心里想的其实是，如果终究要结束，那又有什么意义呢，但之所以会有这样的想法，是因为有两周时间没和理查德在一起了，我们经常碰面时那种点滴消解的渴求，在今天却好像一时积聚得太多，结果现在不管他说什么做什么，都制止不了那股折磨人的疼痛。那时候，在灼热又曚昽的阳光下，在潮湿的暑气中，痛楚和渴求似乎都涌上了我心头，即便有理查德在也承受不住。我别无他求，只想摆脱这份负担，这阵疼痛。

我们的老位子空着，我们挤进酒吧，坐在周围那一大帮吃午饭的嘈杂的人中。

“什么命运？”我一坐下来就问。

他扑哧一笑，意思是某人的言行完全不出所料，或许算得上惹人怜爱，但也未免太没想象力了。我说：“突然间我就受不了了，但受不了什么？要是我知道的话就好了……”

“我完全理解。”他从吧台拿了两杯双份威士忌，是酒保照他点头吩咐的“老规矩”摆上来的。他递给我一杯：“喝掉。”

“我想了解情况。”

“没错。先说说阿姆斯特丹，我想了解情况。是的，我一直说不，不，不要，我们别，但是我却发现自己越来越多地思量你的生活。我对你一无所知，我感到又嫉妒又羡慕。”

“我也嫉恨得很……我可从来没嫉恨过……”我的声音越来越低，因为我知道嫉恨什么：嫉恨我从来没有这样爱过。我没有看他，只是轻声说，觉得脸上火辣辣的：“我觉得，我没这样爱过……”我能够感受到他在密切注视我的脸，他那热烈的眼神期待着我抬头，可我做不到。我害怕看见他脸上可能会出现的神情。我很清楚，那会是某种痛苦，虽然那痛苦并不是因我而起。哦，我们的思绪在彼此间来回飘荡，速度飞快，两个人所想的如出一辙。

“阿姆斯特丹。这些天的短途旅行，你都做了些什么？”

“不是短途旅行，是去出差，非常劳心劳力，效果也很好。有家酒店不错，我总是住在那儿，运河边上一幢高高的老房子。

他们尽量给我顶楼的房间，很合我的心意。你可以看看树木，看看河水，还可以看船只经过。有一次，是冬天，还有人在滑冰，就像勃鲁盖尔[1]的画一样。他们一大早的，七点钟吧，就给我端来咖啡面包还有果酱。我讨厌急吼吼弄得手忙脚乱的，喜欢悠着点慢慢来。我到哪儿都是用走的。这次是另一家酒店，那里开过许多会。结束了以后，我和朋友吃晚饭——我认识很多同行，当然了。”

“那当然。”

“我通常都是走回去的，我喜欢在阿姆斯特丹四处走走，然后回去上床看书。”

他看着我，有点嘲弄的样子。我们拿着酒杯慢慢啜饮，心里打算喝光了再续杯。酒水的光泽和欢乐吵闹的人群让我感觉舒坦了很多。他说：“嗯，这下好多了。”他拿起我们俩的空酒杯，到吧台上让酒保添酒。

“我这人比较糙，没见过世面，话说你整天都在忙什么呢？”

“这次嘛，我听了好多场报告和演讲，发言的人来自世界各地。讲时尚业——现状啦，危机啦，时尚业总是有危机……”

“一切总都有危机，你没发现吗？”

我们都笑了，放松随意地笑了。我们注视着对方，眼睛都不愿意看别的东西。他拿回我们的酒杯，我突然说：“我打算打电话回去，说下午不到办公室了，要是你下午有空的话。”

“我有空啊。”

我让汉娜跟查理说一声——那时候查理还没走，说我下午请假，这件事那件事都该完成，由他来完成。

---

1 勃鲁盖尔，16世纪尼德兰画家，善画农村景色，反映农民生活和社会风俗，代表作有《农民的婚礼》《盲人》等。

我回到我们那张桌子，悄然坐到座椅上，好像就此进入了永不停休的幸福之中，因为整个下午尽在眼前。他说:“你吃过早饭，走到另外一家酒店，在那里听人发言，听了一整天?”

“没错。我也讲了一场。与会的人来自南美、加拿大、美国和欧洲各国，还有苏联，五湖四海的。你知道——时尚业，是个巨大的产业。”

“你的讲话都说了什么呢?”

“是报告。我代表英国的高端女性杂志发言。”

“你听了四天报告?”

“我们也分成小组——委员会和分委会，讨论各个方面，主要是经济萧条。”

“哦，对，经济萧条。”

“这可是眼下世界各地会议的真正议题呢。”

他说:“我们这下要承认经济萧条了吗?”

我说:“也不只是讨论经济萧条。上一次，议题除了经济萧条，还有战争。”

“没错。”

“没错。”

我对着他举起酒杯，知道我的笑容有点勉强。他的微笑则是冷冷的。

“我们别。”我说。

“嗯。但我觉得吧，可以在这会儿告诉你我在美国都做什么了——可以吗?好。我们接到了一通紧急电话。我们有个儿子，是唐氏综合征患者，也就是低能儿。他叫约翰。我们并没有把他送进养育院，或者其他什么机构，我们不想那么做。但是这次我们俩都回国的时候，也就是4月份，我们没带他回来，也没法这么做。得有人一直在他身边照顾他。我们在华盛顿请了个保姆，是古巴人，就住在我们家里，现在她就像我们家的一员。但是她自己家里出事了，她母亲的事。一开始我们以为他可没有人能托付了——不是每个人都能应付先天不足的人。”

“他几岁了？”

“年龄嘛，十六岁了，比凯瑟琳小两岁。不过他实际上就相当于四五岁。他非常可爱——低能儿都很可爱，你知道的。我们从没想过把他送进公共机构，那样的话我们和他的生活都会有太多遗憾。我有时候想，我们一家五口中，他是唯一快乐的人。”

听着他这番话，我所做的，就是把细节一点一点地拼凑起来，整个剧情逐渐明朗。一幢房子，理查德在里面，凯瑟琳是大女儿；白痴小男孩，身边的一切都围绕着他来做出调整——只能是这样；他的妻子，还是个未知的变量；身材壮硕、敏感善良的热带妇人……他说过五口。

“五口？”我问道，“包括古巴保姆咯？”

“不包括。加上玛利亚的话，是六个人。我们的儿子马修极有抱负，非常勤奋，和我妻子一样。”他很快地补充了一句，还瞟了我一眼：你得接受这个现实，迟早的事。“是的，但是没有人能用‘阳光少年’这个词来形容马修。他用功学习，也拼命玩，两方面都不含糊。凯瑟琳总是笼罩在约翰的阴影中。他出生的时候，她才两岁，不知道什么原因，她很受弟弟的困扰。马修就从来没有受到这样的影响，他接受了现实，走自己的路，早早地就在情感上脱离我们独立了。但是凯瑟琳爱约翰，她一直都爱他，为他伤心难过。客人来的时候，这个快乐的白痴也在，有点像是个畸形的侏儒，岿然不动，老是呵呵傻笑，像只撒欢的小狗，凯瑟琳替他感到难堪，你知道——别人头一次来，总是得了解我们的处境以后才能适应过来。凯瑟琳总要苦苦思索，我想她内心深处肯定无法忍受。我相信，对她来说这是某种无尽的痛苦。西尔维亚和我……”他又瞟了我一眼，在估摸着，甚至下结论：她得接受这一点，她接受了吗？他把手放在我的手上捏了捏，叹了口气，脸上的表情就像是母亲或者护士哄小孩吃药一样，非常认真，看到孩子吞下药了总算放了心——这些都写在脸上。“哦，简娜……”他压着声音接着往下说，“我和西尔维亚经常探讨这件事，你可以想象。我们总是安排凯瑟琳多出去，多和朋友们待着，去夏令营——你知道，这是美国为年轻人夏天做的安排，非常好的做法，你们这里应该多开设……”我当然注意到了他说“你们”，但他自己没有注意到。“可是无济于事，你看，我们可以让凯瑟琳整个夏天都参加夏令营，但她会每隔一天就打来电话问：约翰怎么样？不，真正承受了约翰负担的人是凯瑟琳。”

“不是玛利亚？”

“不是，精神上不是。就是这么回事。玛利亚自己没有孩子，也没结婚。她生性开朗，又闲不住。”我不由得径自微笑了，因为这话听起来像是医生的诊断记录。“某某人开朗好动，兴趣广泛，预后良好。”“凯瑟琳爱约翰，听起来难以置信，但是千真万确。他也爱她。为他伤心难过的倒不是我或者西尔维亚。我们都非常辛勤忙碌地工作，你懂的。我们都说——尽管别人不太容易理解——回家看到约翰，就恢复了精力。他们（低能儿）自身就是有种欢乐的力量。”

“我读到过这样的报道。”

“嗯，是真的。非常不可思议。那种油然而生的精力，挡也挡不住。”

我没吱声，心头被压得沉甸甸的，感受着这些年，理查德和西尔维亚，三个孩子，他们的房子，开朗忙碌的古巴妇人……毫无疑问，还有宠物猫狗和仓鼠。我真是招架不住了。三十多年，他说过的。

“马修多大？”

“二十二岁，我正等着你问呢。我们直到三十好几了，才要的孩子。结婚的时候我们都才十九岁，自己都还是孩子。应该有个法律禁止一下。”

“为什么？你们还在一起吗？”

“是的——不，其实不是。我并不后悔……”他又把手覆到我的手上，将威士忌灌进喉咙，示意我也应该喝掉我那杯。我喝了下去，他把两只空玻璃酒杯放回吧台。

“我快喝醉了。”

“很好。除了喝醉，我们还有什么别的办法来挨过这一切？”

“为什么你们等了那么久才要孩子呢？”

“我们都太忙了。等了十年。一直在工作，没完没了地工作。今天爆的料还不够吗？”

“确实够了，太多了，我觉得我没法……”我摇摇头。已经堵到喉咙口了，那“三十多年”扎扎实实、满满当当的家庭生活，如此密集而剧烈，家庭结构是——父母都忙于工作（西尔维亚做什么工作呢？），有抱负有头脑的长子，长不大的乐呵呵的低能儿，因为弟弟而精神忧郁的凯瑟琳。

“还有最后一个问题，今天就到此为止了。是什么紧急情况，非要你回去不可啊？”

“约翰从未遇到过身边一个家人都没有的情况，至少都会有一个人陪着他，玛利亚从他五岁起就和我们一起生活了。突然间我们都走了，除了马修，但他在上大学，白天晚上都在学校，而且他对约翰一向保持合适的距离，又不失亲近。我们让玛利亚的妹妹住到家里来，但是约翰对她不习惯，所以他生病了。那才是他病了的真正原因，尽管看起来是肺炎造成的。都是过去的事了，他已经好了。”

我在消化这些信息。问题不断冒出来，我决定一个也不问。

“我想我们该吃午饭了。”我说。

“好主意。”

我们往南走到维勒氏餐厅，我们两个人各自的生活，真正的生活，从实质到式样到重量——重量，重量——此刻都摆在我们之间了。就在那里。我们像孩子一样进了电影院，看了——看什么并不重要。我们牵着手，他说他七点钟得回家。分别前，我们在一家酒吧喝了一杯，凯瑟琳站在外面背对着我们，注视着马路对面。她体态健美，但是因为神情恍惚而显得呆滞迟钝。

似乎我们应该若无其事地走向她，这样我们——她和我，就能结识，我想这正是理查德想要做的。但是他有点犹豫，结果她径直穿过马路走开了，步伐沉重，不知要往何处去。

“她是因为约翰病了而难过吗？她难道没想跟你一起去？”

“我们没告诉她，是啊，听起来很奇怪，但让她答应在这里上大学已经费尽周折了。她不想和他分开。我们想尽各种办法，花了好几个月时间，感觉就像好几年。你明白吗？我们想让她和他疏远。”

他挽着我的臂弯，我可以从他手臂传过来的力量感受到他多希望我能明白。

“是的，我明白。”

“很好。”

“如果她发现他病得很重，而她却完全不知情，那她会原谅你们吗？”

“啊，是啊！”他停下脚步，回过身，双手抓住我的上臂，冲着我的脸微笑，“是啊，是啊，那就是我考虑到的，但是西尔维亚……我们讨论过了，我觉得我们好像自打到这里以后就没讨论过别的事。西尔维亚说，我们必须得把她从他身边带走，她已经有进步了。”

净说我们，我们，我们！每次一对我说起来，就好像在说你这个闯入者，你什么都不是。还说什么“我们……没讨论过别的事”——我就能看见我置身事外，只是他闲暇之余遇到的人，是他生活要紧事之外令人开心的娱乐罢了。

他说：“不是那样的，简娜。”他紧紧抓着我的手臂，轻轻地前后摇晃着我。他的脸靠得很近，显得急切不安。

我摇摇头，说不出话来。他一手搂着我，我们沿着老康普顿街从容不迫地往前走。他的手臂透出浓浓的暖意，他是在告诉我，什么都没有改变。

到了街角，他说：“我希望我们明晚可以再聚聚，可以吗？”

我用颤抖的声音说：“我哪里有意志力说不呢！”

“酒吧见？”

我又点点头，接着走上查令十字街，脑子蒙蒙的，透不过气来。

走到《莉莉丝》的时候，我已经缓过神来了。我站在一边，就像平常有时候会做的那样，看着这一带的老房子。外表看来并没有发生变化，我很好奇以前住在里面的人——比如说，第一次世界大战前的人，他们会怎么看待我们，怎么看待《莉莉丝》。这个杂志社占据了两幢房子，原本两家人隔着砖墙和灰泥还能听到彼此的动静，如今《莉莉丝》把砖墙推倒了，并且移除了其他的阻隔和障碍。我在想这些房子以前都是怎么排布的：家里人住一楼、二楼、三楼，用人住地下室和阁楼。我一想到那些用人跑上跑下，进出于现在打字员和秘书们走动的地方，就仿佛模糊了时光。有个女仆或者厨娘，类似那样身份的人，站在人行道上，身穿曳地长裙和碎花衬衫，远远看着似乎还戴了顶无边圆帽。我快步走向这个来自过去的访客，发现原来是凯特，她畏畏缩缩地站在人行道上，仰望着她幸运的姐姐工作的地方。看似帽子的东西，原来是她粉色和绿色相间挑染的头发。“凯特。”我说。她吓了一跳，转过头来说：“哦，看来你真是出去了……”但她的声音低得几乎听不见，脸涨得通红，显得很难看。这完全出乎我的意料，我一开始都没听清她说了什么话，况且，我还沉浸在对不幸的人的无尽怜悯中，百感交集很不是滋味，整个人萎靡不振，只是勉强硬撑着自己。凯特身上某种东西击中了我的内心，我几乎就要拥抱她了，把她当成个伤心的孩子，或者可能是自己的伤感情绪幻想出来的女仆，一战前在厨房里搬上搬下干粗活的那种女仆。随后我回过神来，后知后觉地听到了她说的话，和她大眼瞪小眼。突然一切都对上了。*凯特一直在跟踪我。*跟踪我和理查德，就像凯瑟琳那样。多久了，有过多少次？尾随到哪里？我不知道，也不打算多想。

但那姑娘跑到《莉莉丝》来打算跟踪我，而我外出赴冤家情人的约了——但我走得早——原来她早就已经知道他回来了。是我的什么举止暴露了他的行踪吗？还是她偷听到了我打的电话？我记不清她当时是否在场了。

她知道我听懂她那句话了，于是眼神肆无忌惮，毫不让步，仿佛大获全胜一般。这下我根本不想拥抱她了，倒是想揍她，狠狠揍她一顿。我迈上台阶，走进会客室，当年的绅士淑女就是在这里把名片递给接待女仆，或者脱掉他们的大衣和帽子的。我到了三楼，暗暗希望查理不在办公室，因为我需要平复一下心情。我心慌意乱的，记忆当中从来没这么严重过，感觉像是困在笼子里，像是当年莫迪把我紧抓不放的时候。把我困住的不是她的言辞，而是她的需求。有时候和可怜的安妮在一起，我也有这样的感受。但这孩子就在我家，在我的生活之中，我不知道能用什么办法来摆脱她。一想到她跟踪理查德和我……但我们怎么会没看到过她呢？究其原因，是我们对她的出现一直都没有预料提防！有一两回，我以为凯瑟琳没有跟踪我们，但理查德知道其实她是跟着的，只是他没有当下就告诉我，而是事后才说起来。

我独自坐在长桌边上，窗外盛夏的树木郁郁葱葱，湿气萦绕。我想，不，这一切都太过头了，我不能再和理查德见面了。和他在一起固然简单自在，就好像我们两个人生来就是为了在一起，但我们都在泥沼般的现实当中拖泥带水，连见个面都少不了密探盯梢。不过我十分清楚，我明天会到酒吧去。还会有其他人到那儿去吗？

我今晚回家的时候，凯特不在。直到十一点左右她才回来，说之前在空屋那里了。她其实很害怕，使尽各种小把戏故作勇敢，等着我跟她说，现在你必须走人。当我道过晚安，她眼眶里盈满了泪水，还走过来拥抱我。那轻轻的拥抱令人心碎神伤。我感到很空虚，把那可怜的孩子搂在怀里，这个有如聪颖的小胖妞般的十九岁少女不知道该说什么好，也不知道该做点什么。她什么都要！

午饭前，理查德打来电话。查理已经走了，就我一个人在。我一边工作，一边听着吉尔和汉娜在外面那间办公室热热闹闹的。真希望我在她们那边，而不是在这间宽敞乏味的主编室。不知什么缘故，这间办公室总是死气沉沉的，了无生趣，而在外面那间办公室，我先是和乔伊丝共处了多年，然后又和菲丽丝并肩奋战，再接着和吉尔相伴苦短，那里总是充满生气。我想，就这么离开了那间办公室，彻底搬到这边和查理一起工作，这么一来，就意味着和吉尔真正地分开了，她的注意力自然会更多地投到她的“寓友”和汉娜身上，而不是她的姨妈身上。我整个人情绪低落，心中想念理查德也于事无补。就在这个时候，理查德来了电话，听上去疲惫不堪。他问我有没有车，我说以前倒是有，可已经卖掉了，因为开得太少。理查德说，现在麻烦来了，他觉得我们不该在酒吧见面，但如果我们想办法离开这儿，比方说到乡下去之类的……他现在不方便解释，不过……我说他无须解释。

我们最终的安排是，他坐出租车五点半准时来接我，车子开到贝克大街我们就下，然后坐地铁去温布尔登，他之前在那里找到了一家餐馆。一切都按照计划有序进行。我经过吉尔和汉娜身边的时候，还悄悄朝楼下人行道看了一眼，确保凯特或者凯瑟琳不在那儿。两个人都不在。我知道自己看起来偷偷摸摸的，知道只要我人一走，汉娜和吉尔就会开始评头论足。我们都不怎么开化嘛：离开了那个办公室，让她们俩抱团，我就已经变成了别人，会被她们说三道四，而如果还和她们在那里并肩工作的话便不会了。

我走到门边，理查德的出租车正好到门口停下，我溜进车里。

“没人跟着吧？”我喘不过气来。

“目前看来没有。”

我们拥抱在一起，这拥抱别有一番滋味。友情，没错，但最首要的，是瞬间就很亲密的感觉，一如既往，仿佛我们从来不曾分开过。我们温暖的肢体熟悉彼此，他的手放在我裸露的前臂上，我的手则搁在他的脖子后面。还有激情，哦，是的，激情无处不在，近在咫尺，初显光芒，就像是一片天地绵延在我们四周，却有股神秘的力量不允许我们踏入其中一步。我们约定的无形铭板上写着：到此为止，不能更进一步，所以我们可以在彼此的臂弯中休憩，感受激情的燃烧和许诺，但我们不能转过头亲吻。如果我们的双唇一触碰到，上帝啊，那该会是何等的宣言，然而——这正是关键——某种东西却会当即消亡。究竟是什么东西呢？我们知道吗？至少我不知道。我的上帝啊，我将自己隔绝在外的那片天地是多么的广阔！我感觉到他的气息吹在我的脸颊上，内心霎时响起再三警告的声音：千万要小心，就算我再怎么渴望别过脸，想让我和他的嘴唇前所未有地碰到一起也不行。哦，不行，不，不，不行。

我们脱离彼此的怀抱，没有直视对方，因为从这么一个可能引火烧身却又悲哀不已的拥抱之中挣脱出来的时候，我们都小心翼翼，不让彼此的眼神交汇，真是让人叹为观止。他说："很抱歉，要采取这样的秘密行动。出了点事情。"

他说话时，一边久久地内省着，若有所思，好像在考虑可能会发生的种种意外，我感觉他都是在做最坏的打算。

受他影响，我感到自己的生活和他的生活一样，会冒出点什么事情，虽说不会一下子爆发灾祸，却隐隐潜伏着危机。目前我们面临的是这样的局面：我们悄悄到图腾汉厅路去的时候，我还要仔细观察每条人行道，以防凯特站在哪条人行道上，面向车流，眼睛密切注视着每辆路过的出租车里面，想要把我抓个现行。

"你最好告诉我。"我说。

"马修，你知道的，我们的大儿子，让凯瑟琳知道约翰病了。不，他没有恶意，也不是恶作剧，不是那样。他是不上心。你看，他早就已经把对约翰的关爱束之高阁，他很久以前就这样了。所以我们——其实是西尔维亚，写信叫他别告诉凯瑟琳的时候，他并没有放在心上。他给凯瑟琳寄了张贺卡，加了个附注说，约翰现在脱离危险了。他没多想。"

"所以凯瑟琳不肯原谅你。"

"啊！可她有什么不能原谅我们的？当然，首先是不能原谅我们把约翰生成个低能儿。”

“不够理性嘛。”

“可亲爱的简娜，什么是理性？”

我觉得这完全超过了容忍的限度，过于——过于什么？我想，理查德和西尔维亚这两个人可谓通情达理，但一谈到凯瑟琳，他们就完全无法理性对待。一个身体健康、年满十八岁的年轻人，跟踪起自己英俊潇洒的父亲和他恶毒的情妇来，一个星期接着一个星期，还不怎么加以遮掩，反倒是光明正大地站在人行道附近或者河岸边上，一副心事重重、几乎是神情恍惚的样子——好吧，这肯定超出了年轻人所谓“正常”的范围；我觉得就算是正常情况，那也已经够糟的了。简而言之，我端坐在那里，心里想着，凯瑟琳真是疯狂到家了，还想到理查德和西尔维亚不肯承认这个事实，就跟我姐姐乔姬和她丈夫不肯正视凯特该进疯人院的现实一样。好吧，至少可以说离疯人院不远了。

“她没声称要回到约翰身边？去陪伴他？”

“我们求她别去。不过我觉得她也去不了。你看，她得留在这儿，确保她父亲没去……”

“理查德，”我说，“看看吧，今天夜晚这么美妙，我们不要谈这些可怕的孩子……”我看见他的眼神既显出不快，又带有感激，只听他扑哧一声笑，但我注意到他脸上打着问号。“是啊，不单单只有一个孩子在跟踪我们。现在我也有个孩子跟着。不，我不打算现在就跟你谈起她。看在上帝的分上，我们好好享受这个夜晚吧……”我顿住了，以免自己多加一句说，这可能是我们最后一次机会了。虽然我没说破，但他听出来了，于是他的手指头在我的手上抓得更紧了。

我们在贝克大街溜下了出租车，两个人都偷偷摸摸地朝身后看看，跑进地铁车厢。我们都下意识地察看了车厢里的每张脸，还有每一个进入车厢的人的脸庞。不过没了外界打扰，我们的情绪逐渐高涨，到了温布尔登的时候，我们几乎忘掉了可怜的凯瑟琳，也忘掉了可怜的凯特。

我们在温布尔登的街上闲逛了一会儿，炎热的街上枝叶繁茂，车水马龙，我们还闻到了一股扑鼻的香气，原来边上娇美动人的玫瑰花正盛开着。走进餐馆，我们看到餐馆后面的花园里摆着桌子，还有个鸢尾花环绕的小池子，鸟儿飞扑进池子里喝水解渴。

就这样，这个夜晚过得非常愉快。确确实实很愉快。但在我们俩欢愉喜悦的背后，还是有着一种沉重感和焦虑感。我们的眼神不止一次交汇到一起，每每察觉都相互微笑一下，做个鬼脸。我们在贝克大街地铁站道别，他说："我得快点儿了，马修说他会给我们来电话。在这里半夜的时候，他那边是七点。他从学校回到家大概是七点钟。他的作息非常规律，他就是那样的。所有的事情都大可放心交给他。"这话说完我们都笑了，同时又一声叹息，只是我们俩都略去了内容。

"简娜，如果你有空的话，我们明天在常去的那间酒吧见个面吧，你觉得不会出什么岔子吧？"

"可以试试。我们还有什么选择？"

"我们又不能每次午饭时间都跑到温布尔登或者上汉普顿宫[1]……"

到家以后，我站在门廊上，打量我漂亮的房间，今非昔比啊。两把樱桃色似的椅子破破烂烂，边上的垃圾堆成了小山；一

1 汉普顿宫（Hampton Court Palace），泰晤士河北岸的一座豪华宫殿，除了建筑精美，里面的花园和迷宫也都很有名。

把红色的亚麻椅子，还算美观大方；而一张浅灰色沙发，肮脏不堪，还皱巴巴的；地上摊了一堆脏衣服，地毯看起来也脏兮兮的，墙上污迹斑斑。凯特坐在沙发上看着我，眼里充满了恐惧。她没戴耳机。我知道她空屋的朋友来过了，她本来并不想让他们来，却不得不开门放他们进来。他们故意竭力大搞破坏，她只能在一旁哭叫着求情。现在她确实是怕得瑟瑟发抖，怕我会把她赶出家门。我要将她扫地出门的恐吓，真是我做过的最蠢的事。我走进厨房，他们也已经洗劫了这个地方，在厨房桌上留下残羹剩渣。我明白他们极力搞得一团糟，借此表现出他们的意图。一瓶牛奶给打翻了，在棕色的木桌上积成一摊死水，上面还漂着一两片面包皮和无数面包渣。

我走回到起居室，不知道怎么对凯特开口。问题在于，她并没有勇气对这些人说不，不管我说什么，怎么吓唬她也都无济于事。

我又头痛起凯特这个难题来——她食古不化，无法改变。怎么就没法绕着她，躲开她，拒绝她——或者就这件事而言，怎么对付她。

我一时冲动，朝电话走去，想和我姐姐谈谈。我一走过去，凯特就已经在电话机旁了，她咬着手指头，整个人抖抖索索的。

“你要给谁打电话？”她恳求着问。

“我打算和你母亲谈谈。”

“哦，求你了，求你了，求你了，”她忐忑不安，尖声叫着，“哦，求求你……”

“你坐一边儿去，”我突然怒火中烧，厉声说道，“一边儿坐着去。她是我姐姐。现在你给我坐下来，闭嘴。”

她自然一动不动，我拨号的时候，她就站在边上瞪着我。我姐姐不在家——毫无疑问，她四处奔忙接济穷苦百姓去了。

我本来打算对她说什么呢？凯特是怎么搞的？诸如此类的话吧。凯瑟琳又是怎么回事呢？

今天早上我出门的时候，凯特还躺在沙发上沉沉睡着，和往常一样，她身边满是乱糟糟的薯片和巧克力。我叫醒她："凯特，我今天不想给人跟踪。你明白吗？"

她抬眼看我，眼神空洞。然后她点点头——总算想起来是怎么回事了，赶紧点头，仿佛我说了类似"记得开窗"或者"别忘记洗餐具"这样的话。

不过我一说出口，就觉得自己真是太傻了。就好像我对她说不许她的朋友进屋一样，就好像说，既然他们把东西都吃光了，我们今晚要是想吃饭，那你最好去买点食物一样，其实全都无济于事。

凯瑟琳在酒吧外面。我径直朝她走去，说："凯瑟琳……进来喝一杯吧。"她抬起梦游者一般的眼睛看我。

这个凯瑟琳真是个极其俊朗的姑娘，圆鼓鼓的淡褐色大眼睛透着光彩，肤色健康润泽，双唇不加修饰便红艳饱满。她似乎天生活跃，能有所成就，但身上却有某种东西和这一切优点格格不入。一开始她没认出我来，费了些功夫才认清我这张脸，这张让她恨之入骨的脸——我想肯定是这样。我立即抢在她开口前先发制人地说："凯瑟琳……进来喝杯饮料吧。"那时候，她无疑满脑子都是可怕的幻想。她不情不愿地勉强笑笑，好像这是一个稀松平常场合下的邀请，而后又显得很气恼，慢吞吞地走开了，步伐沉重，好像脚上拴着无形的锁链。

我走进酒吧，理查德坐在我们常坐的那个位子上。酒保是爱尔兰人，他向我投以两种截然不同的眼神：一种是出于这位好主顾常在午饭时间光临本店，衣着光鲜，显然来自时尚行业，他当然对我们俩的一切了然于胸；另一种则是他那康尼马拉[1]地区特有的蓝眼睛凌厉一瞪，看到这个中年妇女身陷一段和她年龄不相称的感情纠葛当中，对象是眼前这个当医生的人。医生和爱尔兰人一样，也是到异国他乡去工作，他拿自己作起了比较。我的威士忌已经在桌上等着我了，我溜到座位上说："我刚才请凯瑟琳进来和我们一块儿坐坐。"

"我也叫她了。"

"我觉得她不想来。"

"确实是。"

我环顾酒吧，我们这间安逸舒适的酒吧，墙上镶了褐色木板，挂着红色窗帘，还装有黄铜栏杆。我看这一切都有点俗艳廉价，光彩已经褪去，而顾客们，这一伙衣冠楚楚来吃午饭的食客们，我看他们表面的若无其事之下，实际上暗藏着躁动。门敞开来，对着热气蒸腾又尘土飞扬的马路，汽车开过的声音非常嘈杂，闹哄哄的。简而言之，现实和我们贴得太近，于是我提议："或许我们应该去别的酒吧试试。"

理查德说："不，我们应该坚守在这里。"

"你觉得凯瑟琳会继续跟踪我们吗？既然她的幻想和现实两个世界已经交织在一起了，既然我们都邀请她进来了？"

"一时半会儿还不会。她今天不上学，要去看她祖母。我母亲在这家新的养老院里过得并不开心。不——她倒不打算再搬。她在电话里说，她明白她忍受不了的是她自己，不是养老院。"

我突然问："啊，凯瑟琳想让你们把她祖母一起带到美国去吗？她是责怪你，因为你们没有这么做？"

"我们怎么能那么做呢？玛利亚只够应付约翰一个人。老太

---

1 康尼马拉（Connemara），爱尔兰西部戈尔韦郡一行政区，近海多山。

太事事都要人料理，玛利亚可照顾不过来。”我一无所知的西尔维亚很快又出现了，理查德顿了一顿，说：“我妻子在她的行业领域里非常有名望，远比我出名。如果要有一个人放弃工作来照料我母亲，那于情于理都应该是我。”

“凯瑟琳还要这样折腾多久？”

他既疲惫又苦恼，低声说：“我做好了准备，预计要很长时间，她让我们很不好受。他们什么事都责怪我们，难道不过分吗？拿我们出气？要惩罚我们？我们当年也这样吗？我不觉得。我不记得有过一丁点这样的事。我不到二十岁就离开家了。你呢？”

“我当年给自己找了间公寓，必要的时候回趟家，算是尽到责任。”一阵沉默之后，我意识到我得补充一句：“不过后来就不一样了，客气点说来。”

“好吧，简娜，我想我应该从头到尾乖乖听一遍，你也是，要听我的复杂处境。我原本以为要再北上一趟，给可怜的母亲换一家养老院，而要是那样的话，我们在一起的时间又会少掉两个星期。现在可以缓一缓了，我心里很高兴。”

我默不作声地坐着，在想4月我们初次相遇时那些“早先的日子”。当时我们只要在一起，就不由得心醉神迷，无拘无束，俨然置身于不可思议的世界之中，全无日常生活的干扰……

他说：“好吧，我懂女人脸上那种表情。我真是再了解不过了。你在想很实际的问题。照理啊应该啊必须啊，这类词就要冒出来了。”

“照我的经验来看，确实是这么回事。”

“和你跟老年人打交道的特长有点关系咯？”

我说我想再喝一杯酒。帕特里克，也就是那个酒保，悄无声息地走到吧台边上，手里拿着两个玻璃杯，动作十分娴熟，一个杯子里加了冰块，另一个没加。他站了一会儿，视线越过顾客们的头顶，朝窗外望去，看着街上闪耀的光芒。他是个典型的爱尔兰人，心神活泼，话说得很溜，净对顾客耍嘴皮子，大家自然都因此喜欢他，鼓舞他无拘无束地发挥创造，而自己却都只能英国式地微笑，我们不具备的幽默感，他们却多得可以肆意挥霍。不过今天他看起来瘦削憔悴，额头上冒着汗，看上去非常焦虑。在那天早上以前，我根本无法相信，这个见证过我们约会、充满魅力的酒保会有什么日常生活的负担，但现在我不得不面对这一客观现实了。哦，酒吧的门怎么老是敞开着，不管外面是不是暑热难耐。

我将莫迪其人其事告诉了理查德。讲述起来很不容易，因为我对这个笨拙的老太太有着很深的感情，她和我，我们俩走得那么近，我多么——又用到这个词了——爱她；然而我的措辞完全词不达意，什么都没传达出来。我说我当初遇到这个老太太，她需要帮助，我就帮了她，比预期的介入得更深，最终几乎就像她女儿似的，长达好几年时间。后来她去世了，又是怎么样的机缘巧合，使得我与伊莉莎·贝茨和安妮交上朋友，每周去看安妮两三次，这一切又如何变成我生活的一部分，上她家坐一两个小时就好像去购物或者是整理衣物一样。我走进她家里，发现她心情沮丧，故意要和人作对，我如同海绵一样慢慢吸光她的所有苦恼，直到她变得精神饱满、待人和蔼，这时候我再出门去，在她家门口抖掉这一切，感觉所有压抑的重负都烟消云散。

我两眼盯着他的脸庞，当然想知道他会怎么看待这种怪癖——吉尔就认定我这是怪癖，或者更糟，是老年人古怪行径的某种吓人征兆，就像离我们越来越近的年老昏聩。他没有做出任何评价，直到我不作声了，从他脸上的神态来看，他还是不予表态，那种表情我暗自觉得是医生的样子。

“好，但为什么呢？”他轻声问。

“事情是这样的，我母亲去世的时候，我很没用。一无是处。”

他居然笑了，说：“你忍受不了自己在这件事情上的无能？你非得感到你也应付得来不可？”

我笨嘴拙舌地说：“最开始是我丈夫。他先去世的，得了癌症。我不想加以了解，我干脆把自己和与之相关的一切彻底隔绝开了。现在我受不了，一想到……”但我无法再往下想。我稳住自己的声音说：“不久以后，就轮到了我的母亲，又是癌症。可以说，比起我丈夫生病那时候，我的表现要稍微好一点。至少想到自己早先对弗雷迪有多不好，我会为自己感到羞愧，所以我试着对自己的母亲，好那么一点儿。但是我做不到。我不知道该怎么办。”

“啊。”在我不出声的时候，他这么一说，希望可以打破沉默。

“事情就是这样。”

“你害怕癌症吗？”他出人意料地问道。

“不怕。我就是不明白，为什么癌症就要比别的事情更糟。我知道这想法太古怪。”

“我同意你的想法。”

“而且我也不怕死，我这想法古怪得自己都不敢说出来。人们一开始还都不信。”

“这么暖洋洋的7月里的一天，坐在这里说，总有一天我会死去，这和真的快要死掉是两码事。”

“我知道。”我说。我很失望，对他感到很失望。他接着又说：“算是一种补偿，你这个看法我也同意，但是我看过太多了——我是说死亡。”

我说：“我已经学会保持安静，不说出看法了。如果你说，我不害怕死亡，不害怕垂死挣扎，人们的反应是好像你缺乏应有的情感。也不单单只是死亡这件事。对我来说，我真正所想、所相信的差不多所有东西——我都不能说。比如说，我喜欢一个人生活。那又是……”不过我听自己说这话的时候声音在发抖，那是因为我想到如果我能和理查德一起生活，那可能就不会想要一个人过日子了。但紧接着我又想，这么轻易想和某个人在一起，那是因为没有经受过床笫、饮食和讨论椅罩污损等等琐碎小事的考验。

“我没法想象一个人过会是什么样，”他说，“我离开家以后，就和西尔维亚住一个房间了，就是这样。我挺佩服你的。我连自己能不能做到都心里没数。”

佩服这个词冷冰冰的，至少我是这么觉得。

我很想放声大哭，想把自己的脑袋遮盖起来，将刺眼的灯光、阳光和喧哗——现实世界——都挡在外面。

他看出来了，说：“或许我们该换个地方了。起来动一动吧。”

凯瑟琳还站在外面。理查德和我朝她走去，他和颜悦色地说：“凯瑟琳，你这样不会误了火车吗？”

“我八点才走。”

“哦。”

我们三个人就这么站着。要一起去另一家酒吧吗？但凯瑟琳再次转身离去，打消了这个疑问，好像她非走不可，好像受到了外在或者内在力量的驱使，其中有些许盲目和机械的成分。她穿过马路走开了，对驶来的汽车视而不见，那辆车不得不响着喇叭来了一个急刹车。

我说：“理查德，这绝对不正常，这不是清醒的行为吧？”

理查德说：“我亲爱的简娜，这其实并不比别的任何事情更疯狂！”

我说：“你是指我们吗？你和我？”

“不，我不是那个意思。但我想吧，也可以是那个意思！”

我说：“我觉得这绝对太疯狂了——我是说凯瑟琳。你和西尔维亚就像我姐姐和她的丈夫。凯特这孩子一团糟，而他们都硬是装作好像没什么不对劲。”

理查德很拿这话当回事，虽说他苦闷和愠怒的程度要赶上我的话，准会冲着我大吼大叫或者出语尖刻。他说：“你真是这么想的？你一直都这么想的？可我们又能做什么呢，简娜？”这个我们，我起先以为是指他和我——我们，但很快我就意识到了，所谓的我们指的是他和西尔维亚。我摇摇头，就快要哭了。他抓着我的手臂让我面向他，把我抱住了站定，两手放在我的手肘上，凝视着我的脸。

“简娜，”他说，“可我们又能做什么呢？”这下指的是他和我，理查德和简娜。

我摇摇头说：“我不知道。”

“你想去吃午饭吗？我们稍微走动走动？”

我还是摇头。一辆出租车鸣着喇叭，沿狭窄的街道缓缓开来。我一惊，压低声音说：“给我打电话，理查德，你必须给我打电话，我没有你的电话号码，你别忘了。”这句情人的怨言，听起来有如最猛烈的指责。我钻进出租车，终于迸出了眼泪，眼前又浮现出他心忧不定、疲惫消沉的脸。

我肚子很饿。忘记买食物回家了——凯特当然从来不会觉得饿，因为她的薯片和玛氏巧克力不曾间断。家里什么都没有，这话可一点都不夸张，除了一些奶粉。我应该给自己煮杯热巧克力，那是安抚情绪的饮料。上床的时候，我像个小姑娘似的在想，那他明天会给我打电话吗？

他确实打来过电话，可我出去参加“杰出女性午餐会”了。

他留言说，他会再打过来，不过没说什么时候。

今晚我给我姐姐打电话，她问："凯特怎么样？"

我说："就跟她往常一样。"（据我所知，她出门去空屋了，要么就是跟踪我去了，所以我可以畅所欲言。）

我等待着乔姬说些上路子的话。但她说："简娜，你真好，收留了凯特。"

我不知该说什么好。"乔姬，"我最后开口道，虽然觉得说了也白搭，"凯特肯定有点严重的问题吧？"

"没有！"她很受冒犯，反驳得很快，"她不会有事的。她的烦恼总是因为吉尔。吉尔一直以来都让她相形见绌，但是现在嘛，你等着瞧吧，她会实现自我的。"

"啊，"我不表态，听起来像理查德的腔调，"既然如此，那好吧。"

但我并没有放下听筒，我不能这么做。我等着乔姬说点什么，随便她说什么，不是胡言乱语就好。我觉得她不可能是这个意思，她没当一回事。她其实后来变换了一种口吻，我很好奇自己以前是否听过乔姬姐姐用这副腔调讲话。她说："嗯，为什么你不就这样接受凯特呢？干吗不呢？为什么让这成为困扰你的问题呢？对于你来说，一切都唾手可得，你在这个世界如鱼得水，不是吗？一向都是呀。"她的语气轻描淡写，又急匆匆的，几乎是无所谓的态度，仿佛这样她就不用为之负责，因为她借机向我吐露了想法，然后很可能转眼就忘了。她漫不经心地说："简，我得赶紧挂电话了，汤姆的热巧克力在炉灶上呢。我们就寝的时间到了，你晓得的。"

整个下午我都在外面采访兰迪·赛克斯，歌喉不错的足球明星。听说他很有魅力，但是我并不觉得；据说他性感壮实，会成为高端职业女性的梦中情人——阳刚粗犷的性伴侣。等我回到办公室，他们告诉我理查德打来过电话，说他六点钟到，就在外头等着，到我家而非办公室。已经过了五点半了，我赶紧收拾东西，飞奔下台阶赶去坐地铁，汉娜和吉尔在一旁看着我，不作任何评价。我总算到了，时间正好。一辆深蓝色的沃尔沃轿车等在街角的梧桐树下。我能看见凯特在楼上窗户边露了脸，隔着玻璃模模糊糊的，但看得出她很急切。我逃进车里，他就在车上。

我们往北开，经过圣奥尔本斯[1]，找到一家酒吧，在那里待了一晚上。我们没有讨论他或者我的问题，也没有讨论世界局势或者不列颠的现状。不能说的话题！我现在刚到家，十二点多了，凯特不在。我太开心了，无暇多虑。

理查德问同事借用了两个星期车。我们打算好好利用一番。

今天早上我发现凯特睡在沙发上，蓬头垢面，闷闷不乐的。

我对她说，接下来这几个晚上我都不在，建议她安排一下，和她空屋的伙伴一起度过。这话让她颇为愤怒，因为我理应恨她和她的空屋伙伴才对，早就应该把她扫地出门，或者是威胁他们说要叫警察来才是。我不知道她怎么想的，也不在乎。

我还打电话给老安妮的邻居，说我将去度两周假。每当我们——我，或者她的家务帮手，或者楼上那个太太——出去度假，或者离开哪怕只是短短一个周末，安妮总是表现得就像个小孩子一样焦虑，好像有充分的理由认为家长可能会就此消失。比起丢下凯特，抛下安妮长达两周时间更加令我不安。安妮一无所有，没有家人也没有指望。凯特还有将来——我最好不要去想什么样的将来。我们都察觉到现在我们俩之间有一点儿奇怪的摩擦。我还没采取行动，像转钥匙锁门这么一个简单的动作——就

---

1 圣奥尔本斯（St Albans），英格兰赫特福德郡的一个镇。

是实在是受够了，索性同某人彻底决裂。我并没有在内心将她推得远远的，无意让她感觉到“现在，给我走！”这样的勒令，相反，我内在逐渐加强的这股力量倒更像是接受。我无法改变她，也无法为她做些什么，可我并不打算把她赶出去。对我可怜的起居室做什么也都已经毫无意义，因为它看起来已经脏乱不堪了。姑且就让这房间保持现状吧——直到她自行离开。

“要是我母亲知道我把时间都耗在空屋的话，她不会乐意的。”凯特说得正义凛然，但又可怜巴巴，还孩子气地微微吸了吸鼻子，眼眶里涌起泪水。

“我也不乐意，”我说得很轻快，“但我觉得你不会因为我不乐意就不去了。至于要跟踪我嘛，那也是白搭，因为我们不会在伦敦。”

“你们要去哪儿?”——好像她还指望我给她准确的信息一样。

我们一起度过的时光真是太美妙了。整整三周时间，而不是两周。天气舒适暖和，万事万物都因为暑热而放慢了脚步，到了天气真热起来的时候，我们在英格兰一路倒也觉得温暖和煦。

每天下午六点，理查德会等着我，我们一路开车兜风到埃塞克斯郡和哈福德郡的小村庄，每次去的村子都不一样，直到晚上十二点或者一点才回来。这段时间里，一切都“销声匿迹”，只有我们俩，而且一直待在一起。办公室嘛，我也去，做好该完成的事情，查理、汉娜和吉尔都接受了我的状态。真是好极了，大家同舟共济，个个都很能干，彼此包容，这里让一让，那里进一进，像变形虫似的灵活变通，能抱成一团。查理不得不比往常卖力工作，对此他只是说:“好啊，简娜，真高兴能看到你这么享受生活的乐趣。”吉尔也只不过说了句:“马克说，你跟男朋友相处比起我跟男朋友，似乎更显轻松随意嘛。”汉娜虽然没说什么，但是她深思熟虑之下的微笑，很鼓舞人。

不过现在已经结束了，我知道，是因为西尔维亚从别的地方回来了，因为当我说我可以轻而易举地租辆车来开的时候，理查德摇了摇头。并没有提到她，也没有提到在赫尔看望祖母的凯瑟琳；没提到凯特，没提到约翰，也没提到马修。一切都非常遥远，远在山的那一边，在满是绿叶和花开似锦的玫瑰灌木丛的尽头。盛夏时节，我们几乎每个夜晚都坐在酒吧后面的花园乘凉。真是不可思议，那么多间酒吧都带花园，哪怕只是小小的一个，摆几张木头桌子在一方日渐干枯的草地边上——天气一度非常干燥，闻得到玫瑰沁人心脾的芬芳。我们在漫长迟缓的暮光里就这么一直坐着，目送余晖离开花园，爬上积聚的白云堆，或者融入街上耀眼的灯光里。每天晚上开车回去的时候，我们总是选择不同的小路，曾经在山上停下车子，看飞驰而过的车灯扫过金黄的原野，照得原野不时一闪一闪的，当中隔着柔和而又空洞的黑暗，好像给刀子切成一片一片的；有时候我们在树林里停下车，悄悄往树林里走走，又不敢进去太深，生怕惊扰到在车来车往的环境外怡然生活的生灵。我们曾在寂静的树下一根原木上坐了一两个小时，手拉着手，大气不出，侧耳聆听。我这辈子从没做过这样的事，我的生活在城市里，纵情于大街小巷。这三个星期当中，我见识到的小酒吧、咖啡馆、餐馆以及创意古怪别具风格的地方，比过去几年光顾过的还要多，都由多才多艺的人精心经营。不论什么时间，我都无阻无挡，照例这样做。周日夜晚，在度过了妙不可言的时光之后，坐在眼前这个位置上，来审视我的日常生活——现在看来简直是单调乏味，我想总有一天——我指的是理查德走了以后——我应该租辆车，或者借一辆好了，邀请吉尔或者汉娜或者别的什么人，来趟漫无目的的短途旅行，就像我和理查德近来那样的旅行。当然我其实不会那么做。因为是理查德才让这一切得以实现；理查德和我：就如同手牵手一样，我们变成一个整体，似乎我们只要驶入一个沐浴在夏日晚晴里的村庄，一走进某家酒吧、餐馆或者花园，发现这些地方充满个性和魅力，我们就会感到不可思议，怎么整个世界都对此毫不知情呢？

理查德今晚说，他将有一个星期不在伦敦，要去看望亲戚。我的理解是，他和西尔维亚一起去。

已经是8月了。

每天晚上，我下了班不再是坐进深蓝色沃尔沃轿车，借此逃入另一个世界，而是先去安妮那里。唉，经常发脾气的老人真是让人吃不消！安妮一直久坐在她的大扶手椅里不肯起来，这椅子是我之前在一家商店外的人行道上买的。扶手椅原先非常气派，包着猩红色的锦缎，高高的椅背和两侧扶手，座位宽大舒适，密不透风。有时候我怨愤地想，真不该搬来这把椅子，把安妮的生活都给吞噬了。

她的一天是这么度过的。醒得很早，六七点钟就醒了，她马上爬起来，因为她不是喜欢赖床的人。她依靠助行架，艰难地走向便桶，完了再回到床上坐下，因为衣服在床脚放着呢。她临睡前没有脱掉背心，所以现在笨拙地摸索着在背心上加穿衣服，她还很生气，连东西都不让着她一点，不顺她的心。那是件加大号的男式白色棉运动衫，她穿别的衣服都不舒服。再接着，她穿上的是我专门给她做的有松紧带的裙子，而后是一件棉质开衫，尽管已经是超大号的，但也不够她勉强包住身子。她靠着助行架保持平衡，走到了大椅子边上，那儿有一保温瓶的热茶。为了得到一点陪伴，不论寒暑，她都开着电暖炉的一挡。

“这玩意儿没有猫咪讨人喜欢。”安妮说。一年多以前，她的猫给车子轧死了，她常常会一个人独坐着，为那只猫垂泪。

她打开收音机，从一个台调到另一个台，去搜她想听的内容，她想听的所谓流行歌曲都起码是二十年前的了。如果搜不到，她就听新闻，或者是电台音乐节目主持人为了填补更换唱片时的空隙时间而讲的笑话，她对那些音乐没有什么兴趣："滑稽的音乐，"她说，"好像疯子在号叫。"她把保温瓶里的茶都喝光了。到她家的每个人，不管是我还是家务帮手，或者是来给她洗澡的护士，来检查她的脉搏呼吸、给她分发药片的护士，都一直跟她说她其实完全可以进厨房去给自己煮茶。她以前有很长一段时间都是自己烧水灌满保温瓶，再挂到助行架上搬回来的。但她不肯再这样做了。她也不肯用浴室的抽水马桶，坚持要用便桶，说走到浴室去这一路太远了。"要沿着走廊走这么远呢，"她说，说到浴室、到厨房都太远，"和我自己家里不一样。"

安妮原先并不住在这套舒适的两室小公寓里，是"他们"坚持要她搬进来的。安妮本来住在街道尽头一幢房子的顶楼，有两间宽敞通风的房间，她已经在里面住了四十年，没想过要搬走。"可那里没有浴室呀。"社工们接二连三地劝她。她对此表现出来的无所谓态度让他们很吃惊。"我从来没有在带浴室的房子里住过，"她说，"没有浴室照样可以保持个人卫生嘛。""但是这里有穿堂风呢。""我不怕冷。""可也太旧了吧。"这些年轻人都不约而同地环顾那两间典雅漂亮但年久失修的房间，眼前直接浮现出房间修葺一新以后的样子。其实就像那两间房现在的样子，因为我上去看过了。他们把大房间的一头单独隔开，改出一个逼仄的小间，装修成浴室。整个住所就失去了对称，显得很不方正。不过安妮也看不到就是了。

安妮这套新公寓房的另一个房间在后面，她一步都不肯踏入。她只在前面这个房间居住，把便桶搁在床脚。护士每周来给她洗一次澡，来的时候总是请求她到浴室去舒舒服服洗个澡，她说总有一天她会去的。护士搬进来一个澡盆，安妮赤身裸体地站在炉火前，在澡盆里由着护士给她洗澡。

她的衣服在奢华气派的椅背上越积越多，她得从中挑出要穿的几件。她一日三餐全都在窗边吃。在她的想象当中，她还是住在自己家里，但事实上，她那房子里现在住了一户单亲家庭，家里两个孩子都还小，所以孩子家长对那么多层楼梯很是头疼。

待安妮喝光了保温瓶里的茶以后，她就等着楼上的女人去上班时路过她这里，那女人会进来帮她倒杯茶。她们会兴致盎然地聊个一会儿，然后人家嚷着“安妮啊，我得走了，要迟到了”，而安妮叫道:“哦，你好吗？你收到你侄子的来信没有呀？”妄图留住她。但茅特夫人匆忙离去，留下安妮自个儿火冒三丈地坐在那儿，像是被抛弃了。她小口地啜着茶，以便能够多喝一阵子。

“现在开始我这一天又是一个人了。”她鼻子里哼哼出气，走到餐桌边吃早饭，不停地吃吃喝喝消磨时间。家务帮手带到这个胖老太太房间里的食物多得足够养活一家人，但安妮闲得无聊，竟然全都吃光了。她呆坐着，拉开窗帘，丢出去一些面包渣喂麻雀，这些麻雀逗得她很开心，她还伸长了脖子去看隔壁的猫咪是不是出门爬到了围墙上，能不能把它骗到屋里来呢？路人都急着赶去上班，而她坐在黄色的窗帘后面，半遮半掩的，观察来又观察去。这时候有人从门口走了进来——安妮听到外面那道门猛地一关，公寓的门砰的推了开来。是那个活泼的小护士，上门给她配药来了，药都藏在后面那个房间的某个地方。安妮有一次甚至还大费周折走到那里去找，想要把药都丢掉。她恨透了药片。她不停地抱怨，说那些药让她神志不清，稀里糊涂，让她感到麻木，她说她根本不想吃药。但是“他们”让她吃下去。小护士的黑眼睛闪闪发亮，脸颊红润，一头鬈发黑油油的，就站在她边上。“现在呢，安妮，吃两片药。”“我不想吃。”“可医生说你必须吃呀。”“这药有什么用呢？”

“治你的心脏。”“我心脏哪里不好啦？”“哦，是医生说的呀，亲爱的，你知道的呀。既然他说是你心脏有问题，那就是心脏的问题。”对于那些不太喜欢这一把把药片的护士们来说，他们也是不得不逼着可怜的老家伙吞下去。安妮总共吞了六颗药，两颗治心脏，两颗治水肿，还有两颗用来中和前面四颗药的副作用。就在安妮嚷嚷着“那坐下来喝杯茶，歇歇脚”的时候，这个讨人喜欢的护士就已经走出去了：“今天不成，安妮，我不行，我除了自己分内的活儿，还得帮别人分担呢。”然后砰砰两下，两道门都关上了，安妮看着这姑娘匆匆离去，人家都走到围栏后面了，自己还在朝她挥手告别。安妮坐着打嗝，心里很气，怎么也打不起精神，因为她知道生气也于事无补。在他们派护士每天上门来保证她吃药以前，她曾经把药都丢进马桶，塞进手提包最底下，或者藏到抽屉里，可他们总会发现，知道在她的私人物品里头四处搜查。唯一一个不说“为什么你要扔掉你的药片”这句话的人，就是简娜，而且安妮知道简娜怎么看待所有这些药片，哦，我又不是傻子，我能看明白她的表情，我能看懂他们的所有表情，他们以为我呆头呆脑的快死了，才不是呢。

安妮的椅子边上有个钟，但她尽量不看。这才上午九点，她好像已经起来转悠好几个小时了。她找出一些巧克力，一点一点地啃着，药片害得她嘴巴发苦。现在她困了，但是又不敢睡，因为要说有什么叫她害怕的事，那就是晚上躺在床上睡不着开始胡思乱想，想她的生活，想生活都变成了什么样子。她拉扯着自己走到便桶前，完事了一身轻松，随即合上便桶的盖子，走回到大扶手椅，等看到另一个不认识的护士站在自己身旁的时候，她都快睡着了。护士说是来给她洗澡的。安妮喃喃自语道：“我不想洗澡。”“哎呀，你就是得洗澡了，”护士说，“我的任务单上写了，你这里有个浴室。”“我在这个房间洗澡，”安妮宣布说，一有争论，她的劲头就上来了，“如果你要给我洗澡，那你就应该带个澡盆来。”护士对老人家专爱唱反调的情况早就习以为常，她站立的时候用手指头掐住两侧胯部，好像中间有个喉咙似的。安妮和她大眼瞪小眼，久久不肯相让。护士意识到这个顽固的老太太是不会退让了，于是恼火地嘟哝一声，听起来和安妮的嘟囔不无相像，然后快步走开，到厨房把水壶搁到炉子上。可以有热水，但只在有特殊需要的时候才会烧。安妮一直讲，我从来没有总备着热水，为什么现在就该要有啊？水壶烧热以后，澡盆里倒满温水给端了进来，报纸已经在安妮吃饭的桌子上铺好了，不论是寒天还是暑天，安妮都自己脱光衣服，因为她真不觉得冷。在供暖不足且不均的房间里经年累月住惯了以后，安妮对寒冷有了免疫力，我们这些指导她、监管她的人，站在一旁穿着大衣和羊毛衫都还瑟瑟发抖，而她可能只穿件棉开衫安坐着，还说想把电暖炉调低一挡，她觉得太热了。护士给安妮洗起澡来动作麻利，但是对这副白白胖胖的柔软肉身可一点也不温柔。安妮赤身裸体站着，因为她胖得好看，皮肤尚未松弛，全都是养眼的涡旋和曲线。“你的干净衣服在哪儿呢？”护士总算开腔问了，因为生气，所以之前一言不发，就是不跟安妮聊天，吊足了她的胃口。安妮说：“我能自己穿衣服。”尽管她的信息卡上写着她不能。她一丝不挂，摇摇摆摆地靠着助行架走到大扶手椅旁边，穿上一件其实带着汗臭味的背心和一条不知道干不干净的底裤。护士耸耸肩，捡起安妮丢下的衣服，飞快拿走澡盆和毛巾，把这堆东西丢到隔壁，留给家务帮手去应付。安妮还没来得及叫嚷说喝杯茶坐一下吧，她就说“再见，我走了”。

安妮一看，这才十点钟，真是难以置信。她已经不困了，打了个哈欠倒是想喝茶了。之前这一番折腾下来，她觉得有点疲惫，就不动弹了。她听听广播，等待家务帮手的到来。她知道简娜从不在早上过来，也就只有安妮生病的时候才破例。所以这表明如果她想来的话，早上还是可以来的。但家务帮手没来。这下安妮开始因为自怜和孤独而浑身乏力了。成天孤零零地坐在这里，什么指望都没有，他们会有什么感想啊？

她又移回窗前，但没什么可看的。正值上午过半，所有人都在上班，只有一些老人在人行道上蹒跚行走。隔壁那个有四个孩子的女人倒是能引起安妮一点兴趣，可今天没看到她，连她的猫也没看到。有只褐色的粗毛狗，平常有时候会向安妮讨东西，眼下正嗅探着安妮给麻雀的面包渣。安妮愤怒地冲着它呵斥道："你这个恶心的东西！"那狗就一路小跑逃走了。"一丁点儿都不留给可怜的小麻雀们。"安妮哼哼道，带着几分哭腔。她还有点害怕，因为心脏不舒服了，这些天来她经常这样。"以前我哪有什么心脏问题啊。"安妮嘟哝着，好像这个问题也是"他们"导致的。

现在她在等送餐上门。有所等待使得情况有所好转。她祈盼送餐的人和家务帮手不要一起来，那样的话，她两方面的乐趣是哪边都得不到了。她喜欢愉悦的享受一个接一个来。茶水呢？！她艰难地走到厨房，给自己煮了点茶，面朝墙壁坐在"他们"固定安放的小桌子旁，把茶喝掉了。他们说她可以在这小桌子上进餐，如果她要省点事儿，不到隔壁的大桌子去用餐的话。他们怎么会想要面对一堵烦人的白墙坐着呢，距离近得离他们的脸才六英寸！她喝了两杯茶，拖着脚步回到她的大扶手椅。十二点了。半天时间过去了，还算不错。她在那儿歇着，缓了缓气，坐到便桶上去清清肠胃，再走到餐桌边。上门送餐的年轻姑娘敲了敲窗户。安妮向上拉开窗，知道请她进来聊聊的念头不切实际，可还是渴望能够实现。在她看来，这些姑娘充满朝气，非常友好。

“嗨，安妮，哈啰，你好吗？我们得赶紧了。”他们就是这样。这当然是慈善之举，他们说他们做事不求报酬，但也一样，都很好。两个长方形的饭盒上下摞一起，放在窗台上。安妮小心翼翼地打开上面那个盒子，结果失望得要命。今天是星期三，她给忘了，星期三他们送来这个潮乎乎的馅饼，外皮没有烤透，里面的馅儿形迹可疑，顶多也就一勺的分量。她不喜欢卷心菜，讨厌胡萝卜。她挑出馅，嫌恶得脸都拧成一团了。不，吃不下去。她细究起布丁来，简直就是块海绵，蛋奶做成的海绵。她发牢骚说：“这么热的天，还以为他们会给我们一点儿沙拉。”她开始吃切片白面包、果酱和饼干，一片接一片，直到吃饱为止。

她走到大扶手椅边坐下，沉沉地睡去。醒来的时候，发现莫琳正站在边上。“安妮……安妮……你睡着了吗？”她从一片漆黑、深不见底的梦乡中回过魂来，嘟嘟囔囔着：“我口渴，我口渴，好渴啊……”莫琳说了声“我已经在烧水了”，便开始忙进忙出。安妮了解莫琳风风火火的性格，因为她已经立即开水壶烧水了，就别指望她稍作陪伴解解闷了，哪怕就她应该待满的工作时间的四分之一也指望不了。安妮每天都这么嘟嘟囔囔：“他们也为此付钱了。”莫琳走得倒是轻巧，说她得赶紧了，因为——她这天给出的随便什么理由。安妮见了莫琳高兴得不得了，但她克制不住自己。漫漫黑夜加上迟迟白日积累下来的不满欲求，一下子就汹涌地冒了出来，势头迅猛，很招人讨厌。安妮说她厌倦了这种生活，厌倦了一切，厌倦了你们所有人。她有时候希望可以一走了之，到别的地方去。到某个地方的小木屋去，那是再好不过的了，或者她可以到她妹妹那儿去。就在安妮大呼小叫或者哼哼唧唧的时候，莫琳忙着掸床罩和清理便桶。不一会儿，她就给安妮端来一杯茶，保温瓶也灌满了。莫琳在火炉边的小凳子上坐下来，手里拿着自己的杯子。她膝盖上放了一个三明治，用保鲜膜包着。安妮最喜欢家务帮手或者随便什么其他人有时间坐下来和她喝杯茶，但她忍不住还是要大吼大叫，抱怨个不停，而且从莫琳脸上她看得出，她——安妮——将会因此自作自受。她确实是这样。莫琳很快喝光了她那杯茶，把散落在腿上的面包渣清扫进壁炉里，随后站了起来。她告诉安妮，她孑然一身怪不了任何人，只能怪她自己。她大可以去午餐中心，但她不乐意；她可以让访客上门来聊聊天，但她不答应；她可以去度假，由市政委员会付钱，但她也不愿意。“为什么我要去和那些老人家凑到一起啊？”安妮嚷嚷，“他们会打发我去和那些老家伙待在一块儿，哦，是的，我知道，你说服不了我。”她得胜般地瞪着莫琳。莫琳叹了口气，打定主意不要自找麻烦。于是两人都不出声了。莫琳打开购物袋，取出一条条巧克力、一磅糖果、香烟、几块切片白面包、一些火腿，还有番茄。“你这是胡吃海塞，”她说，“你这么多吃的都放哪儿呢？”“我吃不下饭嘛。”安妮哼哼唧唧地说。莫琳仔细检查了送上门来的饭菜，了解到饭菜并不可口。把剩菜倒进垃圾桶的时候，她想，即便如此，可还有些人在挨饿呢。她待了不到半个小时就宣布要走了，还没打扫卫生，都还没怎么干活呢。安妮对这些都不太在乎，她在意的是莫琳要走了。莫琳说：“明天见，大概三点吧。”临走前从安妮的手提包里拿了几张钞票，算是应安妮要求买这些食物的钱：糖果、香烟、巧克力、一点像样的水果、一点鸡肉——“我能吃得下的一些东西”。

安妮想，我的钱应该不止这么点！我有好些钞票呢。但说了又有什么用，他们会说这是我的错。

一点半了。安妮胆战心惊地干瞪着眼前漫长的午后时光。她无法面对。每天到了这个时候，她就想把自己杀了。但怎么个死法？杀死自己对于安妮来说有种抽象而模糊的特质，她并没有想到要采取什么样的实际行动，比如一口气吞掉她所有的药片之类的，而是想到非常戏剧化的场面，好像是电视里的情节：她看到维拉、简娜和茅特夫人还有莫琳都围站在她的尸体边追问，她怎么能这样对待我们？无尽的午后慢慢地消磨过去了。她坐在窗边。看了点电视节目，但节目对她来说，是越来越难懂了。她吃了面包、果酱、蛋糕、饼干和巧克力，喝光了所有茶水。她听广播。一切都是断断续续地进行，她坐立不安，定不下心来。到了五点钟，她在窗台边等着人们下班回家。很快茅特夫人进来打了个招呼，说她赶时间，拿起她的空茶杯就上楼了。现在安妮能听到她在楼上的动静。

突然，走廊的灯咔嗒一下亮了，门开了——简娜来了。她看起来多么时髦啊，安妮心想，让人肃然起敬呢——不是因为简娜其人，而是因为她的一身打扮。她看起来像是从杂志里走出来的，安妮明白；她还知道，从上百个细小的讯号中看得出，简娜不会久留。她下定决心，不让自己的毒舌把她赶跑。简娜在仔细观察安妮，就像安妮仔细观察简娜那样：她怎么样，情绪如何，我能预期什么？不过今天一切都很好。简娜带来了一小瓶苏格兰威士忌，给她们俩都斟上足够的分量。她给安妮带了几朵小苍兰和一枝粉玫瑰，还连带着作为陪衬的掌叶铁线蕨。尽管外面天还亮着，可安妮叫简娜把窗帘拉上。房间里弥漫着陪伴和庆祝节日的气息。两个人都喝着威士忌，安妮还抽着烟，听简娜谈起怎么在埃塞克斯周边或者什么地方开车兜风。和某个朋友一起，简娜没说是谁。安妮从来没有去过埃塞克斯，也不知道具体在哪儿，所以她在简娜说着的时候插话讲起她怎么和她丈夫去看赛狗。她知道自己经常跟简娜讲这个故事，但她觉得没关系，简娜听得很开心呢。

“他总是给我买鳗鱼，因为他知道我很喜欢吃鳗鱼。他自己并不喜欢。炖鳗鱼配上蔬菜酱汁还有土豆泥，多好吃啊！他还给我买了搭配炖鳗鱼的波尔多白葡萄酒，他自己喝烈黑啤。哦，他很宠我呢，我老公真是疼老婆。我们以前每个周末都出去，我们俩，他还总是给我钱去小赌一下。”

简娜说：“可你那时候不工作吗？”

安妮很讨厌这些实际问题，逼得她回到现实，她怀疑简娜不相信她的话。“工作啊，可我从来都没有什么钱，对吧？过去我把钱都花在衣服上了。我以前很好看呢，真的。哪有钱去小赌啊？我赢过一次，赢了五镑。很大一笔钱呢！他对我说，你不打算还我赌本吗？不还，我说。我在牛津大街给自己买了件紧身外衣，老早就看中了的。衣服的布料是黑色的，有个很大的毛领。我看起来美极了，他这么说的。哦，他对我很好，真的很好。”安妮坐着大声呼吸，但她脸上表现出还有别的话要说，她记起了——什么呢？有时候安妮会以另一种口吻来讲述，那种口吻会击碎日常生活的硬壳，给人以破门而入的冲击力：“我结婚的时候，不知道自己究竟在做什么。我已经习惯了西区的生活，对吧？那一带我熟门熟路的，而他从来都不想出去。”

在简娜起身离开之前几分钟，安妮就知道她要走了。简娜说：“我得回家了，安妮。”她站起身，在安妮手边放下一些专门为她买的香烟。她微笑着，在门口停住脚步说：“有可能的话，我明天还会来。”安妮明白她感到很愧疚。她整整三个星期都没来过这里。

现在安妮感觉好多了。白天已经过去，夜晚降临了。她又挨过了一天，这些冗长乏味的可怕日子。她给自己做了晚饭，面包夹火腿，涂上厚厚一层美味可口的咸黄油，还加入了番茄。她又喝了些简娜带来的苏格兰威士忌。

九点半，好邻居过来的时候，安妮正在看电视，她不想被打断。电视里放的是费雯丽的电影，那个时代人们还知道怎么拍好电影。隔三个门的好邻居露西，过来确保保温瓶都灌满了，窗户都关好了，确保安妮精神状态良好。她坐了一会儿，看看电影，结果影片结束了，这下安妮兴致勃勃地朝她转过身子，希望她留下来。可露西得回到丈夫和三个孩子身边。她愉快地道了晚安就走了。现在是十点钟。安妮看了些电视节目，听了一阵子广播。她不到午夜是不会上床的，早一分钟也不愿意。即便上了床以后，穿着背心底裤躺在床上，她也要醒着好一会儿睡不着。·辆汽车的车灯纷乱地映到天花板上，她想，真是好笑，灯光竟然一路朝上到了这里——因为在她脑海里，她又回到了原来的住处，她自己的家，对面那幢房子的顶楼，在那里，从窗户看出去净是天空。

“不，我肯定是在这儿，不是在那儿。”她嘟哝着，渐渐坠入漆黑的梦乡。

在我看来，安妮的下坡路走得很快，用老年医学专家的话来说，叫“衰退”。外在的证据是：护士们每天过来叫她吃药，这可是新情况，大约从上个月开始的。不过她身上表现出焦躁和怒气，整个人非常苦恼。她的幻想都是绝望之人所特有的。她有个妹妹，和她一样年老体衰，因为得了关节炎一瘸一拐，离不开椅子，害得她的三个孩子要轮流上门去照顾她。几年前这个妹妹收留了安妮，那时候七十岁的安妮刚被迫从牛津大街那个女招待岗位上退休，心不甘情不愿，几乎整个人都崩溃了。她丈夫过世得早，她的生活重心和兴趣都在工作上了。没有了工作，就什么都没了。安妮开始酗酒，变成声名狼藉、招人讨厌的老太婆，成天在街上四处嗅着等酒吧开门。她妹妹叫她别再来了。再过千儿八百年她妹妹也不会同意让安妮和她住到一块儿；外甥和外甥女们就算做梦也不想挑起两副重担，现在已经有一副重担在肩头压着了。安妮必然了解这一切，她心里有数的，或者说以前是了解的。现在她已经故作不清楚，因为“他们”已经开始谈起养老院，甚至连简娜都不例外。“他们”说她要是在那儿的话，会有更多的人做伴，而不会成天一个人孤零零的。“他们”说会把她送到一家养老院住一个星期看她喜不喜欢，如果不喜欢她可以再回到自己的公寓。他们就像一群苍蝇似的，嗡嗡地飞进飞出，带来的全都是坏消息，而她躲不开他们。但在七姐妹路[1]上，有她妹妹在，她会去和她住一起，然后……地址是什么来着？她会叫简娜写信。

我已经给这个妹妹写了差不多有二十封信了，各种类型都有。如，很有礼貌地谈到近况：“你姐姐安妮现在很好，向你全家人问好。”安妮口述记下的信，求她伸出援手的：“你好吗，丽儿？我坐在这里，想着我们一起度过的所有美好时光。我好像还没有收到你的信。你收到我的圣诞卡了吗？”我寄了圣诞卡、复活节卡、我出公差在国外买的明信片，有阿姆斯特丹运河风光、蓝色多瑙河、巴黎咖啡馆等等，这些可怜巴巴的请求都没有得到回应。

“有啊，”我说，“我两周前写了信的，你不记得了吗？”

“两周，不，不是两周，”她愠怒地说，“怎么可能是两周呢？”

我不吭声，因为她实际上是在抗议时间本身，时间这个骗子，已经从她脚下飞快地带走了她的生命。

“那好吧，你只要找出我的信纸，我来告诉你怎么写。”

亲爱的丽儿，你好吗？我已经不比从前了……

她费力地签了名，她写的“安妮”看起来像是出自刚尝试书

---

1 七姐妹路（Seven Sisters Road），伦敦的一条马路。

写的小孩子之手。

我坐在那里，正如我过去陪伴莫迪、陪伴伊莉莎时那样，看着这个我熟识的老妇人，如果她能在家庭环境当中生活，或者哪怕只要是有另一个人做伴，就可以再活个十年或者二十年。而眼前的实际情况是，她无处宣泄的精力随着她孤独的怨念在体内翻腾，整个人日渐销铄萎缩："高血压，他们说我得的是，"安妮喃喃自语，她的脸烧得通红，能感觉到血液突突的猛烈冲击，"高血压，对吧？"

我知道，安妮将死于怒火，和莫迪一样，和伊莉莎一样。怒火每天都由我们助长，由"他们"助长，这些人进进出出，面带虚伪的微笑；他们表面看来是好朋友，会留下两饭盒的菜肴，给她洗澡，打扫房间地板，为她煮一杯茶，但是现在到了这个节骨眼上——那副笑脸就收了起来，开始说起养老院。"养老院！我自己有家呀。"安妮咕哝着，唉声叹气起来。她指的是那两个漂亮的房间，结果在一堆亲切友好的笑脸簇拥下，房间被夺走了，她给搬到这里来了，虽然她早就说了上千遍她不想搬走，不需要浴室，不需要热水。

"骗子。"提议她去午餐中心试试以后，我听见安妮在喃喃自语。

"可你都还没试过呢，安妮。"

"我不认识他们。他们是谁？"

"你去了以后就会认识他们的。"

安妮稳稳地坐着，这个胖乎乎的小老太太，站起身来也不及我肩高，身子周围铺开花卉图案的裙子。她垂下那张红通通的大脸，生气地瞪着肮脏的地毯，上面积着厚厚的烟灰、食物残渣和灰尘。家务帮手今天早上说她昨天已经打扫过了，不打算再打扫一遍！

她抬起蓝色的小眼睛看我的时候，眼里充满了怨恨，而我看她的眼神，我自己也有数的，那纯粹是气恼。

我琢磨着安妮的思维、她的生活，都是封闭的圈子。她不愿从萎靡不振中走出来，不愿打破这个圈子。我们这些折磨她的人喜欢幻想着，她要是那么做的话，她就会在午餐中心，或者旅行途中，或者教会主持的义卖会上，找到某个人，或许还不止一个，会喜欢她，会上门来看她。毕竟老安妮兴致勃勃的时候，还是很讨人喜欢的，而从一个朋友就会发展出其他朋友。安妮会成为这片区域老太太群体当中的一员，她们精神饱满，日子过得风生水起，有来有往，聊东家长西家短，出去短途旅行，时不时相互串门。

想到伊莉莎·贝茨，我们都大声说，想想她多喜欢出门四处溜达！

“但她死了。”安妮得意地说，很洞悉内情地摇头晃脑，意思是：我逮着你的破绽了。

“可是她还活着的时候确实是出门四处走动啊。她什么活动都参加呢，差不多到她快不行了为止。”

“我带着助行架怎么参加啊？”

“可许多人也都用助行架，还出门到处走的呀。”

安妮被逼得走投无路了，嘟囔着说她会的，等天气好了的时候。上星期她每天都说她会的，等天气好了，而夏末的太阳天天都照耀大地。只要踏出这周而复始的圈圈一小步，安妮就会……

但这个决定几年前就做了，那时候她决定要用助行架，尽管“他们”所有人都说她完全可以自己走，犯不着用助行架。

“哪一天，天气好的时候……”安妮那时候就在嘟囔了。

哦，对我而言，安妮确实可以作为前车之鉴。我坐在她对面，听她第一百遍讲起她有天晚上穿一条粉红底色蓝波点的裙子，和她妹妹一起出去的情形；她怎么习惯于给她丈夫烧苹果酱汁让他配猪排吃，但她不清楚他是否喜欢那种口味；他死于癌症的时候——因为第一次世界大战期间他肺部被炮弹碎片击中过，她拿到了补偿金，把钱花在一件镶有丝绸纽扣的黑色兔毛大衣上，还买了件狐皮领披肩，如今那披肩躺在抽屉里，团成褐色的一坨，发出难闻的气味。谁伸手去取围巾或者拿丝袜的时候，披肩上鲜艳的纽扣就兀然冒出来。“你都对我的粉红色雪纺披肩做了什么？”“我不知道，安妮，我来看看。”

这一切我都听在耳里，思索并提醒着自己，我决不能像她那样，绝对不能，一边还保持着脸上的微笑，表现得很友好。我决不能死于怒火，也不能像蓬头垢面的老家伙一样在脏兮兮的房间里乱转，撞到四处与我为敌的上百样东西。安妮的生活遭到杂七杂八东西的侵袭，被吞噬殆尽，堆垒如墙的东西把她团团围住。通往厨房的走道那么长，那么容易打滑。她放下个玻璃杯，旋即就找不到了，因为杯子恶作剧般自己躲起来了。她打碎了眼镜片，却把碎镜片藏起来，因为她受不了简娜或是莫琳为了叫她换新镜片跟她念叨个不停。她的双手在助行架的把手上打滑，因为不知道怎么回事黄油给弄到上面去了。她的手指头已经肿胀了，活动起来不灵便，抓不住东西。在她的饭桌上，一瓶番茄酱她要找上半个钟头，结果发现其实就在碟子旁边，肯定是它自己走过来的。有时候她觉得自己像只动物，蜷伏在肮脏的角落，不敢爬出来，因为会落入什么陷阱；又好像她得了某种怪病，究竟是什么怪病她甚至还猜测了——是不是流感？——主要症状是外界已经变成她的敌人。或许我有点瘫痪了，是这么回事吗？当你没法自如行动的时候，他们不就是这么说的？

我坐在那里，发觉自己一只手悄悄地摩挲另一只手，手指头上下左右游移，双双搁在大腿上。这时候我发现安妮正摸索着什么东西，而东西总是溜走，总是滑落。

我探访过安妮之后回家的第一个夜晚，凯特在家里，坐在沙发一角，双臂抱着她的小机器，两耳插着耳机，从两根耳线之间注视着我。

我俯下身子叫喊道："你想吃晚饭吗？"

她瞪着眼睛，然后才慢吞吞地摘掉耳机。

"你不出去吗？"她可怜巴巴地问。

"不出去。你愿意帮我把东西放好吗？"

她缓缓站起身，拖着脚步跟在我后面进了厨房。我采购了一大堆东西，用于补充橱柜和冰箱的库存。我放下一袋切片火腿，这时候，凯特急切地朝火腿伸出手，开始狼吞虎咽起来。她似乎对自己的所作所为毫无知觉。

半磅的火腿转眼就不见了踪影。她用脏兮兮的小胖手抹抹嘴巴，打了个饱嗝。"我想我是饿了。"她意识到了自己做的事，主动先开口了。

随后她气得满脸通红。我想大概是在生我的气。我指着一堆小包装袋，说："把东西都放进那个橱柜好不好？"她对东西的包装和外观很感兴趣，站着扒拉了一会儿，然后开始随随便便地堆放到橱柜的搁板上。没多久她就停下来，净看我做事了。

"我们一起吃晚饭吗？"

"你想吃什么？"

"哦，我不知道……随便啊。"

"嗯，那你坐下来吧。"

她重重地坐到椅子上，不一会儿就开始焦躁地东张西望——她想要音乐播放器。

"不行，我们吃晚饭了，凯特。"

我摆好各种口味的奶酪和肉酱，拌了沙拉，准备好水果，这才坐下来。凯特的心思已经不在我这里了。她目光呆滞，心不在焉。

“你去过空屋了吗？”

没有应答。

“凯特，你这三个星期一直都在这里吗？还是在空屋？他们来过这里吗？”

“来过，我想是来过了。几次吧。”

他们来过这里，而且不止一次，我心想，尽管肮脏程度加剧了，但倒是没有什么实际的损坏。

不过我不会再追问下去，因为要是多追问她就会撒谎。很快我就吃完了这顿饭，要是和理查德共进晚餐那该有多么愉快，而和她一起吃饭就情趣全无，纯粹填满肚子罢了。她起身走回到起居室，嘭的倒在沙发上，伸手去拿她的播放器。我拦住她。“凯特！”

“干吗——？”

“凯特，我不想让你这就塞上耳机，把自己关进那个该死的播放器世界。我想和你谈谈。”

突然间，她像婴儿一样尖叫着发起脾气来：“为什么你要揪住我不放，为什么你老是要干涉？”

我耸耸肩，就此作罢。

这是第一天晚上的情形。

第二天晚上，她坐着的时候很警觉，对我有所防备——她已经考虑过了，认识到自己的表现不好，不会再犯了。正是这一点鼓舞了我——其实她多数情况下还是活在正常人的世界当中。

我带了许多工作任务回家——我在阿卡狄亚[1]的这三个星期，

1 阿卡狄亚（Arkadie，亦作Arcadia），古希腊伯罗奔尼撒半岛中部一高原地区，那里风景秀丽，民风淳朴，后世西方某些文艺作品中，常以“阿卡狄亚”一词形容田园牧歌式的生活。此处用来形容之前天天出去游玩，日子过得很逍遥。

工作自然是堆积如山了。但是我先把工作放到一边，不厌其烦地准备晚饭，把桌子收拾得干净漂亮。她跟在我后面，满怀希望地微笑着，等待乖乖听候我吩咐的机会。

我坐下以后，不停摸索推敲着合适的措辞。心里着急憋了许久的话，没说上几句，就在我们的沉默中无疾而终了，与其说是出于尴尬，不如说是觉得希望渺茫。我只是笑笑，给她加了饭菜。不过她并不饿——橱柜里面有几包饼干已经不见了。

一顿晚饭下来徒劳无功，我想我也该工作了，但我们走进起居室之际，她急于打破沉默，腼腆地说："你不打算再把椅套罩起来吗？"

"可是椅套上面都是香烟头戳坏了的洞洞啊。"

她全身动作都躲躲闪闪的，又坐立不安——她在否认她该为此负责。"可难道你就不打算买新的椅套吗？"

"凯特，你坐下来。"

她坐到我对面那张脏兮兮的沙发上，身边都是她弄出来的面包渣、包装纸和用过的纸巾。

我勉强坐了下来，之前有果酱黏附在这把椅子上面，不过已经刮掉了。

她愁眉苦脸的，让人同情，可我实在不知道说什么好。看得出来，对她来说尤为重要的是，我应该说，好，我会把房间收拾好。她早就一直这么想着了。

或许我该说：话说回来，凯特，我收拾好房间有什么用呢，反正你和你那些狐朋狗友又会统统破坏掉！不过我说不出口。比如说：等你走了，到时候……但她盯着我不放，眼神抓狂，她听到的就是这样的信息。

我说："我会把东西都拾掇好的，凯特。你别担心。"言下之意是，别担心，我不会把你扫地出门。

与此同时，布朗夫人最终弃我于不顾了。她不会收拾凯特的烂摊子，事情就是这样。

每天晚上，当我把凯特丢在那儿，自顾自去泡澡，然后躲进卧室（理查德说感觉我不在其中的房间！），这时候我就发现自己灰心丧气的，都是因为凯特。随后我振作起来，多做积极的打算。我罗列出一些合情合理的话，准备对她好好讲一讲。我想象我们对话的情形：

“凯特，你打算就这样下去吗？”

“嗯，简，我明白……”

“这样不行啊，凯特。这样下去没任何好处，在这里浑浑噩噩的，一周又一周过去了！不行，我们得替你做实实在在的打算。你说过你想学的西班牙语学得怎么样了？那些书本都给你扔哪儿了？”

“我会找出来的，简娜。我会每天至少学几个钟头。”

这些对话的草稿都印在我头脑里，但是每当我和凯特坐在晚餐桌前，或者我在她对面的椅子上坐定时，这些对话就灰飞烟灭了。这些话根本就没有对凯特说起过，对她有所启发的话我一句也想不出，脑海里根本搜寻不到。可我坚信，我身体里面某个地方肯定存在着能通往凯特心坎里的话，只要我把它们找出来就行！

今晚凯特又问起椅套的事。在她眼里，椅套俨然已经变成了一个象征。我取下破败的淡黄色椅套，拿到马路尽头的店里去，请他们按样子重做。“用淡黄色亚麻布？”

“用淡黄色亚麻布。”

真是可笑。我可不能把椅套罩到椅子上！但又不能不罩上去，否则会打击到凯特。

今天，在我从吉尔和汉娜身边走过的时候，吉尔对我说：“凯特跟你说过我上周到你家的吗？”

“没有。她叫你去的？”

“你出门去风花雪月的时候——对不起，简，她每天晚上都给我打两三次电话。”

“好吧，我可不打算为此而道歉。”我说。我知道吉尔和汉娜都密切观察我的各种表现。

“谁说你该道歉啦？不过有一天晚上，她听起来怪怪的，所以我就过去了。我看见了公寓的情形。”

“哦。”

“喂，简！”

“所以你有什么打算？”

“别这样。别，事情是这样的，我们——我是说，马克和我——觉得你会想过来和我们一起吃个晚饭。”

“来讨论凯特的事？”

“再说你还没好好参观过我们的公寓，是吧？”

“公寓嘛，”我说，“要是走了下坡路，其实很简单就可以收拾好。”

“但人可就不行了。”

“嗯，我认定这话是指凯特而不是我，因为我不打算为任何事情道歉。”

我真的很生气，就在我离开她们，走进我和查理令人心旷神怡的办公室之际，我听到吉尔叫嚷着：“哦，简，我当然不是说你，我是指凯特。”

理查德打来电话。已经一个星期了。他听起来离这里很遥远，确实如此。他在邓迪[1]附近的某个地方。

他说："简，好像我们有数不完的亲戚，所有人都得见一见。"

我说："理查德，你不在这里的时候，感觉就像你从世界的边缘跌了下去。"

他说："想到亲戚真觉得好笑。我想我五年当中也没想起过哪个亲戚，却突然间成了家族不可或缺的一分子。我现在和表亲威廉还有他的家人在一起。"

"然后呢？"

"哦，简娜，对不起。"

"情况怎么样？你在哪里？"我记起当初和乔伊丝在一起的日子，她离开《莉莉丝》以后，我们在电话里交谈，她先是在威尔士的几个地方，后来到了纽约——我们的友谊系在距离遥远又时强时弱的电波末端。

"我往窗外看，会看到一个让人感到心平气和的小湖，湖上有三个游客在划船；山坡上长满了荆豆，我表亲的妻子贝蒂在园圃里摘紫菀花。"

"好吧，我就在这里。"我说。

同吉尔和马克在肯特镇共进晚餐。

这是一幢维多利亚时代的房子，房间在二楼，非常大，边上还有个小间，里面装有淋浴器和马桶。这房子按照马克的方案进行了改装。想当年，我和一个女孩子合租我生平第一套公寓的时候，房型也是类似这样的传统式样，大小则是按比例缩减了。我们有个一丁点儿大的卧室，起居室也小，我们俩都决定在厨房吃饭，不让我们父母知道，因为这样的做法在当时并不多见。而吉

1 邓迪（Dundee），英国苏格兰东部港口城市，泰赛德区中心城市。

尔和马克住在这么宽敞的房间里，夜里才把床垫放下来，白天的时候床垫收起来放橱柜里；他们在一张巨大的矮脚桌上吃饭，这桌子是整个起居区域的中心，和厨房贴得很近，厨房里汇集了各种最先进的精巧设备：我一开始都没认出来这些猩红色的柜子和钢铁表面其实是烤箱、灶盘和冰箱等等。吉尔和马克加上汉娜和我围成一圈，都坐在低低的帆布椅上，可以从落地窗眺望出去，因为没有挂窗帘，而是安装了老派的木百叶窗，漆成猩红色卷了起来，扇形的猩红色百叶窗随随便便地半垂着，展现出教堂塔楼在那个端庄的小花园里拔地而起的样子，像个感叹号。

一片紫色的铁线莲爬满了篱笆。外面的街道上，一个年轻黑人身穿明黄色的田径服，正拿着一大块海绵轻轻擦拭一辆深蓝色的梅赛德斯，洒下丰富的白色泡沫，洒在车上，也洒在三个小孩——可爱的白人小男孩——身上。他们都希望参与到这个充满爱意的仪式当中，不断遭到泡沫的袭击，不得不退避三舍。他们接二连三地跑上前来摸摸车子，对着黑人卫士耀武扬威地叫喊，而黑人卫士也冲他们吼叫，不过叫得有模有样，掌控着游戏的节奏。男孩们咯咯笑着跑开了。年轻黑人另一只手拿着晶体管收音机，耳朵里塞着耳机，音乐流淌进他的脑子，形成的节拍牵动着他的微笑和他不停挥舞打圈的光滑手臂。我们喝着各种口味的开胃鸡尾酒饮料。这时候，晚晴渐渐从这一幕上退去，退到教堂尖塔上，尖塔因此泛出金褐色的柔光。

马克把面包、橄榄和番茄沙拉在桌上一一摊开摆好，而吉尔则忙着烹饪下一道菜。这是严格的男女等权分工。“我可是煮了炖菜哟，所以你来准备蔬菜，马克。”“可我做了布丁呀。”“可周日是我做的布丁呀。”“好吧。”

吉尔穿着牛仔裤和拼色毛衣，她的头发精心做过了，染成紫色，和铁线莲一样的色调，只是眼下在暮光中成了暗淡的墨色污斑；头发向上梳得立了起来，如同跃动的火苗。她看起来就像一只长尾小鹦鹉。马克穿着牛仔裤和天蓝色的宽松长袖衫，衣服上面写着:“蒙提祖玛，古怪三世！”要是开口问这到底是什么意思，似乎会显得缺乏想象力。汉娜有着大地母亲一般的气势，穿的是暗绿色的宽摆长裙和黄色紧身上衣，她壮实的古铜色胳膊露在外面，饱满的棕褐色胸脯上方晃动着纳瓦霍人的绿松石挂坠，看起来气场强大。她和我们三人坐得稍微开了些，靠在她的椅子上，两只手臂钩在身后，露出腋窝里浓密的黑色腋毛。不用说，她没穿胸衣。她阿兹特克人般的脸庞棱角分明，一脸骄傲，洞悉一切却不轻易加以评论。

全场的焦点、让我们众星拱月一般的，无疑是吉尔。为什么会这样呢？我经常感到好奇，是什么让这个人或那个人在某个场合中脱颖而出。谈话之际，我们的眼睛都跟随着她，她的一举一动都那么敏捷，那么优雅，分毫不差，她整个注意力都专注于手头烹调的菜肴。马克朝她走去，目不转睛地看她正在搅拌的炖菜，实则是要和她靠近一点。我看到在两人靠得这么近的情况下，她整个人都收紧了，不是在拒绝他，而是传达出这样的信息：等一下！而且当他在她脖子上悄悄一吻的时候，她飞速抬起头，有点气恼，但还是微笑以对。他一只强壮的手臂放在她肩上，看着像是在恳求她，不过一点也不卑躬屈膝。哦，不，吉尔可别想……她的肩膀没有拒绝爱人，但是她移步去拿盐罐，好像她没留意到肩上那只手臂似的。马克静静地站在那里，眼睁睁地看着他的爱人故意走到一边，害得他够不着了。她轻快地抬起凤头鹦鹉般的头，冲他妩媚一笑，笑里的含意是保证会给他更好的补偿，但是要等到合适的时机。随后她从他身边走过去，坐了下来。他在她身后又多站了一会儿。他收起了手臂，尽管实际上极度渴望环抱她，但她没有任何表示，只顾将番茄沙拉堆到盘子里，然后大剌剌地坐下，撞倒了些东西——这是气馁失望的情绪在发作，我不由迅速朝汉娜看看。不知什么缘故，我不希望这个娴熟老到的观察家看见我刚收入眼底的场面，不过她自然是看见了；我不想和她使眼色，而假如我放任我们的眼神交汇，那必然是免不了的。

我对面的墙上有面大镜子，不知道是从哪个经过改装的酒吧里头拯救出来的，酒吧选择改装简直是大错特错。镜面上绘有装饰派艺术风格的百合花，银色、金色、黑色都有，松松垮垮地捧在一个姑娘臂弯里，那姑娘和当初刚到我公寓来的吉尔不无相像：一头飘扬的头发，一脸怯生生，充满不确定的感觉。对着镜子深思之际，我看到自己斜倚在帆布椅上，隔着一个房间的距离，镜中这个女人背衬洒满暮光的红色窗框，身穿素雅的丁香紫色连衣裙，缕缕柔软的银发，似乎和那些百合花以及浮现在镜面上的姑娘更像是同一个世界的人。

我的心抽痛了。

我们吃了美味的沙拉，对橄榄油赞不绝口，对希腊口味面包评头论足。肯特镇的塞浦路斯菜肴和地中海美食都是第一流的，我们对每道菜都一一点评。我知道吉尔满脑子的紧张情绪是长年的纠结使然：她想让我在如何看待凯特的问题上最终和她达成一致，但在我们的议事日程上，凯特这一项内容实际上是最无关紧要的。我观察着吉尔和马克，他们俩在低矮的椅子上挨得很近，我发现他看她的眼神透着一种渴求。再往深处挖掘的话，会发现他眼里燃烧的怒火，准确反映出在他身上发生的事情。夜更深的时候，吉尔会允许某个开关一开，会——怎么样？我发现很难想象这姑娘柔情蜜意的样子。人们只要看一眼马克就知道，他不是那种会屈就于冷美人的人，但当开关开启以后，这个傲慢的姑娘会迅即变成什么样的逐爱者？或者是被爱者？

在吉尔——这下轮到她了——把炖羊肉和荷兰豆端上来以后，我像是在祷告又像是在乞求，对自己说：吉尔，别这样；别这样，吉尔。哦，别……

炖菜快要吃完的时候，她提起了这个话题。有点磕磕巴巴的，说明她为此设想过了具有真知灼见的对话，而且已经非常用心地准备了许久，就像我为凯特费尽心思那样。“简，关于凯特，我真觉得——”

“让这位不幸的女士安安心心吃完饭吧。”马克一边说一边晃荡着杯里的红葡萄酒，眯起眼睛看着玻璃杯，他的举止透露出的讯息是：他替吉尔感到难堪，或者是感到自己力不从心。确实，我们都不由得感到尴尬，要保持冷静克制，因为她的声音在颤抖，她说：“简，你看看，你现在知道你得对凯特采取行动了吧？你的公寓，你漂亮的公寓——现在简直就跟垃圾堆一样。我进去一看，就想放声大哭。我只是不明白你怎么想的，简。”她哽咽住了，这时候我们都很明白，我们眼前看到的是吉尔的往昔，在这个黄昏时分，在这个宽敞的房间里头显现了出来。马克起身，在某个小玩意儿上一摁，灯就亮了，光线从壁架当中一泻而下，好像夏日花园里梦幻般的光彩。外面的暮光又卷土重来了，马克把猩红色的百叶窗放了下来。马克清理了盘盏——这下又轮到他了。吉尔坐着，一脸忧伤地瞪着我，这时候的她看起来和可怜的流浪儿凯特并无二致，都是那么无可救药。

这时我朝汉娜看去，目光坦坦荡荡的，想要知道她怎么想。她对我微笑，友好地点点头，仿佛在说，别担心！

“你打算就这样下去吗，简？”

“当然不会，”我总算开口了，“会有动静的。”

“什么动静？你倒是说说。你知道吗，那些空屋来的家伙们在你家里为所欲为。”

“我料到了的。”

“可你打算怎么办呢？”这下马克想知道我打算怎么办，听他的口气，他对于要怎么做显然了然于胸。我看得出，就算进得了眼前这个现代生活的圣殿，也没有哪个空屋成员能有什么斩获，除了冷遇。

当然了，马克总是别出心裁，我搞不懂具体是什么类型的。我们偶尔也谈论到他的“设计思路”，但在我看来就像一个抽象图案，一个假设源自另一个假设，作为消遣确实非常舒服，但是和生活基本不相干。

我说：“你担心我的椅套吗，马克同志？告诉我，你会叫警察来吗？”

他看起来不大高兴，认定坚决不叫警察，除非他们站在他这一边——我私下想想，相信他们大概很快就会站在他这一边了，但他说了会自己解决掉他们，不需要警察。

长久以来，我已经观察到，革命者都是非常重视法律效力的人。为了试探他，我说我对于法律程序敬而远之，不太会招来警察，如果空屋成员在人家家里被强行驱逐出去，那肯定得算是攻击行为吧？

“他们是非法入侵，”吉尔极为气愤地说，“他们造成了财产损失。”

我看着马克，看得出他不太愿意批判破坏财产的行径，但他简单明了地说：“你不应该让他们就这么得逞了，简。如果你觉得有必要的话，我可以亲自到空屋去和他们谈谈。”

我说：“你要就我家椅套的事向他们提出抗议吗？”

听到这话，马克似乎很受侮辱，吉尔一跃而起，去拿来布丁。夏日炎炎，布丁端到我们面前的时候还渗着红色和黑色的美味果汁，所有的不快都在赞叹和大量香浓奶油的攻势之下一扫而光了。

有关凯特的话题就这么不可思议地结束了，我敢保证，吉尔私底下已经备受折磨有些时日了。

我们在剩下的布丁前又坐了一会儿，喝了些红酒。我们还喝了白兰地，还有咖啡。轮到吉尔去洗碗盘了，她准许马克前去搭把手。汉娜和我坐在一起，舒适惬意的感觉如同潮水一般阵阵涌来。

她低声说："简，要是哪天你应付不了凯特，到时候让我试一试，好吗？"

我说："我想她可远远超过了你所能容忍的程度。"

她说："我无所谓……我见过她，你知道的。她有时候在《莉莉丝》外面的人行道上晃荡来着。比起很多人来，她还不算太糟糕。"

"如果真有很多人给她垫底，那可太叫我丧气了。我的意思是，替我们所有人感到心灰意冷。"

汉娜微笑着承认这话说得在理，然后又呵呵一笑，压低了声音说："问题是，像你和吉尔这样的人，你们知道要卓有成效地工作并不容易，需要你们投入大量精力，也正因为如此，你们都不得不加倍努力。你们不了解这么一来吓退了多少我们这样的普通人。"她看着马克，他紧挨在吉尔身边，他管洗碗盘，而她负责擦干。她整个人明摆着在说，现在不是时候。

我笑了，她也笑了。

"你们在笑什么呀？"吉尔追问着，反应很快，有所警惕。

"我其实没有在笑。"我说。这是实话。

我今晚坐在这里，硬是打发凯特开洗澡水老老实实泡个澡去了，想着汉娜早已注意到我——这个务实能干、总是凌驾于一切之上的简，她轻描淡写地说我并非天生就那么能干，仿佛没有任何争议似的。今晚我回顾过去——追溯到更久远的前尘往事——

究竟是谁，谁拥有那么强大的人格，使得我引以为榜样呢？我愿意付出任何代价，让我的母亲来到此时此地，好向她发问：在我到达伦敦，成为成功人士之前，我作为一个小姑娘的真实模样是什么样的？也许和凯特一个样？问出这个问题的时候，我知道我母亲准会一脸茫然，甚至面露不快，说："你具体指什么呢？我只知道你和乔姬成天吵架。"

8月过了一半，我最不喜欢的月份就这么乏善可陈地过去了。降水不少，不过雨量虽大，却下得很缓慢。伦敦挤满了各地来的人，坐地铁和乘公交车的时候，我得留心找才能看到本地人的面孔。即便我对这个月视而不见，不闻不问，人群的盛宴也是年年如此，跟巴别塔似的。我乐此不疲，等待着秋高气爽的9月到来。但是今年，我对每一天都是紧抓不放，渴望日子慢下来，停下来。理查德依旧还没说他将在什么时候离开，我也不想知道——但是秋天就要来了。他没有打电话，从他上次来电到现在已经过了一个星期。

我每晚都和凯特在一起，和她的灵魂较劲——我的想法是，既然汉娜能做得到，为什么我就不行呢？但老天会发笑，很可能老天已经在笑了，看见我和凯特的情形，看见我们面对面坐在厨房餐桌边上的样子，要么是看到起居室的矮脚玻璃桌两端，凯特在一头不情不愿地摘掉耳机，而我在另一头千方百计地要把她拉回正常生活的轨道。我搜肠刮肚想出来要对她讲的说辞，隔着我们俩之间这么一丁点距离，才到半路就不了了之了。有时候她根本就当作是耳边风，我敢肯定就是这样，尽管为了搪塞我，她脸上总挂着心不在焉的微笑。虽说没塞上耳机，她很可能还在听着那无穷无尽的声响。有时候我发现某句说辞触动到她了，她似乎正逐字逐句考虑起来。她面带微笑以示礼貌，但是心里仍然迷惑不解。她在思索，为什么简要说那些话呢？而这时候我也追问自己，说那些话能起什么作用吗？

为什么她想了解我在学校的情况？见她闷闷不乐，我闭口不谈长久的打算。为什么简谈起了某个公园里的火烈鸟？为什么简在描绘阿姆斯特丹的样子？

好吧，我为什么要这么做？

于是我想，归根到底，对寻常人而言，几乎一切都是不言而喻的。我能和吉尔，还有讨人喜欢的查理共事，几乎一整天都不需要多说什么话，除了诸如：我来负责葡萄酒的部分，不过美食版块得由你担当；我这就出去采访某某人，但是你得去参加午餐会。其余一切都看你们俩怎么定，双方都知道什么是必要的。

那就这样吧，让凯特和我之间建立起朋友般的默契，彼此都心照不宣好了，可是一旦我不开口，她就要伸手去拿耳机。

我一直喋喋不休，说到她和我自己都筋疲力尽。

上床的时候我累得不行。做起梦来，一个接一个，没完没了。

我照样每天下班以后去看望老安妮，待一个钟头。到头来我成了她最亲近的人，这一事实体现在：我一进门，她就开始生气，开始咒骂我。莫琳听安妮说我每天晚上都上门来，就懒得费什么心思了，只不过是带来一些食物补给，脚步匆匆，然后就叫嚷着出门了："哦，可我得去学校接我最小的孩子，要来不及了。"

"她把手册给我签字的时候，着急得很哟。"安妮冲着我吼。

我说："那你不要签好了。"

"总有一天我就不签了。"她尖叫道。

"册子就在那里，等着你说不，我不签，如果他们没有做完分内事的话。"

"他们的分内事？她今天早上在这里才待了五分钟，但照样拿钱。"

“那你不要签啊。”

这样徒劳无益的对话循环往复，可能长达半个小时之久。因为安妮需要说话，需要吼叫，需要排解掉她体内涌动的能量。我被折腾得心力交瘁，回到家在凯特身边，我整个人疲惫不堪。

理查德打来电话。他在萨默塞特，他小舅子家里。他说：“我下周回来，到时候你会在吗，简娜？”

他话语中透出的急切之情令我感到很欣慰，但我提高音量说：“这样一来，你离开的时间就将长达三个星期了。”

“我知道。”

理查德打来电话。我已经上床了。我一个人躺在那厚实又清爽的白色床上，他的声音在我耳中响起，径直穿透了我，让我的心怦怦直跳，又欣喜不已：我觉得（壮志未酬的）言情小说家完全可以说这样的话。

他说：“你在床上吗？”

“是啊，你呢？”

“我也是，在一张老式的四柱床上，在一座古老庄园大宅顶上的阁楼小屋里。英格兰真是了不起，简娜。你已经习以为常了，不会注意到。这宅子是个宝藏。你走进一个村庄的某个犄角旮旯——对不起，我受美国影响的程度比我想象的要严重。你到某个门口拐进去一看，就发现有座庄园大宅，美得跟插画似的，里面满满当当塞满了好东西，而主人对这些宝贝都不以为然。这个小屋子里的东西在美国可以卖个几千块钱。”

“但他们没有不以为然呀。是你想当然以为他们不以为然。”

“是这样吗？我离开太久了。简娜，今晚在这阁楼上，我感觉自己像在童话故事里一样，门会打开来，你会走进来……简娜？”

“我在，听着你说呢。”

“为什么你我不能同床共枕？到了这个时候，这显然是我们注定就该做的事啊。你在吗？”

“我在。”

“简娜，是虚荣心作祟吗？”

“你是指我的虚荣心吗？”

“你觉得我没有虚荣心吗，简娜？”

“你还保留着那张小照片吗？”

“你说呢！”

“在你身边吗，这会儿？”

“在啊，靠着台灯放着呢。”

“过去的幽灵，”我说，“是过去的幽灵害得我们没法做爱。”

“简娜，这几个星期以来我一直在想，和你的交往，是我这辈子和其他人都不曾有过的，从来没有过的。我告诉过你吗？”

“没有。”

“我觉得很多感受无须多说。”

“我明白。”

“晚安。”

“晚安。”

好吧，挥之不去的往事都在我房间里呢。我当然睡不着。

我哭了，呜咽着，抽泣着，擦拭去淌成河流的泪水。我欺骗自己说，等理查德走了，这讨厌的痛楚也会离去。

理查德打来电话。

他说：“你现在一个人吗？”

我感到很惊讶。我说：“理查德，除了自己一个人，我还能有别的吗？”

他说：“呃，我对你并没有切实的了解。”

“你了解的。”我说道。不知道究竟是什么东西碎了一地，我对他的看法，我对他如何看待我的看法……

“简娜，你有婚外恋吗？”

“不，没有。”

“我之前想你没有。但是今晚我躺在这儿，就想着，凭什么想当然呢？”

“你一个人躺在阁楼上吗？”

“是的。”

“你有婚外恋吗？”

“有过一两场吧，是存心搞的婚外恋。你可明白我的意思？”

“你的意思是，你觉得婚外恋是因你而起？”

“没错。只是不值得推荐。”

我说：“我只和一个男人睡过觉。只有弗雷迪。”

一阵沉默。然后我自己也很吃惊，又说：“真有我的，这样说出来。其实，他死了以后，我着实四处乱睡了一通。”

“干吗不呢！”

“但那些都不算数。”

“当然不算，”他立即表示赞同，“我承认你是个专一的女人。”

“你这是嘲弄我吗？”

“不是，我向你保证。”

“或许我们都是主张一夫一妻制的人，而那正是我们的问题所在？”

“哦，多么希望我能和你一夫一妻。”随后他开始哼起这句话，唱成比莉·哈乐黛[1]的蓝调风格小曲儿。“哦——多——么

1 比莉·哈乐黛（Billie Holiday），美国爵士乐女歌手，被公认为20世纪最重要的爵士乐歌手之一。

希——望我能和你——一夫——一妻。”

今天他们把新的椅套送来了。我本来打算把它们收起来，等到……但是凯特已经拆开了包装箱，正等着我做出决定把椅套装上。我们一起装起椅套，她负责一把，我负责另外一把。两把雅致的淡黄色小扶手椅，搭配糖果条纹的靠垫。泪水在她眼眶里打转——充满了感激。她扑进我的怀抱。我紧紧抱着她，脑海里的想法是，我的能量那么充沛，怎么就不能给她注入一些呢？她疯狂地抓着我，抽泣个不停。然后我们分开，为眼前漂亮的椅子感到心情愉快。我们面对面坐到椅子上。很快这个小小庆典的冲动就过去了，凯特的脸上还挂着笑容，但一回到她的沙发，便又无忧无虑地插上了耳机。

出事情了，情况不妙——而我却控制不住局面。今天晚上早些时候，差不多八点钟左右，电话来了。是理查德，理查德的声音。

我的心立刻就化了，五官知觉消失殆尽，诸如此类的感受。

“理查德。”我说。

“我不是理查德，是马修。马修·科蒂斯。”

我说不出话来。真是令人震惊……我的脑海里千头万绪，抓狂地试图理解所有这一切，一瞬间有千万种想法。

“你是萨默斯夫人吗？简娜·萨默斯？”

“是的。”

“我父亲在那里吗？”

“没有，他不在。”

电话那头沉默了，我却无法打破这沉默。

“他不在那里？”分明是理查德的声音，但是语气轻快，想显得轻慢。当然现在我听出了美国口音，很浓重的美音，一开始没听出来，因为在此之前我心里听到的都是理查德。

明与暗犹如浪涛阵阵，从我身上不停拍打过去，我想我快要昏倒了。

“那好，谢谢。很抱歉，我打扰你了。”

我在床边坐了好一会儿，极力恢复常态。然后我告诉凯特，我身体不舒服，就上床去了。

又是电话。理查德的声音。我的脑袋天旋地转，紧抓着这个念头不放：马修说话带有美国口音。

“简娜？”

“我在。”我有气无力地说。

“怎么了？出什么事了吗？”

“你的马修今晚打电话给我，打过来问你在不在这里。”

“什么……”我想起来，还从没见过他生气呢。怒火隔空嗞嗞作响。“他打电话给你？简，对不起。我能说什么呢？”

“你知道他在伦敦吗？”

“西尔维亚今天跟我说他要来了，过来待一个月。简？”

“我没事。”

我们又这样聊了一会儿，在一连串的道歉以及无可避免的焦虑当中，我们挂掉了电话。

必然是凯瑟琳打电话给马修，说他们的父亲给人勾引了，现在弃百般责任于不顾。

今天发生了这样一件事：我打电话到办公室，说我身体不适。从来没有过这样的先例。查理说，哦，没关系，不过卡罗琳病了，他要早点回家陪菲丽丝和宝宝去看医生。吉尔打电话来，说她希望凯特照料好我。汉娜打电话来，听从指示以便完成我的工作。她指出我该考虑另外找人进编辑部了，因为菲丽丝已经说过她起码要一年后才会回来上班。“依我看，不止一年。”汉娜评论道。我说我身体实在是不舒服，顾不上《莉莉丝》了，大家都得克服困难坚持下去。

我给自己准备好泡澡水和更换的衣服。和老安妮一样，我从来不赖在床上不起来。（要么我以前有过，只是不记得了！）

门铃响了，我以为是送牛奶的。结果不是，一男三女，总共四个年轻人，立马就能认得出是来自空屋。才上午十点钟。我明白了，他们原本打算来待一天，反正开销都在我这里。

我说：“凯特还在睡觉。”

那个年轻男子布莱恩，是小头目，看样子要扛起责任，还有点郑重其事。他随机应变道：“我想和你谈谈凯特的事。如果可以的话，简娜。”

（简娜。）

我确信这是个机会，所谓机不可失，我说：“请进吧。”他们鱼贯而入，而我像个女主人一样微笑着迎接客人。关上门以后，我彬彬有礼地请他们坐下。我从来不曾像此刻这样感激社交礼仪，待客之道确实助了我一臂之力。有了礼仪撑住场面，我问他们是否想喝茶或者咖啡，他们落座的时候，我静候在一旁。看到黄色椅罩焕然一新，他们显然都充满敌意，还相互使眼色。他们坐了下来，两个坐在凯特乱堆东西的浅灰沙发上，另外两个坐在另一边。我进厨房拿水壶烧起水来，忙碌着做准备。

我这下才稳住神。不是因为他们几个人，而是马修的事情——这个马修正中痛处——不管我的痛处在哪里。我因此感到不舒服，心烦意乱。我压根儿不在乎这四个大踏步走在前方的未来军团成员，他们认为自己绝对是正义的一方，因而自信满满——自打他们进入我的公寓，我对他们就是这样的感觉。我很清楚，他们个个——包括布莱恩也是——都是百分之百讨人喜欢、规规矩矩的年轻人，和别人没什么两样（都是二十来岁，布莱恩可能快三十了）；我也明白，如果我和他们当中任何一个人单独相处的话，我们都会关系融洽，合乎彼此的心意。我知道他们四个凑到一起是个封闭的团体，是一伙的，我说的一切都会被他们根据团伙的标准来评判，布莱恩掌握着仲裁大权。我了解他们每个人张口闭口都是革命用语，说到女性解放及诸如此类的术语时滔滔不绝；我知道布莱恩掌握他们的命运，他是男上司，我敢肯定——即便是在他像模像样地衡量女性权利的时候。我就是知道。站在厨房准备漂亮的茶杯和碟子的时候，我只觉得无边无际的麻木和厌倦。

我端来托盘，上面搁了美味的咖啡和一大块水果蛋糕，蛋糕是我从健康食品店买来给凯特的，希望这样她可以吃进去一点儿真正的食物，哪怕是偶尔吃吃也好。

我坐下后，说起自己身体欠佳，请其中一个姑娘来倒咖啡。之所以这么做，是因为我想在一旁观察他们。他们对咖啡有点大惊小怪，开玩笑说蛋糕“非常有益健康”，所有人都切了厚厚一大块。他们都穿着牛仔裤，上身的背心倒是各式各样。姑娘们看起来是难以形容的邋遢。她们的风格——天啊——模特儿需要好好花上三个小时才能把头发做成她们那副样子，仿佛得了肺炎卧床三周才起床，还没来得及梳好头发——那乱糟糟的状态保持不了五分钟就得让发型师不时重新打理。这些姑娘的头发都凌乱不堪，后面拖一束细细的长辫，东冒一撮西突一簇的乱发环绕着妩媚动人的小脸蛋儿。她们都在你争我抢，而布莱恩这个年轻人则是身形健美，精神抖擞，看起来像坐拥一群女怪物的主人。

但这一切——整个场面，政治委员布莱恩和姑娘们——似乎离我很遥远。

布莱恩干干净净吃完了蛋糕，把咖啡杯摆在椅子边上，发话了："简娜，我在想，你有没有认真考虑过凯特的问题？"

四双眼睛一道注视我，眼神齐刷刷充满隐而不发的谴责，对我的谴责。

我说："显然没有。"等着他们的反应。

他们相互看了看，皱起眉头。

"简娜，她需要人拉一把。"

"可她不是已经得到了吗？——你们伸出援手了。"

不管布莱恩本性如何，总之他一点也不蠢，他说："别这样，简娜，我们说正经的。"

我说："你们不觉得你们应该把她叫醒？我不想背着她探讨她的问题，这是一个方面。"

听到这话，他们有点惊愕——显然我触犯他们哪个规定了。

"我也同意，那是最好不过了，"布莱恩让步了，还朝三个姑娘扫了一眼，免得她们出什么乱子，"但我——我们——觉得情况令人担忧。"

"你具体是指什么？"

"她不该成天一个人待着。"其中一个姑娘说，指责起来凶巴巴的。

"有的时候她从一大早到深夜都是一个人。"另一个姑娘说。

"一点没错，她是这样。"

我的反应完全出乎他们的意料。这场对峙可能早在四个人头脑里策划排练过了，但都由布莱恩来执导。在他们的想象中，我可不是这么应答的。

"但如果她来和我们一起住，她就有伴了。"又一个姑娘说。

"哦，我知道像你这样的人是怎么看待空屋的。"那个凶巴巴的姑娘说。她现在开始恨我了，每当大口喝下咖啡的间歇，都向我投来狠狠的白眼，充满指责的意味。

“偏巧我有一次给《莉莉丝》写过一篇长篇报道，说到有些空屋的人心地非常善良，也很能干。你们可能想把自己当成受迫害的少数派，那我也无能为力。”

“先别这样，等一下，就一下下，”布莱恩发出命令，显然他习惯了这种引导讨论的情形，如果眼前这种对话能称得上是讨论的话，“现在这么着对谁都没好处，特别是对凯特。”说到这儿，他朝我露出试探的神色，然后微微点头，示意现在轮到我发言了。

我说:“好吧，为什么凯特没搬到你们那里去？我可从来没说过她不应该去，一次也没说过。我也没有为此批判过你们，尽管可能你们会觉得我有足够的理由……”我这里略去的部分暗指起居室的状况。他们紧锁眉头，移开视线，瞥了一眼那两把淡黄色的小扶手椅。那两把椅子越发带有象征意味了，尽管确实平白无故，只是椅子本身显得过分贪图享乐，稍微想一想——哪怕是那么一瞥，就足够在他们心中扇起道德责难的火苗。

“是的，好吧，我们不要跑题，”布莱恩不为所动地对我说道，又一次用眼神压制住了他那些姑娘们，“你说你没阻止凯特投奔我们过？”

“没有，从来没有。”

“不对，”他说，“她可不是这么跟我们说的。”

我什么都没说。突然间我受够了他们所有人。我站了起来，注意到自己不得不伸出手扶住椅背才能站稳。不管咖啡杯尚且半满着还是已经空了，我都收到托盘上放好。我把满是蛋糕屑的碟子扫到一块儿，然后全部都端出去拿到厨房里。等我再回到起居室的时候，他们都站着，在一起商量。

“可能是我们搞错了。”那凶巴巴的姑娘说，但似乎她心里并不这么觉得。

布莱恩说："如果当中有误会的话，那么……"

"你们看，"我说，"凯特快二十岁了。她到这里来是因为她想来。她是不请自来的。如果她想走的话，她完全可以走。我想还是说出来比较好，我希望她投奔的那个地方的人更讲礼貌一点，不过我敢肯定你们觉得我的想法很反动。"说完这话我已经体力耗尽，听得出自己的音调都变了，我只管说出真实感受，"哦，都走吧，我受够这一切了。我会跟凯特说你们来过了，告诉她你们希望她去和你们一起过。现在——出去吧。"

他们出去了，一个接一个，走得悄无声息。我的意思是，他们没有小眼神儿使来使去，以巩固他们的联合阵线，他们团结一致牢不可破的那股劲儿，一个人的动作会马上得到模仿，要么会同时回头，为了芝麻大的事一同伸出手，动作整齐得好像预演过似的。

到了门口，布莱恩以发号施令的口吻来结束这次会面，他说："简娜，我们都觉得，我们有机会和你谈谈，是件好事。我们的思路都更清晰了。"

"那就好啊，"我说，"但就我来看，我的思路仍然完全不清楚。"说罢我关上了门。

凯特醒了以后，我说他们到过这里，她立马惊恐起来。"他们说什么了？他们说什么了？"因为她知道，我获悉了她一直说她的坏姨妈不许她见他们，更别提住到他们那儿去了。

"哦，别担心，凯特，"我说，"不管怎么样，我还蛮喜欢他们的。"

"真的吗？"她叫道，马上眉开眼笑了，"哦，我太高兴了。我知道只要你见到他们，就准会喜欢他们的。"

不过我敢肯定，他们再也不会到这里来了。

我的淡黄色小扶手椅安全了。

今天我见了理查德一面。他打我办公室电话，问我能不能半个小时后下楼。我准时下楼了。来了辆出租车。我们投入彼此的怀抱，紧紧地搂在一起。我们让出租车开到骑士桥[1]。“为了见你，我骗过了西尔维亚，才得以不和她一道走，而是搭下一班列车，因为马修要去接我们，而且打算跟踪我，我有绝对的把握。”听起来他感到很绝望，既生气又难以置信，“简娜，你说我们是怎么落到了这地步的？”

我们坐在一起，紧紧靠着对方，一言不发，只是闭上双眼，脸颊贴着脸颊，如饥似渴地吸取着彼此的气息。

出租车司机把我们载到了骑士桥，我们走啊走，发现了一家酒吧，就进去了。

酒吧里挤满了来伦敦玩的游客，人多得要挤出去了。那地方流光溢彩，可以让人极为尽兴，我们的情绪节节高涨，既有酒精的功劳，也有饿着肚子的因素，我们只管喝酒，可顾不上吃东西。等酒吧关门，我们也离开了。我们讨论确定了一系列的约会地点和时间，哪一天几点几分都定好，这样我们就可以幸运地见到彼此而无须打电话了。

我和凯特谈话。

“我今天去空屋了。”她顿了一顿，看起来很苦恼。

“他们在生我的气，简娜。”

“嗯，别放心上……”

---

1 骑士桥（Knightsbridge），伦敦市中心西部一行政区，位于肯辛顿–切尔西区和威斯敏斯特市之间，以高档商店和精美住宅著名。

她哽住了，又呼哧呼哧抽鼻子。

“凯特，你见过汉娜没有？你知道，和吉尔一个办公室的姑娘。”

她的脸僵住了，向我投来怀疑的眼神。

“哎，凯特，你见过她没有？你喜欢她吗？”

凯特变得义正词严，像被冒犯了似的，吉尔也是这样，都是学的她们的母亲。

“嗯，可她是拉拉。”

“我觉得她人很好。”

“吉尔说她和一帮人群居。”

“跟空屋很像。”

突然，狠狠一个眼神向我袭来，如同一条被钓上来的鱼胡乱扑腾，她那双眼睛充满了指责：“为什么你想让我上那里去？为什么你想摆脱我？”

“我没有啊，不过我以为你会喜欢汉娜。”

她接着问：“你要走了吗？”

“去哪儿？”

“你要结婚去了？要离开吗？”

“没有，凯特，我没有。”

她的疑虑并没有消除，她一脸担心，五官都拧作一团了。

我开始因为失去了空屋而感到惋惜，至少她本来除了我以外还有别的慰藉。

今天我意识到：理查德和我在一起的那三个星期，那段时光，我们身处其中的时候，还以为来日方长，但或许这已经登峰造极了，一切到此为止。

我在霍尔本和理查德碰头，一边还四下张望是不是有来盯梢的凯特、凯瑟琳——甚至是马修。我觉得真是犯傻，太跌份儿了。他也一样。我们进了酒吧，到了一个角落里，在门口的话完全看不见这里，我们相视一笑，笑容惨淡。

“爱情价多高？”他说，用词表达精准无误。

“肯定是足够高。”我说。为了活跃气氛，我跟他说起了菲丽丝的故事，菲丽丝这姑娘精明机警又雄心勃勃，多才多艺，觉得自己应该嫁给——还能有别的什么原因呢？——嫁给世上天生的丈夫，天生的父亲。结果等她真嫁了人，发现辛辛苦苦工作为的不是自己，不是提升自己的境遇，而是为了养活丈夫的前妻和他们的三个儿子。怀孕以后，她想到了堕胎，在她看来，宝宝是个很大的威胁。她丈夫大惊失色，极为愤慨。宝宝一生下来，整个世界都围绕着宝宝转。我们相信她是想回来工作的，但是很难过查理这一关，他的保护屏障严实得很，她要出来工作，即使没有别的理由，单单只是为了帮助应付日渐高筑的债台，那也不成。查理会搬出救兵——他富裕的母亲和同样富裕的两个父亲，一个是生父，一个是继父。以小宝宝为议题核心，召开家庭会议就行了。他们会慷慨解囊，好让菲丽丝安安心心在家带孩子，时间期限一点不能含糊，要长达三年。

这个故事之前令我、吉尔和汉娜都觉得很有趣，但这次一开讲就很差劲，原来在办公室里令众人捧腹的笑料，经过理查德和我偷偷摸摸到这儿来的这一路，已成了强弩之末。我接着往下说，观察他脸上的蛛丝马迹，看他是不是觉得这事是对生活或者两性，更甚是爱情之类的评价。他最后倒是笑了，淡淡的一抹微笑，但接着又一声叹息。他看起来心灰意冷的。

在这个光照刺眼的现代风格酒吧，什么都和“我们的”苏荷酒吧不一样。他似乎疲惫不堪，筋疲力尽，尽管他在乡下那些时日（想必那些夜晚也是）下来，肤色健康得棕黑发亮。他身穿亚麻材质的米色衣服，夏天嘛。但突然之间根本就不像夏天了，米色的衣服看起来太轻薄不够保暖了，褪色得厉害，连落到窗台上的雨也没有了夏天的气息。

我觉得有必要接着说。“还有另外一个人，”我说，“汉娜，你记得她吧，我跟你说起过她吧？”

“妇女权益阵线的卫士。”他说。

“你可以这么称呼她。”

“我以为她自己是这么称呼的。”

“只不过呢……她并不是狂热分子。今天她告诉我们这么一个故事：一直和她们住在群居村的一个姑娘结婚生子了。她生孩子前常回群居村，去探访她的姐妹们，说她多么想念她们，想念一起住的日子，多害怕迫不得已要放弃工作——”

“我看是她的丈夫哪个方面都不肯出力。”他评论道，一副事不关己的样子。

理查德绝不会说话只用一个语调，他会挖苦，会讥讽，会逗乐，会生气，会反说，但是说到不怀好意，他可是从来没有过。

我沉默了。现在看来，这故事拿出来讲似乎太傻了，尽管我们三个女人凑一起的时候觉得挺能逗人开心的。

“嗯，接着说。”

“宝宝出生以后，所有姐妹们都去看望她，发现她光彩照人。”

“体内激素发生了变化。”他加以点评。

“大有可能。但她们上门探望的时候，原本是打算要去对她给关在家出不了门的状况表示同情，因为她自己本来一直都是这样预计的，结果发现她心满意足地沉浸在初为人母的喜悦之中。她们邀请她到群居村来看看她们，但她没来，也没打电话。大家开会磋商，还策划了拯救行动。她们想象她彻底垮了，当贤妻良母和家务活儿的重担把她压垮了。有好几次她们到她家门口，尽管可以肯定她就在里面，但敲门总是没人应答。这样的情况持续了好几个星期。她们半路拦住她丈夫，自然是把他当成敌人来看待，他也以眼还眼，言简意赅地回答说（在家）没错，又回答说（上门）不可以。

“但她们不会就这么轻易放弃她们受苦受难的姐妹。最后她们在公园里看到她带着宝宝，喝着可口可乐，懒洋洋地靠在折叠帆布躺椅上，在阳光下看书。她感到内心不安，坐了起来，一举一动仿佛是犯了什么罪过似的。但是她所隐瞒的无非是幸福，汉娜渐渐相信了这个事实。”

“哈，又是汉娜。”

“是啊，汉娜看出来了，这姑娘想要的无非是摆脱她。最后她说她这辈子从来没这么幸福过。她十六岁就开始工作了，到现在终于有了机会，而且大家都同意她可以成天什么事情都不做，只要照顾宝宝，在公园里四处坐坐，和不认识的人聊聊八卦，和其他做妈妈的闲谈，简直就是天堂。她的生活变成了彻底的享受。不过她看得出，姐妹们不可能认同这样的状态，所以汉娜得原谅她，但请离开就好。就她的事情而言，汉娜随便告诉群居村的姐妹们什么都行，她觉得她们脑子都有毛病。”

理查德弓着背，肩头压着重负似的坐着，抚弄他的饮料。他的双手修长匀称，每当看到他的手，我就心旌摇曳，就是类似的感觉。不过我的恋人的双手现在紧紧握着玻璃杯。

“汉娜跟我们说的情况可不利于她自己，不利于群居村。”我指出这一点。

“好吧，我不了解，”他最后总算说话了，“这样吧，我们出去走走。如果你觉得路上不会碰到什么偏执狂的话。”

我们冒着雨，在霍尔本的街道上四处溜达。

我去了我们第二场约会的地点，在牧羊人市场，但是他没来。我等了一个小时才离开。

回到办公室，吉尔说他来过电话，会再打来。但直到我准备离开时他才打来。

凯瑟琳企图自杀。算不上真的自杀，主要是要“大喊救命”。

他后天会尽量安排我们的下一次约会。

我放下电话以后，吉尔和汉娜双双打量着我，默不作声。所以我必定看起来大惊失色。

我说：“一个姑娘，向来要什么有什么，什么条件都是一流的，父母更是没得挑，竟然还要挖空心思大喊救命，你们能解释是什么原因吗？”

汉娜仿佛经过了深思熟虑，慎重地评论道：“简娜，你想过凯特可能会试这一招吗？”

这话如同晴天霹雳，我得坐下来才行。“没有，我没想过。”

她们俩都没有看我，也没有看对方。总算明白了，我恍然大悟。

我说：“不过凯特离任何现实状况都远着呢。”

“你的意思是，”吉尔说，“人要自杀还得了解现实状况？”

我想了想。“对，很显然，我肯定就是那个意思。凯特的问题就在于，她好像远远不能明白她自己的状况。”

吉尔扑哧一声大笑起来，汉娜则女王一般，潜心专注地研究他人的不足之处。

“可怜的简娜。”吉尔说。

“要我说，”我坚持我的观点，“就是可以这样定义凯特。”

“不，”汉娜说，“不是那样的。”

吉尔说：“你不知道凯特试图要自杀？或者说，要制造点愚蠢的戏码？”

“我怎么会知道？都没人告诉我。”

“没人告诉你，是因为在我聪明的父母看来，这种事情可从来没发生过。”

“但是你知道却没告诉我，吉尔。”

“我一直在跟你说，你真是疯了才收留凯特。”

“她做什么了？”

“她吞服了十二颗妈妈的安眠药，其实她知道半小时以后会被发现。”

“都一样。”汉娜说。

“如果不是试图自杀，那在我看来，就可以判定为‘大声呼救’咯？”我很生气。

“早晚有一天，”吉尔说，“你会凌晨一点回到家，然后发现凯特奄奄一息。”

汉娜说：“她现在不去空屋的话，我觉得特别危险。”

我说：“怎么回事？我倒多多少少成了罪犯了？凯特不是我的女儿。谢天谢地。”

“哎，你已经担起照看她的责任了，不是吗？”吉尔抱怨中带着指责，脾气上来了。

“你呢，当姐姐的人，连让她过去吃顿饭都不肯。”我说。

汉娜既要打先锋又要打圆场，她发话了：“我觉得，你们俩谁都无可指摘。”

“谢谢。”我说。

“谢谢。”吉尔说。

理查德打电话说他明天来不成了。又是霍尔本。

既想和他在一起，又不想和他在一起，因为情况越来越令人痛苦了，今晚我因为这一切而感到厌倦。我甚至还发现自己在想，难道这就是爱，我一直错失的爱情？真高兴我总算拥有了。

不过现在我要睡觉去了，我估计会梦见弗雷迪。

回家的时候，凯特不在。我担心得要命，差点要打电话报警！到了十二点，我正要上床睡觉，她飘飘忽忽进门了，闻起来有一股强烈的酒味。出现这样的新情况，够可恶的。

“你上哪儿去了？”我问道，完全打破了自己对她的规矩。

“哦，就周围随便走走……”她茫然地笑笑，伸手拿起了晶体管收音机。

我和安妮在一起。她正处在无助的悲惨境地当中。“你把我的蓝鞋子放哪儿了？”我才进门她就冲我尖叫，“带银色搭扣的蓝鞋子？”原来是她二十年前穿的鞋子。如今她别的都不穿，只穿拖鞋。

她大喊大叫个没完。就像我回到自家门廊，看见起居室的模样，和安妮这会儿的情绪是一样的——房间肮脏不堪，到处都是污迹，凯特缩成一团睡在沙发上，感觉仿佛我的一切都被夺走了；最重要的是，我对自己生活的控制也给夺走了。房间必须一丝不苟、井井有条，椅子要那样面对面放好，靠垫要摆到那个角度，好让我一走进家里看到房间里秩序井然，我生平第一次不得不想要弄清这一切代表了什么。我的卧室依然保持整洁——但我“不在里面”！

我和安妮的感觉一样：万事万物在我指缝中溜走了，抓都抓不住。

今晚我坐了很久，想着应该打电话给我姐姐，跟她说，够了！照看她是你的职责！可是我做不到。她会怎么样呢？

今天早晨醒来的时候，我沉浸在悲伤之中。睁开双眼，目光落到房间里白与黄的清新色调上，落到外面耀眼的阳光上，似乎我是从某个阴暗忧伤的地方看着这一切。当然，醒来之前，我一直在做梦，梦里的拥抱充满甜蜜和渴望。“我爱你。”——一字一句在我的脑海里回响。可这“我爱你”究竟是谁说的呢？

躺在床上，我想起弗雷迪，尽管并非有意要想。这样执迷于寿终正寝的婚姻，实在过头了。寿终正寝，这个词恰如其分。只有寿终正寝且业已消逝的东西，才可能阴魂不散，对你奚落个没完。我想知道弗雷迪是不是说过“我爱你”。大概在我们决定结婚的时候，这种不可或缺的情话确实也出现过？他说：“我爱你，简娜。”我回答：“我爱你，弗雷迪。”很有可能是说过的！可我就是难以相信。不过我已经记不清了。尽管我倒是很容易记起我们迅速就能获得满足的鱼水之欢，融洽和谐的肌肤之亲。但我们完事后沉沉睡去的时候，弗雷迪在我耳边低语过“我爱你”吗？没有。我也得问问自己是否对弗雷迪说过“我爱你”。这种做法在当时的我眼里很有可能会显得有点屈从或者软弱。

而现在我躺在床上，头枕着我（当然是我的）雪白的枕头，看着黄色的窗帘如何轻轻飘动，使得照在地毯边缘上那长长的一方日光如梦似幻地摇曳着，这时候我突然想到，理查德从没说过“我爱你”。那当然只不过是我刚才梦中的场景。但是梦境悲伤的力量拖着我往下沉，故而我只能一次又一次落泪……但与此同时，我的心境却岿然不动，相当清醒地洞悉现实，我想理查德和我不需要说什么“我爱你”，我们只要见见面，心心相印，感受到彼此的一部分就行了。实际上，出于现实的局限，这想法多少也有些幻想的成分。

这么说吧，言语都受到了现实的局限。就和婚礼一样。此时此刻，上百万个女孩子敲着打字机或者按着计算器做加减的时候，都在梦想着——不是梦见妇女解放运动和获得解放——而是梦见我爱你和婚纱：据我们所知，结婚大喜之日仍然是这些幼稚梦想的黄金时刻，《莉莉丝》的研究人员就是这么告诉我们的。

为什么呢？其中一方面原因就是《莉莉丝》及其姐妹（报纸杂志）的努力。

我躺在床上，双臂枕在脑后，姿势——现在我明白了——是俘虏投降的样子。这姿势使得我当真开始想象起一个真实的拥抱，我依偎在理查德怀里，他说着我爱你。我隐隐觉得——现在就觉得了——就是很不舒服。因为实在太不自然了。然而与此同时，我的认识判断都消融瓦解了，一心渴求着“我爱你，我爱你”，别无他求。我爱你——这种荒唐话，就像咒语，又像迷药，助长狂热的劲头，图口舌之快说了出来，并且越发油嘴滑舌，但大脑却在冷静思考：爱？什么爱？爱谁呢？

在什么情境之下，才可能让“我爱你”在我们俩之间显得自然呢？就像我们的想法或者打算不谋而合之际，会抬眼对视那样水到渠成，自然而然？要在床上吗？好吧，恐怕是这样。但不行，绝对不行。我不会跟理查德成为“炮友”。弗雷迪去世后，有个和我睡过的男人，在回他老婆身边之前，跟我喝了杯咖啡告别，他就是这样评价的：“这就好比做‘大保健’，仅此而已。”他表明了我们对这一行为的共识。什么都不是。过程很愉快——但不算什么。零。关键是：没什么危害。我说，就跟真的性爱一样。不过，对于生活在后弗洛伊德、后约翰逊-马斯特斯[1]时代的妇女来说，这个想法完全行不通了。

想起过去的一个片段：乔伊丝和她姐姐刚用过午餐，她姐姐住在乡村，那天到伦敦来打算去哈罗德百货购物。乔伊丝回到办公室以后若有所思，评论说她姐姐的婚姻很幸福。也就是在那个

---

1 威廉·马斯特斯（William H. Masters）和弗吉尼亚·约翰逊（Virginia E. Johnson），美国性学研究专家，2013年热播的美剧《性爱大师》即以他们二人为原型。20世纪六七十年代，他们组成的研究小组使用了许多生理学研究常用的仪器设备记录性交双方的生理变化，将性事还原成一个纯粹的生理过程，避免人为因素对研究结果的影响。

时候，乔伊丝开始认识到她自己的婚姻多么不幸福。

乔伊丝娓娓道来，还不时观察我的脸，看我作何反应。她告诉我，在战争期间，姐姐当时的婚姻生活并不幸福，她遇到了一个男人，他的恋人早在空袭[1]之初就已经丧生。整整四年时间，姐姐和这男人都在同一间办公室，做战时工作。他们彼此相爱，表白了心迹，但没有同床共枕，因为那个年代的人会说出诸如“背叛”与“忠诚”、“忠贞”与“欺骗”这样的词，而且也确实看重这些方面。有时候他开车送她回家，他们在黑暗中紧紧握着手。他们几乎不敢接吻——一接吻就危险了。战争结束后，她离了婚，他们俩喜结连理，终于可以同床共枕。乔伊丝说她姐姐讲了，那值得等待。

“这下子，有对夫妻给性事以合乎体统的应有认可了。”我字斟句酌地对乔伊丝说。乔伊丝脸上表情的意思是，没错，情况的确如此。这时候菲丽丝进办公室来了，手里还拿着一些文件。她看上去那么年轻，那么能干，几近完美。乔伊丝和我想到了同一个主意，我们对视了一下，乔伊丝说：“菲丽丝，你坐下来，一会儿就行。我刚和我姐姐一起吃午饭回来——嗯，我想告诉你一些事情。如果你愿意的话，我们做个小小的试验。是关于代沟的问题……”

菲丽丝坐下来定了定神，从她脸上的微笑看得出她颇为警觉，已经有所防备。乔伊丝把来龙去脉都告诉了菲丽丝。我们俩——乔伊丝和我，都在仔细观察菲丽丝匀称漂亮的脸蛋，她的内心活动全都反映在上面了。最开始，是一闪而过的羡慕，明白无误，但马上就被一抹微笑取代了——先是感觉难以置信，随后便带着优越感微笑起来，仿佛听到的是对哪个落后部落的行为描

---

1 指1940年纳粹德国对伦敦的闪电战空袭。

述。她最后说道:“可为了什么呢？多傻呀，不早点那个。”

为了得到一点提示，她朝乔伊丝望去，然后又往我这边看。这一幕发生时，乔伊丝还没开始接触搞蕾丝边的乐趣呢，她从来没有和别人睡过觉，除了她丈夫。乔伊丝的言论完全是基于她对那一对坚贞夫妻的绝对认同。至于我，两种状况我都有份，因为在弗雷迪去世以前，我也没有和别人睡过，后来有一阵子，搞蕾丝边成了家常便饭，直到我厌倦了为止。

乔伊丝依然对自己的价值观笃信无疑，她柔声道:“菲丽丝，你必须相信世上有那样的人。”

菲丽丝好像被吓住了，她分辩说:“可你为什么就听信你姐姐的话呢？他们可能一有机会就那个了，不过是没说实话而已。”

“不会的。”乔伊丝说。菲丽丝微笑着，好像她更了解内情似的。

她看看我。我说——觉得自己真是够轻浮的:“这下子，有对夫妻给性事以合乎体统的应有认可了。”

“什么应有认可？”菲丽丝红了脸，站起身要走。

“具有危险性。”我说。事关紧要，情况险恶，各种后果层出不穷，伴随着怀孕、生病和承诺等各种风险。那是和未知的一场豪赌，却还包含欣喜若狂，以及种种的一切。

“都是废话，”菲丽丝说，“所有的那一套，对后弗洛伊德、后约翰逊-马斯特斯时代的人来说，完全行不通了。”

乔伊丝和我被撂在那里，面面相觑，我们大笑了起来，笑了好一阵子。

我总算把自己拖起床，硬把自己拉出了公寓，丢下还在睡觉的凯特不管了。我留心寻找慰藉，需要点东西来提提神，来进进补，就像孩提时，他们给我们吃的滋补品。“你在长身体，要不要吃点补药？”但是街上什么也看不到，只是肮脏一片，8月底阴沉沉的天空笼罩在城市上方，如同老式肉餐盘上的锡镴盖子。贝克大街地铁站里，有个姑娘独自伫立在站台边，她长得极为漂亮，穿着打扮有若出自罗兰·爱思[1]橱窗里的挤奶女工，一身整洁的褶裥花边和带花朵图案的平纹细布衣服，手上拿着一本摊开的带插图的大开本书，书名叫“大不列颠的蛙类和蟾蜍”。她一直举着书本，角度毫厘不爽，仿佛要获得肩后照来的光线，直到列车进站了，她才啪的合上书本，麻利地把书塞进带花边的手提网兜，大步走进车厢。

要在往常，这一幕肯定会让我精神一振，但这一次我却依旧情绪低落。出去见理查德的一路上，我在拖延时间，至少心里有拖延的念头：他可能给事情缠住脱不开身了，就像我或者他常常脱不开身那样。我在想，*当初*我们见面的时候——说得好像是几年前的事，其实只不过是四个月之前——我们总是兴高采烈的，那种肆无忌惮的欢乐几乎挡都挡不住，那股欢乐劲儿载着我们乘风破浪向前，冲破种种艰难险阻。而现在……我拖着沉重的步伐，满脑子都是梦中悲伤不已的渴望。

咖啡馆位于威格莫尔大街。我那天提议在这家咖啡馆见面以后，想起过去弗雷迪和我有时候也在那里碰面，但转念一想，那又如何？我坐在咖啡馆里面的一个角落，而不是人行道上的位置，给自己点了咖啡，以免万一理查德不来就尴尬了。我在想理查德，想弗雷迪，光线直射之下，我抬眼看来人，一时间还以为是弗雷迪。他朝我俯下身，我一阵惊慌失措，绝对不可能啊，随后我反应过来，这当然是理查德了，嗯，他们俩有点像，于是我说：“理查德……”这下他变身了，变得年轻又温文有礼，带着

---

1 罗兰·爱思（Laura Ashley），英国家居饰品知名品牌，以浪漫、充满女性纤细感性特质的印花图案与色彩，以及深具英国传统特色的高雅设计风格著称。

微笑，但是他身上有种迷惑人的假象，甚至有点不怀好意，就像在梦中友善的熟人也会变成敌人一样。这一切都发生在几秒钟之内，我彻底犯迷糊了。正当我的心脏怦怦直跳，脉搏突突乱跳的时候，我发现这可不是理查德，而是一个跟他长得很像的年轻人。他站在我眼前，一只手搁在漆成明亮的水手蓝的椅子上，低头冲我微笑，笑得彬彬有礼，却是一副占了上风的样子。

我完全不明白是怎么回事，脑子还转不过来。他说："我是马修，可以允许我坐下来吗？"又过了好一会儿，我才恍然大悟。我一直不由自主地盯着他，看着我的理查德神奇地摇身一变，成了年轻人，送到我的面前。只不过这个理查德是美式口音；他注重形象，衣着整洁得体，也是美式的，他的礼节不是本土的风格。

既然我一言不发，只是干瞪眼，打一开始就陷入了他织好的罗网，他便自己坐了下来。

"简娜，"他说，分明是理查德的声音，人却不是理查德本人，"我想我要来一趟，跟你认识一下。"

居然厚着脸皮欺负人，这么一来，他小心得体的美式礼节顿时变得庸俗不堪。我还是一言不发，现在是另一个原因使然。我全都明白了：他发现了他父亲用铅笔写的小纸条，上面罗列了我们的约会地点。理查德来不了，很可能是因为他儿子从中捣鬼确保他来不成，而且这次无耻的偷袭不单单是他一个人的战斗，凯瑟琳也有份。我的视线甚至还越过他身后，透过窗户玻璃朝街上张望，看看那个眼熟的忧郁哨兵是不是站在路边，监视着她哥哥，就像她之前监视她父亲一样。我下定决心，要以静制动，从头坐到尾，不为别的，因为我信不过我的感官知觉了——至于我的脑子是另外一回事。我被从里到外彻底撕成了碎片，因为我完全给这个恋人理查德的年轻版迷住了，视线根本无法从他脸上挪开。

他眼里闪烁着获胜的光芒，声音中透着获胜的劲儿，俯身靠近我的时候，仿佛掌控了局面，占尽优势。他说："我相信你会了解我的。我自然想认识一下我父亲的新朋友。"

坐在你的恋人对面，正如你几个月以来所经历的那样，一样的眼睛，一样的双手，一样光光的棕褐色的前臂，一样的斯堪的纳维亚人金发，一切的一切，全都一模一样，但却是用魔法变出来的。我感觉到，在这双眼睛后面，是个江湖骗子。确实如此！刚才那一刻的晴天霹雳还犹在我的心头，直到这人由于背对街上的强光而显得过于阴暗了，我才总算平静下来，又想到了弗雷迪。

"所以我到这儿来了，简娜，"他说着，我没留心他之前说的那些话，"希望能得到你的原谅。"

我依然什么都没说。现在他不作声了，完全不是因为不安——我可不能那么想！——而是要给我片刻时间，让我理清思路。他坐着一动不动，健康的棕褐色手臂闪闪发亮，交叉在胸前，身穿蓝色的纽扣式军装夹克衫，像个衣着整洁的冒险家。他这套衣服使得他看上去像美国战争片里的年轻医生，在那类片子中，冷面幽默的英雄随时准备搭上直升机出生入死。但这一位可不是英雄。即便他父亲之前没告诉过我，这孩子将弟弟约翰——那个快乐的痴呆儿——所带来的痛苦和负担都拒之门外，我也知道，这年轻人就像颗核桃一样自我，有条不紊，清清爽爽地安放在果壳里。他用一种评价女性的普适标准审视着我，确保这看起来像是确凿无疑的欣赏。他故意想让我以为他急不可耐。至于他究竟在想什么，我无法揣测他的真实想法，但他把每一个优点和可能性都罗列了出来。他给我的头发打了高分，染得很高明，简直和年轻姑娘的头发一样自然；他注意到我的双手，我的年纪都明明白白显示在手上；他把我眼周的细纹也都看在眼里。

一切评估完毕之后，他往后一靠，抬起手朝女服务生得体地一挥，说："请问能给我来点咖啡吗？"然后，他身子微微前倾靠近我，满脸迷人的微笑，说："你呢，简娜？"

"谢谢，不用了。"我说着拿起了手提包，因为我打算要走了。

他的语气变了，脸上表情的变化好像是迫于无奈，要对付不可理喻的人。他说："简娜，我本来是真心希望我们可以相互认识一下。不行吗？你怎么想呢？"

他这般粗俗真是无可救药，究根结底在于过度自负，似乎表现出了他的某些本质，全都流露在他的眼睛和声音里，叫我倒足了胃口。给他儿子这么一来，理查德的形象在我眼里顿时失色了。我有意识地把理查德的真实形象——那生来充满自信、风采已退但雄姿犹存、似乎由截然不同的材质所构成的形象，统统都拼命唤回到我心里，好抵挡住这场冲击。

"马修，"我说，"我只想说一件事。见到你以后，我就更不指望你能领会了。我要说的是：不管怎么说，我和你父亲之间的友谊，与你毫不相干，和你妹妹也毫不相干。我要说的就是这些。"我正准备起身，他猛地一伸手，拉住我的手腕把我留下来。我不想和他发生肢体冲突，所以人还留在椅子边上。我注意到，现在周围的人都在看着我们。有那么一对夫妻，可能是法国人，不怀好意地悄悄观察我们，他们生动的表情很是下作，表明他们对一切都了然于心。从他们脸上的反应，我也看见了马修和我是什么模样：儿子和父亲风韵犹存的情人，摆好姿势在边上——女服务生麻利地把一杯清咖啡放到马修面前，瞥了我们一眼，就手脚轻快地撤了。镜头准备！开拍！

"你先等一下。"马修说，还抓着我的手腕不放，一边摸索着他胸前的口袋，一边对我笑笑，拿出了我送给理查德的那张照片，恳请我对他的努力表示赞赏，等着我有所表现。我的幽灵就那么躺在鲜红的桌布上，但我发现那其实不是原来的照片。这个年轻人不知怎的，早就从他父亲那里偷走了我的照片，拿到外面去复制，然后再调包——很有可能。

“我到现在都没和这张照片分开过。”马修宣布说，依照他心里所盘算的，竭力演好这出戏——我很清楚，他说的话无一不是早就演练过的。

他看着我，俯过身子，热乎乎的手掌亲热地压在我手腕上，一双蓝眼睛牢牢盯着我的脸庞展开攻势。我看着他，对他的厌恶程度，恐怕是这辈子前所未有的。

然后他说——对他而言，这句话是他处心积虑演的整场戏的最高潮：“我爱你，简娜。我觉得好像已经爱你一辈子了。”

这些话如同冲击波一般，击穿了我。我站起来，甩开他的手，拿上手提包和丝巾，走了出去，经过拉丁裔那一对人，他们眼睛里洋溢着从这有悖常情的一切中得到的满足。

我记不得自己怎么就走到了街上，又怎么沿着贝克大街往北走到了地铁站。我心乱如麻，脑子发热，只求能到哪个阴凉的地方单独待一下。回家发现凯特还在床上睡着，我一下子想到吉尔说的“早晚有一天……会发现凯特奄奄一息了”，赶紧弯下身子确认她没出事。她呼吸均匀，身旁那个平底玻璃杯上还残留着前一晚喝的葡萄酒的印渍。

我走进卧室，拉好窗帘，拿毯子把自己一裹，上床哭了起来。

问题是，我已经坠入爱河。

那是……几天前了。想想真是可怕，真是丢脸。那个讨厌的年轻人一揿按钮，就拉响了警报，反正在我身上不知哪个地方一按，那地方早就给设定好了，使得我只听得到那些话，听不到别的：哇！乓一声！我坠入爱河，中毒至深，被腻味的甜蜜冲昏了头，迷了心窍。

理查德打电话过来问，为什么我今天没到牧羊人市场的酒吧。可以说我忘记了，也可以说我没忘，二者兼有。如果对问题视而不见，问题就会自行消失，我就是抱着这样的心态。

原本应该和他见面的那个时刻，我正和查理一道，在办公室疯狂地工作，免得去想任何事情。

我对理查德说："很抱歉，我偏偏就是去不了。"我听见自己的声音冷淡而痛苦。

理查德问："简娜，出什么事了吗？我是说，跟平常比，有什么情况不对劲吗？"

我说："没有。"我这才意识到，迄今为止，我一向对理查德畅所欲言，开口之前根本用不着多想。

我听到他说："难道你不想见我吗，是这样吗？"

我听到自己叫了出来："哦，理查德，别说那样的话，别，千万别。"

他沉默了。因为我们可不允许出现那样的暗示。

"简娜……那我们什么时候能见面？"

处在现在这样的状态，我没法见他。我怎么能呢？这一切都太不像话了。

我想，如果我现在是二十五岁，而不是五十五岁的话，我会跟从自己的感受，嫁给那个龌龊的小货色，就此生活下去……

菲丽丝今天带着宝宝卡罗琳到办公室来。她看起来好极了，喜滋滋的，极其漂亮，对她自己非常满意；同时她也很恋恋不舍，用不着她说，我们也知道她想念《莉莉丝》。查理呢，万分自豪，对小卡罗琳也好，对菲丽丝也好，都显得父爱满满。

整栋楼里的每个人，总共好几十号人呢，好像都过来转悠了，大家交口夸赞卡罗琳，带来花朵或者小玩意儿等小礼物。查理叫人送来香槟，编辑部里满是香槟泡沫，我们都喝得飘飘然了。

菲丽丝和我在大开间里单独待了一阵子，这时候查理把卡罗琳抱走了，外面开始了新一轮狂欢般的赞美之辞。

她看着我，说话声音低低的，以防查理在隔壁听见："简娜，我常常在想你怎么看待我，就目前发生的这些事情。"

我看着她，这个菲丽丝，想当初为人那么精明，工作那么努力，现在做了母亲，要随时给小卡罗琳喂奶，整个人丰润了许多。我说："我谁也不想，眼下只想着自己。"

我的声音微微颤抖。我有一种傻乎乎的冲动，想把所有情况都告诉她。我需要一吐为快。但转念一想，四十岁以下的人谁都无法理解这一切！如果年纪不大一点……她看着我，我看着她。她故作轻松地说："爱让世界转动。"

理查德今天打电话，说他总算设法"从家庭责任中解脱出来，可以有一个星期的空闲"。

"我想我确实可以和你一起外出度假，到个什么地方去，没有人跟踪。你觉得怎么样，简娜？"他听起来很有信心，以为我会同意。他没错，因为我会推掉一切，把凯特丢给上天安排，放弃手头的工作乃至所有的东西，只为和他在一起。因为我知道这将是我们最后的机会。

可我说："理查德，你得相信我的话，我就是不行。并不是我不想要你……"我本来要说的是"不想去"……结果说出来的却是"不想要你"。

"你真的不行？"他说，失望得声音都轻了。

"我不行。"

自打我见到马修那天算起，到现在已经十天了。我们进入了9月。原本闷热潮湿的天气开始变得清新凉爽。阳光照在脸上很惬意，在手臂上留下微微刺痛的感觉。

我觉得自己在慢慢复原，就好像生了场病，带状疱疹、麻疹、水痘之类的，有具体名称的某种小毛病。因为爱上了某个极为讨厌的男人，还这么多天时间。同时我又恼怒不已，半夜醒来，支起身子在床上坐定，伸出手臂，胸口直发烫，都是为了他。谁？他。到底是谁？

理查德打电话来说，如果我们没法出去玩上一周，为什么不能至少一起吃个午饭？我无法忍受自己以这样的状态面对他，便说要到下周才能跟他相见。突然他说："简娜，你知道吗？我很快就要走了。我指的是不回来了，要回到美国去。"

"是，我想过你要走了的。"

我看着灿烂的9月一天天飞逝，我的烧热渐渐退去，我渴望和理查德在一起，但却做不到。并不是我感到羞愧，更主要的是我仿佛受到了品位低下的谴责，而最糟糕的是，我无法对他吐露一丁点实情，这比什么都糟。

凌晨两点，电话响了。即便我还半睡半醒，尽管嗓音欺骗得了我，我也知道打来电话的人是马修。怒火一下子把我拍醒了，肾上腺素急速分泌，我坐了起来。

听得出每一个音节都经过精心斟酌和揣度。“简娜，我很想你。我觉得我应该打电话给你。你介意吗?”

这句“你介意吗?”堵住了我的嘴。他是故意的。

我坐看黑暗中的墙壁，以及墙上长方形窗户框住的熠熠生辉的云朵。我能听见凯特在厨房里面走动。

“我一直都在想你，简娜。你千万别以为我会责怪我父亲。我绝对理解他！我——”

我把电话听筒丢回机座，然后马上又把它取下拿开。

我进了厨房。凯特坐着，专心地吃着黄油甜酥饼干，她吃得很急切，左右开弓，一只手摆弄下一块要吃掉的饼干，另一只手往嘴巴里送。

我知道诸如此类的话说了也是无济于事：凯特，你为什么不吃顿正常的饭？我踌躇了一会儿，眼睁睁地看着我对马修的怒火演变成对凯特的担心。

“你还好吗？凯特。”我突然开口问她，就像真心对待朋友一样，发现朋友身陷困境，有求于人，就发自真心地说，我可以帮忙。

乖乖的小姑娘，只是有爱啃甜饼干的缺点，她满不在乎地微笑着，两眼空洞无神。

我端了杯茶回到床上，一直没睡着，到现在天都亮了，把情况总结出来如下：

我恨马修，纯粹、冷静的恨，甚至是不带感情色彩的恨。

我爱上了他，但差不多已经熬过去了。我受够了为凯特发愁，对她束手无策。我一想到吉尔，就仿佛想要抱住她，把她保护起来——免得她受到她自己的伤害。我欣赏并且倚赖汉娜。想到查理的时候，脸上浮现出温柔深情的微笑，连自己也感到很吃惊。至于菲丽丝呢，她让我想要放声大哭。我不许自己过多地想起乔姬姐姐，因为我会立刻变得怒不可遏。我喜欢想到马克，他讨人喜欢又充满力量。我爱理查德。句号。我梦见弗雷迪。

理查德今天打来电话，声音冷冰冰的，他在生气。“简娜，你告诉我，你是不是见过马修了？”

“是，在那家咖啡馆，我以为我们要碰面的那家。来的是他，不是你。”

“你为什么没告诉我？”

“感觉我是对的，没必要告诉你。”

“这完全不可原谅，太糟糕了……我感到很抱歉，简娜。我能说什么呢？”

今天理查德来电话的时候，我告诉他说：“好，我们见面吧。在哪儿见呢？”好像什么事都没发生过一样，我真觉得没什么大不了的。

他那头沉默了。“很好，简娜，我不打算要求你做出解释！我没那个资格！你还在耿耿于怀——至少我是这么觉得的。那你说哪里？”

“我们能不能在苏荷广场见？不带跟班的。你觉得呢？”

“我们可以尽量试试。”

我在苏荷广场见到了理查德。

我没有四下张望看看是不是给跟踪了——我不在乎。不管怎么说，看来凯瑟琳已经把这项任务托付给马修了。

9月的蔚蓝天空，温暖中透着乡愁，空气中闪耀着生机。当我走向恋人端坐的长椅时，一片泛黄的树叶旋转着飘落下来。

我们坐得有点远，微微一笑像是在做鬼脸。已经快三个星期没见了。他看起来很疲惫，没精打采的。

“关于马修的事，我感到很抱歉。”他说。不过我看得出，他所了解到的不及实际情况的一半。

“那不是你的错。”

他慎重地说：“我从来没喜欢过马修。”

“可你做了你该做的每件事。”

“没错。我想，我是把不允许自己对西尔维亚产生的感受，都投射到他身上了。”

听到话里别有玄机等着我追问，我傻了眼，故意敷衍过去：“我不想让你觉得我不愿和你在一起，理查德……”这话说出来感觉很假，因为我们说过的话都不是这种类型的。

“但你有更重要的事情要做……”他接着往下说。

我什么都说不出来。

“在某些方面，简娜，你相当有我熟悉得不得了的……”

两只鸽子满怀希望地在我们身旁来回跳跃。我们什么都没有，喂不了它们。它们飞到另外一条长椅边去，那儿有两个白领姑娘给它们喂三明治的碎屑。

“是，我明白。职业女性嘛。哎，你最好都跟我说说。我知道，你走了以后我会很痛苦，我们有好多话还没有说，好多事情还没有多加探讨。”

“我又不是要飞到月球去！”

“恐怕就跟到月球一样。在电话里密谈？‘我多希望你在这儿啊。’我想你应该这么对我说。”

“好吧，我不知道你听完会不会多少明白一点。你怎么会呢？你的整个生活显得……哎，我从哪里说起了？”

“她不喜欢你吗？”

“哦，不是的，该有的所有情感，她都以合适的方式表达了。哦，我忘了。”说到这儿，他迅速变出两块软塌塌的三明治，都用保鲜膜独立包装好。正当他打开他那个三明治的时候，又有一只鸽子出现了，等在我们的脚边。

“当时我们都才十九岁，在剑桥读书。她是一路奋斗才进的剑桥。她的父母嘛——他们无所谓的。女孩子嘛，你懂的，还有三个聪明的兄弟呢。她很聪明，但是个女孩子。他们并不真想让她上剑桥，说她应该结婚，基本上就是这样。她没有奖学金。问题是我知道她很聪明，真的很聪明，那是她具有的天分，一直都有。做事情全力以赴，勇往直前——尽管那时候她还不知道目标是什么。她当时过得很艰难，钱其实不够用，毕竟父母要供四个孩子上大学。我们亲近了起来，学业上相互帮助，我拿钱接济她。我可不是生性挥霍的浪荡子。后来我们同居了，这么做好像也是情理之中的事。”

“太过合情合理了？”我问，因为话里还有话。

“不是，情况不是那样的。”

有只鸽子，珍珠般的羽毛上泛着彩虹似的光泽，它飞到长椅上，落在我们俩中间，啄食理查德的三明治。我们都看着它。

“我爱她，”他说，“从见到她的那一刻起，我就爱上她了。那是在一堂课上，她坐在台下，对所有事物和所有人都视而不见，眼睛里只有老师，而我眼睛里只有她。我把她单独挑了出来。我包办了所有事情，找房子，付房租，负责饮食——这一切都是我做的。至于她呢——她适应了这一切，照单全收。问题是，这不是她夺来的，简娜，你懂吗？一切都摆在那儿，有我在，她需要的一切。她都接受了，都料到了。你明白吗？”

我最先明白的是，他不想让我谴责西尔维亚。我可以真诚坦率地说，我明白。

“我们都非常用功。我是因为不用功不行，从来都算不上出色；她用功是因为她出色。大学读到一半的时候，她父亲去世了，家里的钱只够三个男孩子念完书。她母亲指望她回家去，要不是我，她也会那么做。我知道让她中途放弃的话会是一种罪过，可我从父母那里也拿不到钱，他们的钱只够家用，所以我去挣钱供她读书。当然，现在站在美国生活那令人眩晕的高度来回顾过去，那只是区区小数，算不上什么钱，但那个时候——”

“你都做什么呢？”

“我什么没做过？想想我那两年都怎么打的工，现在简直不敢相信。我为导师打杂。他很有名气。我做校对，搞研究，甚至还替他写了一些论文。他知道我需要钱，就给我找这一类的杂活干。我当时经常持续工作到凌晨四点。周末我在咖啡馆当厨子，当然是低水平工资，赚外快嘛。我们俩就这样一路奋斗读完了书。学习，那就是我们所做的。”

“你们没做爱？”我问道，故意说反话。

“我想我们有吧。是的，我们当然有。但这不是什么大事。那时候不是，即便是对我来说。那段时期我简直累死了。我们那张小床窄得要命，挤在房间的角落里。占据房间的，主要是我们用来学习的桌子。我们一度都是凌晨四点才倒到床上，两个人搂抱在一起昏睡过去。”

“那你们读得很好？你们两个都很好？”

“她当然读得很出色，我嘛，还过得去。但她的成功就是我的成功。我是这么觉得的，当然她不这么认为。后来我们到了伦敦这里，进了不同的医院。她那时候已经知道她想成为外科医生了，我只是想当个一般的（内科）医生。并不热门，在那个时候。我们在布卢姆斯伯里区一座房子的顶楼有了个房间住。她在米德尔塞克斯医院[1]，我进了一家没什么名气的医院。我们的钱只够勉强过过日子。我们拼命工作。简娜，你都不知道我们是怎么工作的。嗯，我觉得你知道，你知道的。”他对我微笑，表情坦然但有点扭曲生硬，又有些恶狠狠的，不过恶狠狠的成分给抑制了。我能看见他脸上的陈年旧痛，虽然已经变了形。有那么一会儿，我觉得他像个老人，年纪很大了，对着自己的人生惨然微笑。

“她当然早就把我甩在身后了，早在我们的临床医学培训结束之前。我们俩当中我屈居第二，就得是那样。过程就是这些。你明白吗？嗯……我们就这样接着过日子。她从一项成就走向另一项成就，一直往上走，而我总是在——那里。现在当然不是只有我一个人知道她与众不同，极为出类拔萃。她总是那样心无旁骛，而自己却浑然不觉……她注定会有所成就。”

“那你呢？你从来没说起……”原来我在等着什么。

说到现在，这场谈话真正的话题似乎还没出现。

“我？嗯，我爱她，当然了。”

“她也爱你？”

“我相信，她从来没有爱过别人。”

“理查德，所有的这一切依然没有解释，为什么你像座冰封的火山。”

“没有吗？”他确实吃了一惊，“你是说……”他端详着我，靠了过来，要看个仔细，结果动作太过突然，那两只鸽子拍着翅膀，转而飞到树上去了。

“我只是并不觉得，你之所以苦闷，是因为没有实现抱负。”

“抱负？我说过什么跟抱负有关的话吗？没有，你说得对。

---

1 米德尔塞克斯医院（Middlesex hospital），英格兰伦敦中部的大型教学医院，建于1745年。

我一直很享受我所做的事。我甚至暗自高兴，好多年没有从事专科医学了。我回归潮流，做的是普通的家庭医生，在波士顿和一群医生经营一家新型诊所，很有影响，提供面向顾客的医疗服务，把病人当作成年人（平等）看待，使得他们对治疗方案可以有所选择，预防医学——如此种种。你知道预防医学吗？不知道？你怎么会知道呢。现在开始流行了。所以我事业上没什么好遗憾的。*那不是问题所在。*”他靠上前来，把他温暖的手放在我搁在长椅靠背上的手臂上。我感受到那活生生的痛楚，肌肤紧贴着，脉搏突突跳动，这前所未有的一切，我的眼里盈满了泪水。“啊，是的，”他低声说，径直对着我的脸庞微笑，“嗯，你看，我这一辈子就是那样。现在我又和你在一起了。”

他拿开手，坐回原位，脸朝着长椅外面，交叉起手臂。

“告诉我，言情小说家，你是否想过这样的状况：一个男人不可救药地爱着他的妻子，而她早就决定了丈夫在自己的生活中就处在那样的位置，不能更进一步。你会认为这是个浪漫的题材吗？”他笑了。

我坐在那里，感觉似乎就是在这样一个平淡无奇的午餐时间，在这个广场上，在这条长椅上，我过去几个月来一直做的关于弗雷迪的梦就此结束了。

我本来可以把我的故事告诉他，觉得可以说说弗雷迪，可以进行自我剖白，但是我没有那么做。并不是我怯懦，更主要的原因是，那些话他怎么也不会跟西尔维亚说起，那就让他说给我听吧。

“当然最开始的几年，我们都太拼了，但后来好像有了一点回旋的余地，可以感觉到……我的眼里依然只有西尔维亚，我依然和十九岁时一样爱她，但到了我们用不着再做牛做马辛苦工作的时候——或者应该说，到了我可以不再需要把工作当成生活的唯一时，她还是照样接着忙工作。如果我们去度假，那是因为她明白，人应该偶尔放松放松，但她度假时也是工作不离身；如果我们晚上出去玩，她会在出去的时候考虑第二天要做些什么事；如果我们上了床，她想的是如果我们做得过头了，第二天早上她会感到疲惫。我在她生活中有明确的位置，只能这么多，只能在限定的时间内。所以——我大可以为此杀了她。”最后这句话说得心平气和，从微笑的双唇间吐露出来，不过我知道他真有过这样的意图，而且是三不五时就有。

“我爱她，”他说着，连他自己听到以后也颇为吃惊，回首过去，发现自己爱得还是那么深，“我仰慕她。我曾经向她大献殷勤。我们在火柴盒一样小的房间里，亲密无间地一起生活了那么多年，但是都没有关系，尽管我们对彼此的了解有如兄弟姐妹，关系亲密无间。对我来说，她永远都是最美丽，最光彩照人，可望而不可即——你觉得这才是关键吗，简娜？”他问道，以他特有的敏捷转过来对着我。“我记得坐在一边看着她睡觉，因为想要她而痛苦不堪。但我知道如果我叫醒她，她会微笑，过个一分钟以后毫不含糊地驱散倦意，然后说：‘哦，理查德，你想要……？’接着她往床的一边挪了挪，给我腾出相应的位置。她会对我微笑，笑得甜甜的，随后我们会做爱，嗯，感觉非常好，我没什么可抱怨的。但是她从来没有……一次也没有，简娜。我曾经梦到了她，而当时我们俩同在一间屋子里，当然，她还在工作。我一直在幻想她，仿佛她有另一个自我，她对这个自我一无所知，仅仅为我所有，而非她所有。只属于我。”

一阵长久的沉默。午餐时间已经过去，白领们都走了，把三明治包装纸和塑料碎片丢进垃圾箱。有只鸽子在咕咕叫，阳光炽热，倒也怡人，闻得到草地新修剪过的气息。

“多年以来，我不知不觉中一直以为，总有一天她会突然醒悟过来，转向我，然后——有一天我终于明白了，那是永远不会发生的事，我虚构出来的另一个她，那个深情款款的迷人姑娘，根本不存在。不会有的。”

“然后呢？”

“她一直在调动，从一家医院换到另一家医院，不断得到锻炼，医术日渐精湛。有一天早上，她意识到她三十多岁了，断定我们到了该生孩子的时候——拖到太晚可不行，她是这么说的，医生对医生说话，口吻客观而冷静。就这样，马修在伦敦出生了。非常不容易。我们都忙得昏天黑地。我想我完全可以说自己承担了应有的职责——还远远不止。那时候我比她要亲近马修，不过马修是她的孩子，我是这么看待马修的。西尔维亚的孩子。我想西尔维亚本来有过打算，就这样，一个孩子就好。她知道她的孩子们让我牺牲了很多，但是究竟多少，她并不知道。她不太懂得设身处地去替人考虑。就在我们去美国前——因为她得到了这份工作，你看，她不顾一切想要得到这份工作——一流的医院，在业内赫赫有名——她必须得到这份工作——”

“你想到美国去吗？”

“不想，并不是特别想去。我喜欢这里。你可能已经注意到了。”他转过头朝我展露出坦诚又迷人的表情，充满了我们初次见面时那种典型的无忧无虑。“但我怎么能说不呢，这正是她想要的一切。就在我们去美国前，她决定再一次怀孕，真够疯狂的。理由是我们可以在这儿孕育宝宝，一到那儿，就可以做好安排——从现实的观点出发，她是对的。按欧洲标准来说，她的薪水一向不菲。我的其实也算高，但比她少多了。我们买了座房子，做好安排，家里有了保姆。从那时候开始，马修和我就开始疏远了。我不了解他，我只知道他酷似她，有其母必有其子[1]，没错！然后有了凯瑟琳，我从她出生那一刻起就爱上她了，我这才明白自己从来没有爱过马修。有点滑稽哟，如果没有第二个孩子，我就不会知道那并不是对孩子的爱，并不是真正意义上的爱，我会认为是一种尽了本分的感觉。但是凯瑟琳出生的时候——我当然在场——看着这团小东西从西尔维亚的两腿间挣扎着出来，就像被压坏的草莓。可怜的小家伙。我把她捧起来，感觉到……不过你没有孩子。”他不说了，我痛苦得屏住了呼吸，他不可能知道我的心情，也不该让他知道，于是我逼迫自己接着呼吸，让生活继续向前走，坐看阳光在他脸颊的茸毛上、在他狮子鬃毛一样的头发上泛出耀眼的光芒。我的恋人理查德，是个肤色健康、温情脉脉、值得尊敬的人。

“然后，”停顿了很长时间之后，他说，“有了约翰。后来那些事你都知道了。玛利亚进入了我们的生活，和我们住在一起，整座房子的真正核心是低能儿约翰。我常常在想，约翰是不是命中注定的呢？尽管那很可能是某种迷信之类的。你明白吗？这样的家伙快乐、疯狂，而且显然毫无理性可言。为什么这些生灵充满了爱和快乐？这说不通啊。他们有什么可以那么开心的？但我们家里必须得有爱和快乐的特质。可怜的凯瑟琳，她的性格阴郁伤感，我不知道为什么。可能正因为这样，她才那么喜爱约翰，他有她永远无法企及的东西。”

突然，怒火似乎从他体内爆发了出来，甚至把他进一步推到暴力行为之中，他的拳头重重地捶在长椅靠背上。“我很想知道你那位主张妇女解放的汉娜对这一切会发表什么见解。在我看

---

1 此处又用了前文中形容吉尔酷似简娜的那个习语“a chip off the old block”。

来，好像你生活中事事都要请教她。”

我吃了一惊，说：“但汉娜才到编辑部工作了几个月而已啊。”

“听起来好像……哦，别放心上，简娜。我想我在一些问题上并不理性。不过在美国，这套妇女运动的玩意儿——很残酷——你知道吗？他们已经把残酷定为制度来执行了。我回到这里和你陷入情网，结果又来了，就在你的办公室，汉娜说这个说那个。”

“我觉得你现在这样说有点不公平。”我说。

“有吗？嗯，你知道吗，我才不在乎呢！我这辈子一直都太有良心，太公平了。我早就吃尽了各种训导的苦头！应当。应该。我应该对汉娜和其余的女权大军公平，但我不打算那么做！至少，我的生活证明了她们统统都是谎言。”

我呆坐着，想起弗雷迪，弗雷迪，想知道他是不是也曾看着我睡觉，希望在我醒来的时候，我会……

“为什么你这么爱她呢？”我问，“你从来没说过。”

“为什么？这问题真是蠢到家了——不，我想想其实不蠢。问得好。她那么美，你根本想不到！她自己从来不知道，她没时间想这种事情，但她是最美的……”他缓缓转过来，满脸海盗般肆无忌惮的笑容。他靠过来端详着我，笑了起来。我也笑得全身无力，觉得这一切太荒谬了。

然后他吻了我，吻在唇上。这可是第一次。

我们飞快地分开，站起身来。

我们朝北走向牛津大街。

“明天有空见面吗？”他问。

“什么时候？”

“晚上。我六点以后有空。”

“行。在广场吗？”

“对。”

五点半，我正要出门去见理查德，电话铃响了。是安妮的好邻居。安妮早上跌倒了。花了好几个小时才叫来医生，然后救护车也耽搁了，晚到了。是她——露西·福克斯，上楼来陪她的。安妮的脾气和状态很糟，叫人以为她快要给整死了，你知道她是怎么回事。但她——露西·福克斯，必须得回家照看孩子们了。家务帮手今天没来。“天知道她上哪儿去了，但我想你会过问的，萨默斯夫人，安妮有你这样的好朋友。”

这话意味着，你作为这样的好朋友，现在该轮到你了。

我说我会前去看望安妮。打电话到医院，护士说，安妮情绪激动，歇斯底里地发作，哭个不停。她有亲戚吗？谁是最近的亲属？我说，我想是我吧。电话那头沉默了。我说了我该说的话，也就是跟护士说我现在过去。

这时候没有人还留在《莉莉丝》办公室没走，除了汉娜。她坐在椅子上，好像胯下有一匹马似的，结实的棕褐色双腿叉得很开，凝视着窗台上的植物。她身穿紫色和红色相间的条纹裙，头戴紫色的扎染印花头巾，这一切令她看起来更像波卡洪塔斯[1]了。她不紧不慢地给她自己扇着风，拿来当扇子的是最新一期的《莉莉丝》，杂志上的照片拍摄于今年早些时候，拍的是姑娘们大步流星穿过秋天的树林。我说我要上医院一趟，她只是看着我，不多说话。

“凯特吗？”

“不。是个老太太。所以我想请你为我做件事情……”我请

1 波卡洪塔斯（Pocahontas），北美印第安波瓦坦族部落首领之女，曾搭救过英国殖民者，后来与英国移民结婚，在英国受到上流社会礼遇。迪士尼动画片《风中奇缘》讲述的就是波卡洪塔斯的故事。

她到苏荷广场，告诉理查德我没法去见他了。

“我敢肯定，你会认出他来的，只要你见到他。”

“我见过他。”汉娜说，提醒我大家早就伸长脖子，在饶舌说闲话了。

“他一表人才，”汉娜又说，“如果我是另一种取向的话，我会喜欢他。”

“问问他明天行不行。”

“会问的。”

在多萝西·华兹华斯医院的病房里，安妮在床上直起身坐着，看起来脸色阴沉，病得很重。

一看见我，她就开始数落：她在这里都做些什么，她被带到这儿来完全违背了她的意志，她想回家，想要她的衣服，她的身体没有大碍。滔滔不绝说个不停。病房里另外三个人都是病号，用尽方法极力充耳不闻，但等到护士进来了，她们就大发牢骚。护士看起来也是心烦意乱，我很清楚，她知道没办法让安妮闭上嘴。“依我看，她是那种人。”她说着，手脚麻利地溜出了病房，把她丢给了我。

我心里想着理查德，坐在安妮身边，设法要插上话。我最后总算插进一句，说她的腿已经伤着了，她得明白——然后又是她说个没完没了。她需要的其实就是抱怨。安妮必须诉苦，在家也好，在医院也罢，不管情况如何，发牢骚就是她的选择。我待了三个小时，由着她用尖酸不烂老舌不断斥责。直到听我说要走了，她才消停下来，两眼放光，还因为沮丧而有点气恼，说至少她在这里还有人做伴，比她在家还有说头。

在值班台，我问起安妮接下来会怎么样，但值夜班的护士刚换班上来，并不知道谁是安妮，便拿这些话安抚我：医生呢……我们将会……可能一两天内……

离开的时候，我听到安妮尖声叫道："护士，护士。"而护士压低嗓门，像是哄小孩子似的说："这里有按铃，亲爱的，按铃……"

"我不要按铃，我要回家。"

正当我写完这些内容，打算要上床时，电话来了。是理查德。他咬牙切齿的声音中带着喘息，强压着怒火。我听得出他已经生了几个小时的气。

"你的女杀手转达了你的消息。"他说。

我不语，思绪从我能为安妮做什么事——如果做得了什么事的话——转移到眼下的要紧事：理查德想知道，为什么我这么长时间都没能去见他，一天拖一天，变成了几个星期不见。很抱歉，我不行。他本来打算不追问，也不想知道，但是他的怒火传递出的可不是这样的信息。

我慌了神。我不能，绝对不能把马修的事告诉理查德。

我说："对汉娜有意见？怎么回事啊？你真是可笑！我找不到别人帮忙了，办公室里就只有汉娜在。"

"那个女人！"

"那又怎么啦？理查德。她说什么了？她做什么了？"

"她显然对她扮演的角色是乐在其中。"

"我不相信！她并不……"我顿住了。我可以想象汉娜四平八稳、自信十足的派头："简娜不来了。"不费吹灰之力，就可以听出弦外之音：她有更重要的事要做。但汉娜根本不可能那么想。对待一切，她的风格就是强调：事情就是这样，事情就应该这样！同时她会用洞察哲理的冷眼旁观，一边抚弄垂荡在她光滑起伏的棕褐色胸部的那串黄色珠链。我说："汉娜和我们意气相投，她的表现方式很多样。你肯定是误会了。"

"我没误会。她很乐得告诉我你上别处去了。"

“我去看安妮了，你知道的，我告诉过你，让我牵绊的那个老太太。我不能不去。她什么亲友都没有，除了我。”

“我估计最近你所有的空余时间都在陪她，而不是我，所以你连腾出半个小时来见我都做不到。”

我思忖着，假如我真说出来了会怎么样：“我爱上了你卑鄙的儿子马修。不过别当一回事。我觉得仿佛是收到指令做出的反应，你知道，像是受到了某种洗脑灌输。他只要说出‘我爱你’三个字，我就爱上了他。不过你会理解的，我知道。”

想想真是吃惊，虽然我知道他这个人极具判断力，也讲公道，但根本不可能跟他解释这件在我看来微不足道、不值一提的事情。我说：“你之前几个星期都在亲戚家做客，说他们其实对你无关紧要。”

“你不会是在报复吧？”我听出他话里可谓是五味杂陈：有怀疑，有震惊，有受伤。我知道他难以相信，我本来自己也很难相信他会那样；他感觉受伤，是因为我竟然可以为了小小的报复，断然不顾我们不断缩水的财富——能共度的日与夜。

我说：“不是。你怎么能这么想……”

“我不知道该怎么想。你在伦敦，我也在伦敦。我们的时间越来越少了，但你不能来见我，根本没有来见我，一次也没有。”

我说得几乎是结结巴巴，听上去很狼狈，但无疑充满歉意：“如果我告诉你……”却说不下去了。

电话那头沉默不语。我能听见他在叹气，并且把电话听筒移开了——他在运用他超乎常人的自律，讲求起公平公正，让自己平静下来。

他说：“告诉我，马修究竟跟你说了什么？是马修的缘故吗？是因为他，对吧？”

在这一刻，我终于觉得能说出来，如果我打算说出来的话。我坐在那儿，一只手拿着电话听筒，另一只手紧紧抓着我白色丝质睡衣的胸口处，仿佛他能看见我，又好像我们的争执使得我们身上被强加上了一层羞怯感。作为惩罚，我觉得全身一下子就浸染了那种氛围——和马修“相爱”的“滋味”：我呼吸着芳香却又带有毒性的空气，当中混杂着难以驾驭的贪欲，混杂着对某种若在身边却又咫尺天涯、让人心生戒备的讨厌东西的渴求。我能尝到虚伪在舌尖上的甜蜜滋味，不由觉得一阵恶心。

“他到底能跟你说什么，会让你不安得连和我在广场吃个三明治都不行？这都快三个星期了。”

我说：“理查德，他不是问题所在。马修绝对不是问题。”发现自己又加了一句，言辞激烈，带着十足的鄙视，“我非常讨厌他。很抱歉，但我就是受不了他。”

上天帮忙，“事实”就这样永远地溜走了，尽管有一阵子我心里很惊恐，知道自己声音里透着真实又掩饰不住的东西，要是理查德有心或有条件的话，他会解读出来。

他顿了一顿，小心翼翼地说：“好吧，看来你是不会告诉我了。所以当时情况很糟糕咯。我之前就感觉当时情况很不妙。每当马修出去为所欲为，我就要吃苦头了——我们全家都吃过苦头——我知道没有任何力量能阻挡得了他。他一向为所欲为，对你也是这样。”我屏住了呼吸，他接着说下去，“他想要阻止我们见面，他做到了。虽然只是暂时的，但却也够久的了。现在我们快离开这里了，他不会费心再玩什么别的花招了。

“我不知道他当时跟你说了什么，说的是关于我，还是西尔维亚，还是别的什么事。我只是无法想象他能跟你说什么内容，本来希望可以放心，相信你可以看清实质。可是简娜，你怎么可能做得到呢？”

我说："我们明天还能见吗？"

"可以，可以，我想可以的。是啊，干吗不见！"

凯瑟琳站在我们的酒吧——我即将和理查德见面的酒吧外面，整个人没精打采的；她默不作声，背对着入口，在眺望夜空。到下星期的这个时候，夜空会是漆黑一片，时钟会往后拨到冬令时。

我径直走向她，轻拍她的肩膀，说："凯瑟琳，请和我一起进去吧。"

她看似低眉顺眼，欣喜的微笑中仍然包含获胜的意味，心满意足的。我想，她的表现是和马修商量过了的，他告诉她必须和我们一道进酒吧去。

理查德看着我们俩一齐走向他，拉出两把椅子，对酒保说："曼哈顿。"

她爱喝的酒。

有她在场，什么都一笔勾销了。我们无法交谈下去。我们了不得的约会竟如此平淡无奇，似乎让她颇为吃惊。她圆溜溜的淡褐色眼睛无所畏惧——在她的脑子没有纠结于有关我们俩的胡思乱想的时候，确实是无畏的——她先看看他的脸，再瞅瞅我的脸，又从我的脸看回到他的脸，好像什么地方隐藏着真相，她需要了解这个真相，却怎么也抓不住。

理查德和我之间的交流被切断了。我们劳心费力交谈的时候，眼睛会对视一下，却什么实质内容都没有。很快理查德就说他得走了，并且站了起来。凯瑟琳只好跟着起身，不情不愿的。她还抱有希望，说不定到最后会有关于生活或者爱或者什么方面的内情呢。

我们走到门口，夜幕已经降临，热闹的街上熙熙攘攘，人头攒动。

在拖着凯瑟琳大步离开之前，理查德的眼睛终于得以和我进行交流：这实在是糟透了。

会议日。曾经是一周当中我最喜爱的日子，这个时候，深具《莉莉丝》精髓的一切人物都齐聚一堂，集中在那个因为开会而热闹起来的长形会议室里。有一段时期，每周一早上，你可以感受到一切在经过周末分散之后又如何凝聚起来，可以察觉到《莉莉丝》的脉搏跳动。各个部门的代表，人数是十二个或者十四个；背靠墙放着很多椅子，围在会议室四周的边缘，以便让每一个腾得出一两个小时的人都能进来开会。会议室敞开怀抱欢迎所有人，哪怕是最人微言轻的打字员。任何人都可以进言献计，带着创意主张有备而来。会议日就是创意日。有正式的议事日程作为框架，但实际情况是，整整三个小时当中，创意和能量汩汩涌现，并且全部记录保存下来，一点不落。会议上做记录的，曾经是菲丽丝……

现在这一切都不复存在了。为什么不保持住？说来简单，查理呗，我知道，在《莉莉丝》级别稍微低一点的群体当中，他们把所有的不好都归咎于查理。但我还是很纳闷！难以辨别的苦痛，我觉得这似乎是一种时代精神的风貌。

我只是知道：这样的精神——不管它究竟是什么性质，一旦在机构中形成风气，你固然可以通过决议，到处发送提醒，但直到你脑筋伤透了，还是什么进展都没有。

周一复周一，我一直在提醒大家，《莉莉丝》向来鼓励每个人都有自己的想法，要敢于表达自己的观点，而且在力所能及的情况下为之担当起责任来；请大家把《莉莉丝》当成是共同的事业；不问出处，请腾得出时间的同事都来听取议题并参与讨论。

但这些日子以来，会议室四周的椅子始终空无人坐。每当进行到议程上的“新创意”这一议题，通常大家都是相互看看，说不定别人有什么好主意，然后心不在焉地信手乱涂，等着进入下一项议题。

今天只来了十个人——有史以来人数最少的一次。那三扇漂亮的高窗外面，9月已经绽放异彩，周围树木林立，满树的鸟儿喧嚣不已，天空蓝得耀眼。

长桌上，圣诞特刊四散摊开放着，各个版块都还没有整合起来。派对时间：奢华魅惑；封面：两只黑色的大眼睛，粉红色的嘴唇嘟起，扬起的黑色天鹅绒衬着飘落的雪花。1月和2月的期刊都还只是摆在我们面前的那沓纸上的轮廓草图而已，尽管为这两个月期刊准备的文章和照片已经在我们桌上了。在场的所有男士都脱掉了外套。吉尔的肩膀在类似背心裙的白丝带的衬托下，呈现光滑细嫩的棕褐色。查理穿着一件亚麻质地的乳白色长罩衫，颇有俄罗斯农民的风格，他朝我们每个人微笑。这时候，他的秘书和他一样充满母爱的光辉，给我们端上了茶。橙白毫茶和黄油甜酥饼干都那么香气扑鼻。这是办公室的笑话了——总体说来是个善意的笑话——大家说查理就算只是喝杯茶，也要营造氛围高调庆祝。递给你一碟蛋糕的时候，他亲切的微笑仿佛在说，请尽情享用我拥有的一切吧。

凡事都开展得很有效率，一团和气，众人的无动于衷起了润滑作用，议事日程上面的议题都不知不觉就溜过去了。决定已经做好了，事情都在进行之中，我们在会议上并不是要创新，而只是记录，这就是一切都顺顺当当的原因。再说大家基本上都满不在乎。我看着那些在《莉莉丝》工作了多年的面孔，他们想必记得我们以前会议的情形。大家都彬彬有礼，但似乎只是坐等时间过去，直到可以回去继续工作。吉尔知道情况和以前不同了，尤其是最近，更加不一样。汉娜就不知道，马克也不知道，因为他们以前并不在这儿。查理恐怕从来都不会去注意什么变化不变化的。

然后我们谈到了这一项议题：新秘书人选的问题。查理和我的秘书都要离职了。收到的求职信中，有一些来自年轻的男性求职者。这牵涉到原则问题——于是会议室里突然有了生气。

制作部的亨利发号施令了。他很有革命主张，板着脸，一丝笑容都没有，至少对我们是这样，尽管我敢肯定，他对他的同志应该多少会有点笑容。他的衣着让人联想到军队；他理的平头跟黑色的板刷一样，并不是像吉尔她们那样一时兴起剪得只有一两英寸短以示最新潮流，而是故意要让人联想到监狱和游击队，或者很可能是恐怖分子，我可不觉得奇怪。

“我想给你们提个醒，”他说，“有《性别歧视法案》哟。”

“哦，老天，”查理很气馁，“可为什么呢？”

“我们这方面的政策是什么？”亨利追问道，将围坐在会议桌边上的一圈人逐个看过去，好让他的眼神和我们的交织到一起，他这手段肯定是从某本小册子上学来的：《如何掌控会议局势》。

“我想得有个政策制定出来，然后大家投票表决。”亨利说。

“我不明白为什么非要有什么政策不可，”查理说，“我们可以就事论事，根据能力绩效来解决嘛。”

“我觉得我们应该有政策。”汉娜说着，和亨利四目相对。他们在制作部共事过，我们听说两人的合作有时也有摩擦。

“我知道你的政策大概会是什么样。”亨利说。

“没错，积极的差别待遇，有利于女性的，”汉娜说，“这一行容得下女人，这样的行业可不多。”

我发现亨利就要定下某种规矩之类的了，于是便说：“我也是同样的观点。”

但这时候吉尔发表评论了，语气让人感到宽心，就是有时候她对待马克的那种口吻，往往是马克的革命原则造成了威胁，而她就本能地进行缓和，完全继承了她妈妈的风格。“哦，没错，我们应该有指导方针，这样我们才知道我们的立场。”她朝马克看去，但马克倚靠着坐在椅子上，正全神贯注地拿他的毡头笔画小圆圈，红、蓝、绿各色都有，画在浅红色的卡纸文件夹上。他是如此专注，笔下的圆圈是那么精确，灵巧利索的动作是那么吸引人，我们都看呆了。

“在我看来，所谓的原则和政策都只会带来麻烦，没别的，”查理说，这下听起来真有点不高兴了，“我知道《莉莉丝》级别稍低层面的员工对原则和政策都很有意见，不过我压根儿不想知道具体情况。”

“我完全同意，”我说，两眼盯着马克的双手，但是话却是说给亨利听的，“你应该知道呀。你参加了楼下所有那些会议。”

“楼下没问题。”亨利说，脸上那一抹笑容，意思是说，他们又来了。

“哦，好吧，就算是整幢楼里大家的心态好了。”

“我们在休息室里开会。”亨利说，发自肺腑地笑了。每个人都笑了。

“就像我以前老说的，我觉得政治会议会造成猜忌。大家本来相处得好好的，开完会以后，就变成敌对的了。”我说。

“或者是反过来。”马克说，笔下的图案越来越多。

“就算与会人员都变得团结一致，那没来开会的人也成为敌人了。”我说。

吉尔说：“我真搞不懂了，简。你甚至不能被称作反动。你反动到这份儿上，都得归入一个专门的类别了，你自己的类别。”

我知道这些话其实并不是她自己的，而是马克的。

“把我也归到她那一类吧。”查理说。

“我相信我是给这么定了性的，”我说，“但每当我想到这个问题时，就感到纳闷。《莉莉丝》给的工资报酬比任何一家同业对手都高。各方面条件来说都是好的，这一点工会也认同了。在我的领导下——我们的领导下——”

“哦，功劳你留着好了，简，”查理和颜悦色地说，“是你的领导，我们都很清楚。”

“——我们的政策是雇用年轻人。《莉莉丝》内部的平均年龄必须在三十岁以下。”

听到这里亨利点点头，但透出的讯息是，那并非问题的关键所在。

“所以，”我总结道，“所谓反动，并不是反动派的作为或者言论，倒是和某些抽象的原则有关。我可不相信有谁能轻易地给这些抽象原则下定义，哪怕是亨利也做不到。”

亨利露出讽刺的微笑，这么一笑是想说，她完全跑题了……不过她没有构成危害。

我说：“你们问我，我会不会收男秘书。如果这是争议的焦点，那我就收，前提是男秘书能和女孩子一样能干。我压根儿无所谓。”

“我有所谓，”查理说，“我不要男秘书。我想要个让人舒心的可爱姑娘，就像玛丽那样的，可惜她要离职去陪伴她幸运的丈夫了，他的幸运真是我的不幸呀。她得围着我转，讨我的欢心，给我安全感。我一直在读针对我这种男性雇主的批判报道，但恐怕我还真是那样的。”

他的满面笑容原本意在转移大家的批评，看来并不奏效：在场的男青年都小心翼翼，不让自己的目光撞上这个老巫士，不过他们的表情已经说明了一切。

查理步步紧逼："关键是，我喜欢女人。我觉得不管在哪个方面，女人都比男人好上千倍。"

"乖乖，真说得出口。"汉娜说，对查理的无可救药大吃一惊。

"我看很简单嘛，"我说，"我找个男秘书，查理找个女秘书。"

汉娜说："简娜，你知道吗？迄今为止，这个问题已经在联合会讨论了好几个星期了。"

"嗯，刚刚解决了。"我说。

亨利说："作为楼下联合会的代表，我该跟他们说什么？"

"在实际操作上，问题得到了解决；作为原则嘛，暂时搁置一边。"

"那么这个议题在下周一例会上还得继续。"亨利说。

"放到议事日程上好了，"我说，"不过我想说明一下。这项议题是唯一一个大家有兴趣参与讨论的，然而不管我们要的是男秘书还是女秘书，都不会对《莉莉丝》产生任何影响。我是说，都不会让杂志变好或变坏。"

听到这话，亨利瞥了我一眼，承认我言之有理。他甚至还点了点头，但他的视线又移开了，朝马克的劳动成果看去。

我们都看着马克竖起来展示给我们看的图案。

"那可以做成最精美绝伦的裙装布料。"查理说，突然来了劲儿，兴致勃勃的。

"我觉得本次会议可以结束了。"我宣布道，大家都站了起来。

我和吉尔、汉娜一道走到外面的办公室去，离开了其他人。

"如果我请一个星期假，你们觉得怎么样？"我问。

吉尔猛地向我转过身来，情绪之激烈，让我吃了一惊："哦，简，千万别啊！"

"为什么不行？"

我看着汉娜——我们的调停人兼法官，她问我："你是想丢下凯特一个人吗？"

"哦，简！"吉尔的情绪反应让我明白了，不管她是不是恨凯特，她满脑子都是对凯特的担心，完全昏了头，其实我早就应该预见到了。

"我不会离开伦敦，"我说，"如果你担心的是这个，吉尔。不说别的，有安妮呢。"

"哦，是她！"

"是啊，我知道你在想什么。就请一个星期假不来上班，行吗？"

"可我们都那么忙。"吉尔抱怨说。从汉娜脸上，我看得出她同意了。

"很好。"我说。

"不管怎么说，"汉娜说，"有点事情做做，让你没时间多想，肯定对你比较好。"

整个下午我都在等着理查德打来电话，可他却没打。六点钟的时候，我上医院去看望安妮。她坐在椅子上，一看到我，她就说："我想回家，他们为什么要把我留在这儿……"然后她开始说啊说，说个不停。

房间里另外三个女人都试图充耳不闻。其中一个人告诉我，安妮夜里大呼小叫，把护士喊过来，因为她不愿用按铃，直到他们给她吃了药，才让她闭嘴。

昨天听她们的说法，似乎她要在医院待上好几个星期；今天她们说会送她回家，这是因为她使得周围每个人都没法过活了。但是她在家可搞不定，她几乎无法行走。她一直在说："可你们都会到我家里来看我啊，就跟平常一样。"原来，现在她把一个人在家的孤单和无聊都忘光了，家在她心目中俨然访客络绎，充满关爱的气息。等她在家了，她会说："在医院里蛮好的，我没想离开呀。"因为她以前就搞过这一套。不管人在哪里，她都要发牢骚，要抱怨，搞得世界一片惨淡。

今晚我坐在那里，听她没完没了地说个不停，强忍住猛一股要打她或使劲晃她好让她闭嘴的冲动，想想真是羞愧。我在想她的母亲，可怜的爱尔兰老太太，当时独自住在离霍尔本不远的一间简陋的房屋里，靠微薄的津贴过日子。老太太基本走不动了，天冷的时候，为了节省煤球，就成天待在床上。安妮现在想到母亲就痛悔不已，说她没有这一切，没有人跑进跑出给她送来饭菜，给她买东西——对那个老太太而言，这样的医院、安妮得到的这般照料简直是天方夜谭，离她的生活实在太远了，她根本就无法想象。她连个医生都没有，安妮说，老太太没钱，看不起医生。

我抱着试试看的心态对安妮说："你知道吗？这里的床位要是你自己掏钱的话，一星期要花费一百镑。"我之所以说一百，是因为这个数字她还算得过来，能弄清楚。

她的眼神变得呆滞，说："你什么意思？"然后又说："是吧，但我可没有每星期一百镑的收入啊。"

"要是你有的话，就得付那么多。"

"要是我有的话，我就不会在这儿了，我会在别的好地方，说不定会和我妹妹住。不，我就是受够了，烦死了这一切。医生什么时候来啊？我想回家。"

上楼梯的时候，我听到电话铃在响。等我进门的时候，铃声正好停了。凯特在沙发上睡觉，喝醉了。公寓里到处都能找到看似锈迹斑斑的杯子，垃圾筒里有几只空酒瓶。

我的黄色小扶手椅当中，有一把上面沾染了红酒的污渍。

我的床皱巴巴地凹进去一块——凯特在上面躺过了。我不喜欢这样，感觉受到了侵犯，受到了玷污。我已经是第一百次在想，我能怎么办？我必然得做点什么了，可到底做什么呢？

今天时钟拨回到了冬令时。

理查德到家门口接我，我们出发去肯特郡。多云的天气，冷飕飕的，我们都穿着厚毛衣。我们找到一家酒吧，吃了三明治，喝了健力士黑啤酒，而后沿着小巷和僻径散很长时间的步。小路泥泞，我的鞋子都给粘住了，我们试图嘲笑我不切实际的鞋子，就像我们最初那样，但我自个儿看看都觉得自己疲惫不堪，于事无补，恐怕在理查德看来也是这样。

我们都累坏了，情绪低落。我们没有提起家庭或者面临的问题，只是牵着手继续往前走。

当我们走出酒吧准备回家的时候，起风了。风拉扯和摇晃着树枝，酒吧外面一棵高大的白蜡树上的散乱细枝和一片片落叶不停地拍打着我们全身，听起来好像是雨点滴答地滴下，但其实是树上掉落的枯枝败叶。我们沿小路开着车，穿过一片小树林，这时候树上落下的残枝烂叶啪啪掉在车顶上，等我们到了大路，过往的车辆好像都在逃离大风的势力。我们加入车流，但留在慢车道上缓缓往前开，这样可以看看残株遍布的金黄田野以及远处的树林。很快，黄昏降临了，一路上灯光随着我们的接近而逐渐一一亮起。高压输电线的电缆塔是路边唯一的光亮点，高耸修长，如同竹节虫一般；暮色渐浓，电缆塔消失在黑暗中，只看得到衬在夜幕下淡淡的轮廓，纤巧的路灯状似椭圆形的小蜜瓜，又像是粉红色的葡萄柚，在我们经过的时候，灯光闪烁不定，而风仿佛牢牢抓住了汽车，想把车子掀翻。随后又下起了雨。

我们驱车穿过一片黑色的人造世界，红、绿、蓝的灯光在黑黢黢的街道上闪闪浮现。驶入伦敦的一路上，因为雨天路滑，车速放慢了，交通有点拥堵。人造世界的黑色微光好像把我们层层包围，灯光照到树木或者灌木上的时候泛出的绿色很耀眼，显得很不真实。

我们拐进滑铁卢路时，理查德突然在斑马线前面刹住车。车灯照射在倾斜而下的雨水上，站在路边的那个人的身影模糊不清，他原本正要迈出脚步踏上斑马线，这下连忙收回脚。看到我们停下了车，他朝我们的车子转过头，扬起手轻巧地一挥——是个老人，身材矮小，头上光光的没戴帽子，只穿了件黑色塑料短雨衣。他迈步穿过马路，仿佛猫咪害怕把爪子弄湿一样，慎之又慎，踌躇再三，但其实不然。他的举止俨然就是个行人，无非就是急匆匆但是小心翼翼地过马路，边上一辆马力十足的豪华大车等着让他先过。他抬脚走上那一边的人行道，跨出的步伐很大，这一大步实属不易。他再一次欣然挥手，轻轻松松满不在乎，挥舞的那只手往上举，张开的手指头隐约比画出一丝挑衅，便消失在通往布莱克法尔[1]方向的阴雨夜色之中。就那么短短二十秒的时间，他已经嘲弄了我们以及这世上的权贵，嗤笑了他自己以及他的屈就，而他还没离开时，就早已用他的行动表达了对科技时代的看法，将整个科技时代彻底推翻。

我们在黑暗的车里飞快地对视一下，笑了起来。但理查德随即把车子开到路边，他说："哦，老天，我的确爱这个国家，我真是爱死了这个了不起的国家。"好像这些话是被摇出来，逼出来的，就像无法面对的痛楚。他喘着粗气，说明要是他稍不注意就会哭出来，而且他当真转过脸来对着我的时候，我能看到他脸颊上的泪光。"为什么你们都这么挑剔？"他生气地问，感到不可思议，"为什么？为什么你们贬低它？为什么你们要让一切白白浪

1 布莱克法尔（Blackfriars），伦敦市区的一个区域，位于伦敦中心城区的西南方向。

费掉？”

我说：“那为什么你要离开？”我很生气，整个人孤立无助，因为有那么一刻，我也体会到他那种无助的感觉。

“我？”他说，“我从来没有离开过。”然后他笑了，笑的是他自己。他发动了车子，我们继续开往奥德维奇[1]。

“我敢肯定，”他说，语气很严肃，听得出不再是感情受挫的恋人，“这里有别的地方找不到的东西。那就是这里的人，犀利，而且独特。就正是那一丝——一丝什么呢？你跟我说说。我只能说，你们总是紧揪住不放。我这一趟一直在抨击，我给忘了……你觉得我在胡说八道吗？”

我说：“我就住在这里，不是吗？”

他说：“住在其他地方的人都是傻瓜。”

分别的时候，我们说好下周三和今天一样，等我下班他到这里来接我。

我说：“理查德，为什么不能把你的号码告诉我呢？毕竟，马修和凯瑟琳知道我这个人了，我想他们肯定会让西尔维亚知道的。”

他犹豫了一下，因为感到尴尬而简单草率地说：“我不能告诉你，这不在我们的合约条款范围内。我们不成文的规定。”

“哦，是啊，那些不成文的规定，是最差劲的。”

“尤其是合约还是和自己定的情况下。”

他们送安妮回家了。社会福利机构的人很愤怒——她的情况不适合在家，家务帮手说她会照常上门来，除了分内的工作以外

1 奥德维奇（Aldwych），伦敦威斯敏斯特市的一条街道，著名的奥德维奇剧院即坐落在这条街上。

不会多管闲事。好邻居露西，这个好心肠的人，说她会尽量多帮忙，就跟现在一样——人人都知道，她为安妮做的远远超过了付给她的钱所应该做的，都根本不能用“好邻居”之类的名称来探讨了——安妮每天晚上都千方百计要她留下来，假装有各种病痛，各种不舒服，以及病情危急，露西不知道自己还能忍受多久。

我进门发现安妮坐在便溺之中。

我正要动手收拾，露西赶来了，原来她派了她的一个孩子在我上门的时候留意一下。她是个娇媚漂亮的妇人，手头的事情多得忙不完，她也喜欢安妮。但现在她急得直跳脚。她和我心里都有数，那个莫琳经常不来，因为知道露西·福克斯很可靠，会替她完成工作。我们都清楚“他们”会让安妮待在家里，只要有人照料她，不管是朋友，还是好心的家务帮手，还是好邻居，什么人都行；我们明白这是极其荒谬不合理的要求，因为安妮可能再也不能控制便溺；我们知道安妮不愿进养老院。我们又担心又操劳，手忙脚乱，要清理干净，给她换内裤，但干净的内裤一条不剩了，等我们收拾好一切，露西就走了，跟安妮说她晚点会再来，和平常一样，九点钟的时候来给她泡杯茶。

安妮坐在桌边，筋疲力尽。要是在前一阵子，（便溺失禁）弄脏了自己可是会把她吓坏的，我敢肯定她会想方设法掩盖起来——比如会把裤裆剪掉，还会说，我不知道内裤出什么问题了。不过好在现在她已经糊涂了，她说：“我没事，我有便桶的，对吧？”于是我坐下来，开始攻坚克难，跟安妮好好谈谈，讲讲道理。

摆在眼前的情况是：如果她愿意进养老院，那么她会逐步适应那里的环境——当然，进养老院之前一路肯定要抱怨个没完——她会交朋友，并且安定下来，可能会再活上好些年。如果她不去，那么她就此进入了多寿则辱的阶段，可能会持续一两年时间，许多人就是这样终了的：在屋里蹒跚行走，有时候来得及走到便桶，有时候又来不及，脏内衣裤堆积如山，因为福利机构提供的洗衣服务人员无法应付这样极端的状况；醒来的时候已经溺湿或者弄脏，自己却又无能为力，只能等护士来，但换床单洗内裤可不是护士的职责。等凶巴巴的护士走了，再等着家务帮手来。家务帮手会一边给她清理干净一边说这可不是她分内的活儿，也有可能家务帮手那天不来，结果只得等着，等到有人来帮她的忙。一整天都这样干等着，安妮怒火中烧，然后又摔倒了，害得她要住院好些天，但一旦他们能够把她打发走，她就又给赶出去了。与此同时，她又气恼又失望，血压噌噌往上蹿，老脸一阵绯红一阵灰暗。

房间里的气味已经很糟糕了。

我对安妮说，她应该进养老院，安妮说："你们不能强迫我去！"

"是不能强迫你，我们都不能。但你可以上那儿去试试看……"

不过如果她真答应了，她会分分秒秒都发牢骚，要求回家；而在家她又会说，"哦，我不晓得啊，那儿蛮好的，至少有伴儿"；可一旦被带回到那里，她又会诉苦抱怨然后要求回家去……

现在她说她喜欢在医院里，她不介意在那里待一阵子。

我说她在那里一直抱怨，直到给送回家了才消停。

她说："我才没有呢！你为什么要这么说？"

现在她又在嘟嘟囔囔了。我坐着不动，极力避免这样的思虑——人的生存状况已经沦落到这等地步了：我们都是下水道，仅此而已，是生产屎尿的机器，人终其一生都是在蓄谋掩盖这一事实。只要安妮还能把自身产出的废物排放到合适的地方，她就能生存；等到她办不到的时候，就完蛋了。我盯着安妮张开的嘴巴，正哇啦哇啦不断地生产出词汇，把她的嘴巴看作是管道的开口，管道错综复杂，令人作呕，通向另一个开口，也就是她的肛门，很可能看起来一个模样。

我坐得越久，便越发感到惊诧，我们居然能将自己的本质瞒过了自己：一副臭皮囊，里面装着的肠道里灌满了排泄物。在这个想法大有占上风趋势之时，我离开了，安妮在我背后叫嚷道：

“这下我整个晚上就孤零零一个人了。”

我喊回去：“露西会来的。”

她嚷着：“然后我又一整晚孤零零一个人了。”

我吼道：“那你干吗不住到养老院里去。”

她大喊：“因为我要去我妹妹那里住。”

回到家，我发现凯特坐在厨房餐桌边上，情绪很不好。这下我受到了鼓舞——怎么着也比百无聊赖的好。她在吃腌渍的洋葱，用手指头从一个大广口瓶里拈出来的，一个接着一个地吃。不知道为什么，这在我看来是个好兆头，比起吃甜食，吃醋渍的食品算得上是进步。我说：“你想跟我去看电影吗？”

“你才不想我跟你去看电影呢。”

我给自己做了个三明治，在她对面坐下。

“我也要三明治。”

“那你为什么不做一个呢？”要不是她好斗的语气加上又已经吃了腌渍洋葱，我会给她一个的。我不由笑起来，她立刻泄了气，坐了下来，完全就是个抖抖索索的孩子，在赌气。

“取笑别人可不礼貌。”

“我没有取笑你。凯特，一起去看电影吧。”

我花了一个小时哄这孩子。我们正要出去的时候，电话铃响了。

“理查德，我是很想去，可是不行啊，我要和凯特去看电影。”

我大吃一惊。不过也没那么吃惊。理查德刚说出来的时候，我可是目瞪口呆。现在我想，当然了！一切都已经为此埋下了伏笔。

西尔维亚和理查德先前讨论了他们子女的种种问题。显然，他们经常讨论，这次也不例外。她说她觉得我们一起吃顿晚饭，借此“缓和局势”会是个好办法——理查德和她，还有我，加上凯瑟琳和马修。她想不出还有什么别的办法能消除掉所有那些不健康的情绪——她的原话。理查德向我传达以后，感到尴尬，但其实也不算太尴尬，因为他也觉得西尔维亚这主意不错。他说，如果我知道情况有多糟糕，凯瑟琳如何折磨他们——他和西尔维亚，我就会发发善心点头同意的。

“马修呢？”我问。他飞快地瞟了我一眼，所以他真想到了本来可能另有隐情？

“马修嘛，根据我的了解，可以自作自受……不管怎么说，他就那样。我向来一点都不清楚他在想些什么，不过西尔维亚觉得他这样也好。”

午饭后我回到《莉莉丝》，就汉娜一个人在他们的办公室里。我告诉她理查德都说了什么。“你怎么想？”她问起来像个心理治疗师。

“我不知道是要笑呢，还是要哭。”

“没什么让你觉得不舒服的吗？”

“没什么不舒服的，都差不多。”

“就只有你哟——你和他们？为什么不带上吉尔，或者哪怕是凯特？”

我们四目相对，哈哈笑了。起先只是忍俊不禁，还比较矜持，后来就控制不住捧腹大笑起来，前仰后合跌到座椅上，怎么都停不下来。

“我不知道怎么就笑了。”我说。

“我知道。”她说。

参与聚餐的包括西尔维亚、理查德、马修、凯瑟琳，这是他们的队伍，然后是我、吉尔、马克、凯特，另外还有汉娜，因为在某种程度上，我觉得这不仅是我们的重要活动，也是汉娜的。理查德在听到这个对西尔维亚的调整计划以后，一开始有点吃惊地哼笑了一声，随即就开怀大笑了，引得爱尔兰酒保向我们俩举起酒杯，故意朝我们在场所有人挤眉弄眼，说：“嗯，好了，你们必须把你们的笑话拿来和我们这些外人分享。”

“我不知道为什么这么好笑。”理查德说。

我在盖·胡萨餐厅预订了一个包间，连晚餐菜式也一并定好。西尔维亚经由理查德转告说，她来买单，因为这是她出的主意。不过我们当然会各付各的。

事情的经过是这样的。

首先是凯特。当我说起将会有场晚宴，并且她也受邀了时，她显得很高兴，还说自己没衣服穿。我觉得这是一大进步，陪她出去买了一条裙子。不过，尽管她穿上了裙子，在眼睛周围抹好绿色的眼影，把指甲也涂成绿色，但是到了最后关头，她说她不去了，怎么都劝不动她。

我把她留在沙发上她的老地方。她没有戴上耳机，而是闷闷不乐地瞪着前方。我知道厨房里有葡萄酒——她早就买了一瓶两升装的葡萄酒。

在去赴宴的出租车上，我一直忧心忡忡，担心凯特这可怜的邋遢鬼，十九岁了，浪费宝贵的青春年华；担心吉尔，她把欢欣喜悦都当作威胁而拒之门外；担心凯瑟琳，没别的事可做，成天远远地跟踪她那出去逍遥的父亲。马修呢，我不会去多想，我自己做好准备，在即将到来的整场晚宴上，从头到尾都不要想起他，不过我知道他身上没有一个细胞会懂得快乐——他全身心都关注着未来。至于汉娜，她超级能干，她的能量植根在她身体深处，但只有对着她同类的躯体，她才会敞开怀抱。

我想到他们都拥有某种财富，但他们却视而不见；拥有无与伦比的传承，却对此浑然不知；尽管有足够多的警告提醒他们会有大量的报应，但不管是我或者是其他任何人所说的话，都无法左右现实，哪怕是产生最轻微的改变。

若干年后，他们会在某个早晨醒来，知道有个绝对的障碍，把他们和他们本来可以拥有的东西隔绝开了，因为他们没有为之付出。

我到格瑞克大街的时候，看见理查德在人行道上。他抬起头看到了我。我下了出租车投入他的怀抱，他把我转过去正脸对着他，说："我一直在构思一篇演说！"

"我也是！"

"有花堪折直须折[1]？"

"正是。"

"但是无济于事？"

"根本没用。"我说。

我们的脸庞只相隔三英寸，我们笑了，凑近嘴唇轻轻一蹭，

---

1 有花堪折直须折（Gather ye rosebuds while ye may），17世纪英国诗人罗伯特·赫里克（Robert Herrick）最著名的诗句开头。

像要吻别似的，把脸颊靠在一起，感受彼此的生命隔着薄薄一层肌肤跳动。我们一起走进了餐厅。

包间很舒适，灯光柔和，餐桌为九人而备，已经摆好，就凯瑟琳一个人。她显得很温婉，高兴得有点手足无措，当她父亲走到她身边坐下，留我自己去选座位的时候，她显得十分感激，脸都红了。

随后到的是西尔维亚。这女人高个子，身材纤细苗条，全身没有一丝赘肉。她穿了白色套装，黄褐色的头发中夹杂了白发，用黑丝带扎在后面。她长得不错，骨肉匀称，夏天过后晒成了发亮的棕色。如果我在街上和她擦肩而过，会评价说这个女人清爽利落，看起来很舒服，但是不会想到任何夸大其词的形容词——她不像理查德那么健美，算不上漂亮，也不见得多有魅力。然而他的心已经为这个女人痛了三分之一个世纪之久啊。

她说（口音是美国的而不是英国的）："我为马修感到抱歉，他不肯来。"

我们互道你好，问候一番，她似乎不需要特别仔细观察我，只是坐到凯瑟琳的另一边，这么一来，小姑娘看着像是在父母夹坐下挺直了腰板。

汉娜和吉尔、马克一起走了进来。

"凯特在哪里？"吉尔立马发问，一针见血。我说到她不愿来，发现汉娜有所警觉，迅速看了我一眼了解情况。

两个位子给撤掉了，我们七个人围坐成一圈，好像一家人。西尔维亚看似超然物外，不过一旦发觉有人看着她，就马上泛出微笑——这种做法似乎是在进行自我保护。和理查德一样，她的肩膀略微向前弯曲。他们很相像——结了婚的人，他们的面貌相互呼应，正如其他的已婚夫妇一样，他们当初之所以相互吸引，是因为他们在对方那张不熟悉的面孔上发现了自己的特征。

理查德坐在那儿，身材魁梧，轻松自在，棕褐色的皮肤，容光焕发——非常出色，他真是棒极了，整个人从眼睛到笑容都洋溢着生命力；而她则是内敛的，节制的。她的态度总是置身事外，好像在听着寻呼机上面的呼叫，或者在想着她下一台手术。她的双手对她而言太大了，或许只是显得大了，因为她身上其他部位都纤巧得当，手也一样，但是长长的，很强壮，又很灵敏，无一不凸显出著名外科医生（甚至是世界著名外科医生）的手该有的样子。她对双手也是小心呵护，看到她像我见过的小提琴手和钢琴手那样将双手一张一合，你会以为她是音乐家——迅速打量一番，双手都还好吧？可以动手了？

马克和吉尔挨着坐，吉尔完全沉浸在自己的世界当中，忍受着煎熬，所想的当然是凯特；马克向她流露出阵阵温暖的慰藉和爱意，把黄油递给她的时候，递上的其实是他的心。

汉娜颇为游离，也可能是故意做出样子，仰靠着坐边上观察。她一直都在察言观色。一身猩红色的短款羊毛连衣裙，配紫色丝质长裤，看起来光彩照人，她坐着的时候一边把玩着大如茶托的绿松石挂坠，用强有力的棕褐色手指头抚摸着绿松石，像在抚摸身上的肉似的。

这次碰面是为了凯瑟琳，我们都心知肚明，都极力扮演好各自的角色。凯瑟琳这个可怜又好看的姑娘，羞得脸颊绯红，她小小的内心悲伤阴郁——这个词让我看清她，我想从现在起我会看清她，是个阴郁又忧愁的小姑娘，总是试图要抓住闯入她生活的某种东西，而她的快乐都倾注到了一个白痴男孩身上。

我们对凯瑟琳说话，问她问题，观察她盘子里的食物，留心她怎么吃下去，以免食物不合她口味。

西尔维亚心不在焉地坐着，面带微笑。我敢发誓，整顿饭当中她都没有朝我看一眼，心想什么“这是我的情敌”，或者“他爱她”，甚至“我丈夫喜欢她”或者“我蛮喜欢她”，一次也没有。

没有，全然没有那种类型的想法。她正在这么想着：这一幕终于发生了，也应该发生，看来我们全都表现得无懈可击，因为我们本来确实就是无懈可击的人，这样对凯瑟琳比较好。

餐厅为我们做了美味的大布丁，正要分到我们各自的盘子里时，我被叫去接电话。我马上就意识到我将会听到什么消息，汉娜也是，因为服务员说完“萨默斯夫人，您能来接电话吗，情况紧急”时，她已经半起身了。

住隔壁公寓的杰弗里夫妇外出回到家半个小时以后，在他们家门缝底下发现了一张字条：

请打电话给我姨妈简，她在盖·胡萨餐厅，我吞了十五颗安眠药，喝了些葡萄酒。

回到包间，我发现汉娜和吉尔还有马克都站着，在关注情况究竟如何了。我怒不可遏，觉得事情都在意料当中，是应该发发火，不过吉尔的表情啪的把我打清醒了，我冷静下来考虑对策。

我告诉了他们。理查德马上站起来。西尔维亚说：“哦，真是累人。”然后就继续吃布丁，还伸出手把凯瑟琳按住，不让她站起来。

“你最好和他们一起去，理查德，”她做出指示，“你不觉得吗？”

“我很抱歉，凯瑟琳。”我说，心里在想，出这种事的原本也可能是凯瑟琳，要是那样，我们所有人都得离开晚宴去救援。

终究还是留下西尔维亚来买单，我们匆匆下楼，上了辆出租车。

我坐在理查德身边，他一只手臂搂着我。马克搂着吉尔，她则一动不动，脸像把尖刀绷得紧紧的，嘴巴紧闭。

“他们会打好电话叫救护车来的。”马克安慰道。

但他们没有打。杰弗里夫妇拿定主意，他们应付得了。他们使劲把凯特抬下了我的床——她选择在我床上等人来营救。他们给她催吐，虽然她已经吐过了，让她喝清咖啡，还架着她在起居室走。理查德给她做了检查，说她必定是在写字条的时候吞服了药物——显然她一直在等着邻居两口子进门，然后才吞下药片。她看来没事。马克和吉尔接替杰弗里夫妇，一人架一边，接着扶凯特走。总的来说，凯特看似很气恼，不过很满意有她姐姐在场。

就这样，我们都在场。我煮了咖啡。理查德之前评价过，他怎么也认不出我的房间，而我这卧室眼下看起来好像里面发生过一场战争。他像个老朋友或者说像哥哥一样吻了我一下就离开了，提醒我们第二天早上应该再让医生给凯特做下检查。

差不多一个小时之后，我们扶凯特上床——她的床，尽管她提出要求，说要我同意她睡我的床。

剩下马克、吉尔、汉娜和我。

汉娜说：“我想，你应该让我把凯特带到我们的住所去。”

我从来没有感到这么挫败过。汉娜马上将我抱住，我很欣慰能在她那般宽广的怀抱中得到呵护。“可怜的简娜，”她说，“可你得明白，你无能为力。”

我是在卧室地板上的睡袋里写下这些文字的，因为我的床给呕吐物和尿液弄得令人作呕。我的眼前不停浮现出凯特献祭一般地瘫在我那张如白色祭坛般的床上的样子。天亮以后，我该叫人把床垫拿掉。

十点左右，我叫醒凯特——我没有去上班。她进了厨房，一副若无其事的样子。她像个小姑娘似的擤擤鼻子坐下来，又用手背蹭了蹭鼻子，小声说：“我渴死了。”

等她面前摆上了咖啡和吐司，我说她得明白，我不允许让那种事发生，说她——

“哪种事？”她插嘴道，“你是指什么？我不明白你在说什么。”

于是乎，什么事都没发生，就像上次她在家上演的“大声呼救”也是什么事都没有一样。但想想我也是疏忽了，我承认自己有一定的责任。我又说她要么老老实实回家去——她的脑袋已经在前前后后拼命地摇，说不行不行——要么去和汉娜住一阵子。

她什么话都没说，只是垂下脸，看着双手，把吐司揉碎了。

“为什么是汉娜？”她轻轻地问。

我说：“她人很好，也通情达理。而且她的群居村里有许多人。”我没说出来那句话：因为没别的人愿意收留你。

今天，汉娜来接凯特。

凯特走的时候没有多看我。不过今天下午她给我打了电话，乖乖地小声说她喜欢群居村，也喜欢汉娜，她已经决定待在那里，住到她能够找到合适的公寓自己租住，到时候她会开始参加培训，成为模特儿。

我埋头狂热地打扫起公寓，扒下所有的被褥床单以待清洗，打理好地毯，洗干净墙壁。

我的床恢复了常态，换了张新的床垫，白色的床罩很厚实，一片方方正正干净清爽的白色天地，我可以躺在上面，遥望伦敦薄纱般透明的夜空，在窗框内呈现出紫色、橘色、粉色和珍珠色等变幻多姿的色彩。

今天我和理查德一起吃午饭。他说西尔维亚提出，鉴于凯瑟琳即将在伦敦读书，学经济学和政治学，或许我愿意和凯瑟琳交个朋友。

“多傻啊，念什么书。”我说。

“是啊，等你看到分数……”

“西尔维亚说到过她有什么具体的想法吗？带她出去吃晚饭？周末请她来做客？”

“你用不着，你知道的，简娜。”他这么说是为我着想，不过他当然知道我会那么做。他眼睛里积聚的活力难以平息，但看起来也和西尔维亚一样心不在焉。

我说：“发生什么事了？你们还做了什么决定？除了我应该待凯瑟琳如姐妹之外？”

他倒也笑了，只是莞尔一笑而已。“我们将去加拿大生活，在蒙特利尔。西尔维亚得到了一个工作机会——顶尖的。她根本不可能拒绝。”

“可是理查德，你们建立的那个诊所怎么办？”

“确实。呃，不得不付之东流了。不过你看，简娜，我手上都是王牌，你可能还没意识到，但我可是浴火重生的凤凰，那种传统的家庭医生。我是纯金，是珍宝。那些可怜的平民百姓得忍受现代医学，还得面对铺天盖地的医院和专家，但有钱人负担得起最好的医疗资源费用，他们请的就是传统医生，也就是我和我的同伴。所以我已经安排好了，要和一些志同道合的伙伴在蒙特利尔重起炉灶。还好西尔维亚加入美国国籍的时候我没有加入。”

“那想必是她做出的重大决定咯？”

“一根筋嘛，西尔维亚就是这样的。”

听着他所说的话，我脑海里再次回放，听到了重起炉灶这话，我觉得一切都听出来了。

“简娜，”他很快就说，“我不介意，我真的不介意。”

“好像很难啊。”

“跟女人们一直以来（不得不随丈夫的工作迁移而迁移）的情况差不多，都那样。”

我知道自己表现出了疑惑的样子，他说：“嗯，你的汉娜对此会作何评价呢？”

“我不知道，”我说，“我觉得她没心思说什么。她有凯特要应付就够受的了。”

“简娜……？”

我知道他打算说什么，不过他在说出来之前，却按下不表了。但我说出来了：“我没法设想自己在蒙特利尔。”

“为什么不行？”

“我无法想象自己离开伦敦。”

“我不怪你。”

“其实你怪我的。”

“蒙特利尔肯定有时尚杂志。”

他其实是说，你在这里并无牵挂。

我说：“我为《莉莉丝》工作好多年了……早在它成为《莉莉丝》之前。第二次世界大战结束后到现在。”

“啊。”

“嗯……”

“我以为你说过要退休。”

“呃，我或许会的。”

“好吧，简娜，对你的这个邀请一直有效。”

“你怎么知道呢？你可能会爱上别人。”

“啊，不，我们心心相印。”

“如果不能肌肤相亲的话。”

“你会不会觉得，如果我们早几年相遇——不行，当然不行，那太傻了。”

“是。”

“你会像西尔维亚一样。”

“对。”

“你会限定我的份额，投入《莉莉丝》之后剩下的才给我？”

“对。”

“这一切假设真是蠢到家了，为什么我们要纠结下去，简娜？”——听起来不可思议。

理查德两天之内就要走。昨晚我们本来计划好一起过的，我们的最后一个夜晚了，但就在我出发要去见他的时候，医院打电话来说安妮病危，他们之所以通知我，是因为他们以为她妹妹无法联系上吧。情况好像是她心脏病发作了。我坐下陪她，握住她的一只手。她安安静静地躺着，上身略微抬高，呆呆看着天花板和围住病床的帘子。在我眼里，这个心平气和又讲道理的老妇人显得很陌生，我们难得赶上机会看到这样的安妮，这样招人喜欢甚至是让人爱的安妮。我想不到她快不行了。在亮橘黄色的围帘之外，病房里唯有寂静——另外三个女人都病得很重。也有不少噪声，从走廊尽头护士值班台那里传来的谈笑声。安妮没精打采地问：“都什么在吵呀？”看得出来，她在努力弄明白这是怎么回事：她在哪里，为什么会在这个地方，那些欢声笑语都有什么含义。过了一会儿，她说：“为什么我们在这儿呀？”她伸出我没握住的那只手，试图要扯开帘子。

“这个房间好小。”她评论道。

我说：“安妮，这里是医院。”

“是吗？”

过了一会儿，她闭上了双眼。她呼吸很浅，断断续续的。我还是坐着，想理查德可能已经到了酒吧，他等啊等，直到意识到可能发生了什么事才回家去。

安妮在子夜以后的某个时刻去世了。她只是停止了呼吸。我想，不，这怎么可能呢！她已经从白天到黑夜，呼吸了那么多年，突然间，没有任何理由，呼吸就停止了。

等我回到空荡荡的公寓，看看公寓那么干净，那么整洁，我想，多奇怪啊，凯特会走，安妮会过世，突然间我自由了，可以随心所欲了！可是理查德也不会在了，所以无所谓了。当然，还有凯瑟琳在。

好了，简，就这样了！

我一整天都和理查德在一起。一整天都很不好受。我们走啊走，从南走到北，又绕了一圈回到原点，一个小时又一个小时，走遍了伦敦。我们也在酒吧歇歇脚，但无法久留，因为我们按捺不住，总想到外面去。走啊，走啊。有时我们一同站在树叶日渐凋零的树下，黄叶飘然而落，就那么一两片，漂漂亮亮地预示前景，带头先行。理查德伸手接住一片叶子，塞进钱包，和我那张小照片放在一起。我从人行道上捡起一片艳黄的叶子，宛如一片切开的柠檬那般脉络清晰、轮廓分明，我将它放进了手提包。

天空蓝得让人颤抖，鸭蛋青的颜色，万里无云。

在西奥博尔德路上，他对我说：“你要拿凯瑟琳怎么办呢？你什么感觉呢？”

“感觉，”我说，“我也想知道我会有什么感觉，比方说一年时间吧，我会喜欢她吗？会疼爱她吗？会对她感到无能为力而郁闷，就像对凯特那样？我会欣赏她吗？或许我会爱她，因为她是你女儿。甚至可能没别的原因，爱的就是她本人，怎么不会呢？你想想生活还有多少小惊喜没挖掘出来。是的，我可以想象。我会说，理查德呀？哦，是啊，理查德。嗯，他是她的父亲，对吧？”

刚走过富勒姆路的高尚区，我停在一幢房子前面说：“乔伊丝以前就住在这里。这是她家的房子。你知道的吧——乔伊丝？我的朋友，我跟你说起过她的。多年的老朋友。而现在，我并不知道她的状况，所以过去的那一切可能就从没发生过！”

我们又一次走到了摄政公园边。我们进入公园，坐在长凳上，长凳似乎在摇晃倾斜，因为我们已经停住快速行走的势头了。脚下的土地感觉不太稳，我们看着日渐枯萎的玫瑰在午后阳光中燃烧闪烁。

理查德的脸上和眼睛里都流露出泛着寒意的痛苦，那种痛苦我曾在乔伊丝身上看到过，在她非常不开心的时候；我知道他在我身上同样也看到了，我都能感觉到自己被冷酷无情的火焰所吞噬，使得我内心颤抖不已。

“你是个非常坚强的女人，”他说，“你肯定会活到九十岁。”

“身体一切机能都还良好？”

“啊，那我可不能保证。”

“你呢？”我很好奇，想听听他的判断，一边还仔细观察这个男人：雄狮般强壮英挺，在无形的重负下双肩微弓着，他今天脸色有点灰暗，仿佛心神有所损耗。

“医生的预期寿命都不长。”

“恐怕大家都是。”

“也是啊，不过我们都不准提起那个话题。”我们都朝对方伸出手，一同站起身，以同样的动作大步流星向前走出公园，往阿尔巴尼街走去，然后继续朝北走上坎登镇，还绕着走了一圈。我们在一起的时间很快就所剩无几，八点钟他就要回到西尔维亚身边收拾行李，因为他们今晚就要走了。夜幕降临在国王十字车站，我们沿着尤斯顿路慢慢走，轻风拂面，明天雨露会随之而来。宏伟的建筑外灯光闪耀，在这些建筑底下，风犹如斗灌一般倾注而入，我们在风墙和风洞当中直起身子，相互搀扶着蹒跚前行。站在汉普斯特德路的尽头，我们看着那座新建成的大楼，通体的玻璃幕墙，从早到晚反射着一切，不论是天空，是云彩，还是风；不论是灯光，是星辰，还是路人。今晚，大楼反射出我们背后那座高耸建筑的一部分——黑色的建筑从上到下均匀排布着星星般的灯光，背衬灰色的天空隐约现出轮廓，空中轻盈的白云正飞驰而过，玻璃幕墙大楼就这样消融在天空和映出的建筑当中，与黄色灯光一起晕开了。边上一部透明玻璃材质的升降电梯在一圈小星星似的小黄灯点缀下现出了轮廓，里面的人还依稀可见。电梯嗖嗖地上上下下，轻轻巧巧充满活力，如同活动的鸟笼。

我们拥抱，我们垂泪，我们紧紧地靠在一起，因为风吹得正猛，好像要把我们掀倒在地。

后来，出租车来了，我低头钻进车里的时候，升腾起一阵想哭的冲动，在回家的车上哭了一路。到我下车的时候，出租车司机说，希望我为之流泪的情况没那么糟糕。

“是啊，”我说，“没那么糟。”

“这样的态度就对了，”他说着，驾车往别处去了，“别让那些事儿搞得情绪低落。”

我上楼来到我的卧室里。我发现自己在听有没有凯特的动静。

今晚，我似乎觉得我的生活空无一物，什么都没有，一直都是空白一片，就像我完美无瑕的一个个房间。我的卧室——理查德是这么说的——他发现没有一丝一毫我的印记，看不到我的存在。我抬头远眺伦敦五光十色的天空。一个小时前，理查德穿过这片天空，飞向他真实的生活，陪伴他的，是和他一起生活了超过三分之一个世纪的女人。我又环顾四周，看看这个安静凉爽、洁白整齐的房间，我知道我独自一人所拥有的那一切数不清的快乐和慰藉，从平常些的和无足轻重的，到熟悉的和珍爱的，都会一个接一个遁入空无之中。

从敞开的卧室门看出去，我可以一直看到宽敞的起居室。那里有浅灰色的亚麻沙发，现在全都纤尘不染；还有两把淡黄色的椅子；再过去是窗户，黑暗的窗玻璃和街上的灯光模模糊糊地交融在一起。

一片舞台布景！剧院灯光暗下来……突然寂静无声……幕布升起……